マーメイド・オブ・ブラックコンチ

MONIQUE ROFFEY
モニーク・ロフェイ
岩瀬徳子 訳

左右社

The
Merm
aid of
Black
Conch

目次

イルマ、ローラ、イヴェットとその祖先たち、わたしが生まれてきた女性たちに。

ピサ、ポート・サイド、ポート・オブ・スペイン。わたしにとって海の女神、海のミューズ、海の伝説であるあなたたちに。

前日（一四九三年一月八日）、リオ・デル・オロ（ハイチ）へ行った折に、三人の人魚をまちがいなく見たと提督は言った。海から高く身を乗り出していたが、話に聞くほど美しくはなく、顔はどこか男性的だった。提督は以前にも、ギニアのマネゲタの海岸でも何人か見たことがあるという。

涙を知らず、彼女は泣かなかった。
服を知らず、彼女は服を着なかった。
男たちは煙草の先や焦げたコルクで彼女に跡をつけ、
酒場の床に転がして耳障りな笑い声をあげた。

パブロ・ネルーダ「人魚と酔いどれたちの寓話」

1 〈純真〉号

デイヴィッド・バプティストのドレッドヘアは灰色で、体は硬い黒サンゴの小枝のようにしなびていたが、セント・コンスタンスの村人には、若いころのデイヴィッドと、彼が一九七六年の出来事で果たした役割のことを覚えている者がまだ何人かいる。その年、フロリダから釣りにきた白人の男ふたりが、カジキの代わりに海から人魚を引きあげた。四月の、オサガメがやってきはじめたころのことだった。彼女はオサガメといっしょにやってきたのだと言う者もいた。沖へ出る漁師のなかには、以前にも彼女を見たことがあると言う者もいた。しかしほとんどの者は、ふたりが気を引き合うそぶりを見せていなければ、そもそも彼女がつかまることはなかった、という考えで一致していた。

早朝のブラックコンチの海は穏やかだ。ほかの漁師たちよりたくさんのキングフィッシュやレッドスナッパーを釣ろうと、デイヴィッド・バプティストはたいてい、できるだけ早く海へ出た。マーダー・ベイから一キロほど沖にあるギザギザの岩場へ行って、いつもの品——地元で手に入るいちばん上等なマリファナ《ガンジャ》一本とギター——を連れに釣り糸を垂れた。ギターはいとこのナイサー・カントリーにもらったお古で、弾くのが特にうまいわけではなかった。岩の近くに錨をおろして、舵をくくって動かないようにし、マリファナに火をつけて、ギターをひとり爪弾いた。やがて、白く煌々と輝く丸い太陽が水平線に現れて顔をのぞかせ、ゆっくりゆっくりとのぼっていって、灰青色の空に君臨した。

デイヴィッドがギターをかき鳴らし、ひとり歌っていたとき、彼女がはじめて、凪いだ銀灰色の海から、フジツボに覆われて海藻が絡まった頭を突き出した。まだターコイズの鮮やかな色合いが混じっていない平らな海面で、人魚はそのまましばらくデイヴィッドを見つめ、デイヴィッドはギターから目をあげて、人魚の姿に気づいた。

「うわ、なんだ」デイヴィッドは叫んだ。人魚はたちまち海に引っこんだ。すばやくすばやくギターを置き、デイヴィッドは水中に目を凝らした。まだ日の光は淡かった。もっとよく見ようというように、デイヴィッドは両目をこすった。

「やあ」デイヴィッドは海に向かって呼びかけた。「いい子だ、おいで、海の精《マミワタ》！　おいで、おいで、ほら」

デイヴィッドは心臓に手を当てた。胸のなかで心臓が跳ねまわっていた。体の奥が欲望と不安と驚きにおののいた。いま見たものが何か、わかっていた。女性だ。すぐそこに、海のなかにいる。赤い肌の女性。黒い肌のアフリカの女性ではない。黄色い肌の中国の女性でも、金髪のアムステルダムの女性でもない。魚のような、青い女性でもない。赤だ。アメリカ先住民に似た、赤い女性だ。というか、とにかく、上半身は赤かった。肩や、頭や、乳房が見えた。長い黒髪はロープのようで、藻が絡んでいて、イソギンチャクと巻き貝が飾ってあった。女の人魚だ。さっき彼女が現れた場所を、しばらく見つめた。マリファナにまじまじと目をやった。けさのこれは、ものすごく強いのか？　頭を振って、ふたたび海に目を凝らし、また彼女が頭を出すのを待った。

「戻っておいで」デイヴィッドは灰色の深みに叫んだ。先ほどの人魚は波間に高く頭を掲げていて、デイヴィッドはその顔に浮かんだ表情を見ていた。こちらを見定めているような表情だった。

デイヴィッドは待った。

しかし、何も起こらなかった。その日は、何も。デイヴィッドは丸木舟に座り、なぜだかふいに、母親を思って涙を流した。デイヴィッドのよき母、ラヴィニア・バプティストは村でベーカリーを営んでいたが、他界して二年がたとうとしている。母の死以来、頭が混乱すると、子どものころに聞いたさまざまな物語、海に棲む半人半魚の生き物の物語を思い出した。ただし、そうした物語に出てくるのは男の人魚だったが。ブラックコンチの伝説によると、海の奥深くに男の人魚たちが暮らしていて、ときおり島へやってきては川の乙女たちと交わるのだという――古い、植民地時代からの伝説だ。年老いた漁師たちは、浜にあるシシーの店で、ときに夜遅くまで、大量のラムと大量すぎるマリファナを楽しんだあと、よくその話をした。ブラックコンチの人魚はそういうものだった――伝説だ。

その出来事が起こったのは四月で、オサガメが南下してブラックコンチに回遊してくるころ、乾期になって、丘でポウイの木が硫黄の爆弾のような黄色やピンクの花を咲かせるころ、娼婦を思わせるホウオウボクの花が開きはじめるころだった。その瞬間から、あの赤い肌の女性がからかうように水面に現れて消えたそのときから、デイヴィッドは彼女にもう一度会いたくてたまらなくなった。心をやさしくなでるような、ほろ苦い憂鬱を感じた。マリファナを吸っていたこととは関係ない。その日、デイヴィッドの一部に火がついた。火がつくとは思ってもいなかった部分に。鋭い刺すような感覚が、肋骨のあいだの平らな場所に、みぞおちに広がった。「戻っておいで、ほら」母の涙が乾いて顔が塩で突っ張ったあとで、デイヴィッドはそっとそっと、紳士のように呼びかけた。さっき、何かが起こったのだ。彼女が波間から現れて、彼を選んだ。慎ましい一介の漁師を。「おいで、さあ、いい子だから」デイヴィッドは懇願した。今回はさらにやさしい声で、彼女を誘い出すように。しかし、水面は平らに戻ったままだった。

次の朝、デイヴィッドはマーダー・ベイの沖にあるあのギザギザの岩場のまったく同じ場所へ行って何時間か待ったが、何も見ることはできなかった。マリファナは吸わなかった。次の日も、同じだった。四日間、丸木舟であの岩場へ通った。エンジンを切り、錨を放り投げ、待った。先日見たもののことは誰にも話さなかった。気のいい、おしゃべりなおばのシシーが営む店を避けた。いとこたちや、セント・コンスタンスの仲間たちも避けた。丘にある自分で建てた小さな家——雑種犬のハーヴェイと暮らす、バナナの木に囲まれた家——へ帰った。いても立ってもいられなかった。早々に寝て、早々に起き出した。あの人魚にもう一度会って、自分の目がまちがっていなかったことを確かめたかった。心に起こった炎症を鎮め、神経に広がり出したざわめきをなだめたかった。これまでこういう気持ちになったことはなかったし、普通の女性相手にはまちがいなくなかった。

そして、五日目、朝の六時ごろ、デイヴィッドがギターを爪弾きながら賛美歌を口ずさんでいたとき、あの人魚がまた姿を現した。

今回は、人魚は片手で水を跳ねあげ、鳥の鳴き声のような甲高い音を発した。顔をあげたとき、腹がきゅっと引きつり、全身の筋肉が凍りついたけれども、恐怖はあまり感じなかった。じっとしたまま、人魚を見つめた。人魚は丸木舟の左舷側に、静かに静かに浮かんでいた。筏に乗った普通の女性のようだったが、そこに筏はなかった。長い黒髪と輝く目を持った人魚は、探るようなまなざしをひたとデイヴィッドに向けていた。人魚が首を傾け、デイヴィッドは人魚がギターを見ているのに気づいた。そっとそっと、人魚が逃げてしまわないように、デイヴィッドはギターを持ちあげて弾きはじめ、低く賛美歌を歌った。人魚は水面に浮かんだまま、腕と大きな尾で水をゆっくりと掻きながら、デイヴィッドを見つめた。

人魚を引きよせたのは、エンジンの音ではなく——エンジンの音にも気づいていたが——音楽だった。人魚を引きよせたのは音楽が生み出す魔法であり、この世のあらゆる生き物、人魚も含めたあらゆる生き物のなかに息づく歌だった。人魚は長いこと、おそらくは千年も音楽を聞いていなかったので、用心しながらもひどく興味を引かれ、どうしようもなく水面に引きよせられた。

その朝、デイヴィッドは神に感謝しながら、子どものころに習った賛美歌を静かに歌った。人魚のために聖歌を歌い、目に涙を浮かべた。この二度目の出会いのひとときを、わずかな海を挟んで、互いを見つめ合いながら、いっしょに過ごした――若い、潤んだ目と古びたギターを持つブラックコンチの漁師と、キューバの海から海流にのってやってきた人魚。かつて、かの地の人々は、彼女をアイカイアと呼んでいた。

▽

ある夜、大嵐のさなかにわたしは消えた
ずっとずっと昔に
かつてタイノ族と
タイノ族より前からいる人たちがいた島
この群島の北のほうにあって西のほうでもある
わたしが覚えているその島は
トカゲの形をしていた

海を見てきた
その栄光を見てきた
その力を見てきた
王国の力を
その怒りのなかを泳いできた
そのみじめさのなかを泳いできた
そのベルベットの水底を泳いできた
珊瑚礁を
海底のたくさんの町を
島々の下を泳いできた
浅い波にまぎれて岸の近くを泳いで
子どもたちが遊ぶのを眺めた
ゆっくり進む鋼の釣り船と泳いだ
この群島のあらゆる場所を泳いだ
イルカの一団と泳いだ
魚の群れと泳いだ
人間ひとりぶんの大きさの群れと
わたしは波の壁に飛びこんだ

人間の女としてすぐに死ぬはずだった
四十年？　子どもたちと夫と
陸での人生、誕生と死の人生を生きるはずだった
代わりに千年もの時を生きている
海のなかで
呪われているあいだもひとりではなかった
おばあさんといっしょに追放されて
彼女も同じ夜に姿を消した
ずっとずっと前の思い出せないくらい昔
人々はハリケーン《ウラカン》を呼んだ
わたしを遠くへやるために
わたしの脚を尾のなかに封印して

デイヴィッド・バプティストの日記　二〇一五年三月

最初のオサガメが到着するのを見るたび、いつもうれしくなる。彼女、おれの人魚がもうすぐやってきて、やはりうれしそうにおれに会いにきてくれるのを知っているからだ。昔は四月になると毎晩、彼女を探しにいった。どこに行けばおれがいるか、彼女はいつも知っていた。マーダー・ベイの一キロ沖にある、おれたちがはじめて会った、あのギザギザの岩場のそばだ。海の魚がすべて釣りあげられてしまったので、あそこはいまでもおれたちだけの秘密の場所だ。人生の半分以上のあいだ、おれはアイカイアを探している。あの遠い日々のあと、いろんな女性――友達、赤ん坊を持つ女性、愛人――とたくさん関係を持ったけれども、彼女のような女性はほかにいない。

彼女は特別だ。

いまのおれは年をとり、弱って弱ってあまり動けず、働くことも海に出ることもできないので、おれの物語を書く。座ってラムを一杯か二杯飲みながら、悲しみを、どうしようもない心を、この壜に沈める。ハリケーンのロザムンドが来て、すべてが変わり、あらゆるものが吹き飛ばされ、それ以来、出会った日から一年おきに、そう、彼女は戻ってくる。

あの運命の日に男たちが彼女を海から引きあげたあと、彼女がおれのところにいたあいだ、ミス・レインが彼女に言葉を教えた。彼女は自分の言葉を知っていて、ふたりでセックスしているときにそういう言葉がいくつか出てきた。けれどもそれは遠い昔の言葉で、記憶は薄れていた。あまりに長いこと彼女はその言葉を話していなかった。いっしょに暮らしていたあいだ、ミス・レインの百科事典を見て、いろんな魚の名前をふたりで覚えた。おれはよく百科事典を丸木舟に持ちこんだ。アイカイアは学ぶのが好きで、海にいるすべての魚、海や浜にいるすべての生き物の名前を知りたがった。おれは名前の半分を覚えた——魚はみな、ラテン語の学名も持っていた。つまり、いまの彼女は海にいるすべての魚の名前をふたつの言葉で知っていて、いくつかは自分の言葉でも言える人魚なのだ。

最初に出会ったとき、人魚はおれを震えあがらせた。海からいきなり上半身が現れた。アメリカ先住民のように赤く、鱗に覆われていて、磨きあげたように輝いていた。そう、彼女はいきなり現れた。水が跳ねたと思ったら、ざっと水音がした。

そして彼女がそこにいた。その日におれが歌っていた賛美歌を気に入ったのだ。おれの声や、おれの声が海を渡る感じが好きだったのだとあとでわかった。そのときは知らなかったが、彼女はキューバの海からこの島の海岸へやってきた。ずっとあとになってから、彼女の不思議な物語と名前を教えてくれた。彼女はキューバの海から海流にのって、グアナイオアという老女といっしょにやってきた。百科事典に興味津々だったのを覚えている。おれの名前は何かと彼女は訊いた。なぜおれの写真は百科事典に載っていないのか、と。

それから何週間か、たぶん毎日会いにいった。彼女はおれの丸木舟のエンジンの音を聞き分けるようになった。舟を待っているようだった。おれは海に小便をするのが気になりはじめた。古いジャムの壜を持っていって、そこに用を足した。気長に構えることに決め、何時間も座って彼女を待った。次に見たのは、大きな尾びれだった。ゴンドウクジラのような大きな尾びれだ。心が温かくなった。ああ、生涯でただ一度、あの人魚はおれの心を開いたのだ。彼女はおれの胸をあっという間にいっぱいにした。彼女はおれの心を、まだ知らないほかの動物や魚にも開いた。おれに出会う前、彼女はずっと、海をさびしくさびしく泳いでいた。というか、彼女はそう言っていた。広い海でひとりきりだった長い年月をどうやって生き延びてきたのかはわからない。勇敢でなくては無理だったはずだけれども、出会ったとき彼女はおれにおびえていた。つかまったら何をされるのか、と。彼女とおれは何度も見つめ合い、互いに見入って、そうするうちに、あのアメリカ人たちが彼女をつかまえた。

昔、はじめて会ったとき、彼女は泳いで丸木舟に近づいてきた。そのときに、彼女を間近に観察した。顔の肌はとてもとてもなめらかできめ細かく、目も顔も小さかった。太古の女性、歴史の教科書で見たタイノ族の女性を思わせた。顔つきは若かったけれども美しくはなく、そこにも何か古めかしいものを感じた。何世紀も前に生きていた女性の顔がこちらを見て輝いていた。細かい鱗に覆われた乳房が見えた。水かきのついた指から海藻が垂れさがっているのも見えた。髪も海藻だらけで黒く黒く、長くて、棘を持つ生き物が絡みついてにぎわっていた——電線でできた冠をかぶっているかのようだった。彼女が水中から頭を突き出すたび、火炎珊瑚を内側に絡めとっているかのように、髪が跳ねて大きく広がった。

そして、彼女の尾が見えた。なんてすばらしいのだろう。あれは、海の近くに暮らし、自然と接している人間にしか見ることができない。

丸木舟の上から、この生き物のその部分を見た。くすんだ銀色の、長い長い尾。尾は彼女に力強さを与えていて、彼女に尾が生えたのではなく、尾そのものから彼女が生まれてきたかのようだった。そのときには、この魚の女性はイルカほども重いにちがいないと思った。ゆうに二百キロはありそうだった。はじめてその姿を見たとき、彼女は神の大いなる秩序の狭間に生まれたのではないか、あらゆる生き物が創造された時代から生きているのではないかと感じた。魚が海を離れて脚を生やし、爬虫類に変わった時代に、陸にあがれなかった生き物。そういうふうに、彼女の話を聞くまでは思っていた。神の創造の最中に邪魔が入って、彼女やその仲間たちが生まれたのだと思っていた。

あのころのおれは若かった。自分が彼女に害を及ぼすかもしれないと立ち止まって考えてみたりはしなかった。しかし、すでに男たちは彼女をみじめにし、女たちは彼女を呪っていた。そのせいで彼女は海の人魚として孤独を強いられ、性器を大きな尾のなかに封じられた。女たちが望んだのは、彼女を夫たちから遠ざけることだった。おれが彼女を助けたあと、彼女がまた傷つけられるかもしれないとは思いもしなかった。人間によっても、おれによっても。マーダー・ベイの沖の岩場で、おれは何度も歌いながらギターを弾いた。二度目に会ったあとは、もう釣り糸を垂れようとは思わなかった。彼女を引っかけてしまうのではと不安だった。けれども、彼らが、アメリカ人の男たちが、彼女を釣りあげてしまったのはおれのせいだ。おれの責任だ。彼女はおれの丸木舟、〈純真〉号のエンジンの音を聞いたと思った。おれは男たちといっしょにいて、だから、彼女はまちがえて彼らの船を追いかけてしまったのだ。

2 〈恐れ知らず〉号

一九七六年の四月下旬、ボストンの大型捕鯨船〈恐れ知らず〉号が毎年恒例のブラックコンチの釣り大会のためにフロリダからやってきたとき、船主のふたりの白人、トマス・クレイソンとハンク・クレイソンは乗組員を探していた。島周辺の海流に詳しい地元民として、ナイサー・カントリーが彼らに推薦された。ナイサーは優秀な漁師だった。前の年に重さ三百キロのカジキを釣りあげて、その吻つきの大魚が《ガゼット》紙の第一面を飾ったばかりだった。そこで、ふたりはナイサーを船長として雇った。今度はナイサーが地元の若者ふたりを乗組員として雇った。ショートレッグとニコラスはきょうだいだが父親がちがい、母親はプリシラという性悪女で、村の裏手の丘にある、デイヴィッドの家の近所に住んでいた。

それから数日のうちに、釣り船が続々と到着しはじめた。〈海の妖精〉号、〈柱〉号、〈八月の月〉号、〈神の飛翔〉号、〈傷心〉号、〈祝祭の夜明け〉号、〈船乗りの夢〉号。ほとんどの船は遠くビミニ島やバハマ諸島といった島々からやってきていた。グレナダ、セントキッツ島、ネービス島、マルティニーク島から来た船もいた。フロリダ・キーズから来た船も、ベネズエラやトリニダードから来た船もいた。ある船はコロンビアから来ていた。みな、クロカジキやメカジキ、バショウカジキ、ターポン、サメを釣りあげようとしていた。どの船も船主のもとにチームが編成されていて、船長と乗組員は船主が同行してくるか、地元で雇われた。セント・コンスタンスの男たちはみな、ひと稼ぎしたがっていた。船に張り出し横木《アウトリガー》や餌箱を備えつける者や、大型エンジンを新調する者もいた。四月の最後の週には四、五十隻の船が到着し、マーダー・ベイに停泊していた。

大会初日を控えた金曜の夜、シシーの店はにぎわっていた。天井のスピーカーからチョークダストやマイティ・スパロウが流れていた。みなが集まって酒を飲んだり、話をしたり、トビウオと熱々の揚げ菓子や、塩漬けダラのフリッターとフレンチフライを食べたりしていた。ブラックコンチの漁師や若者たちが勢揃いして、湾にいるほかの船の噂話をしていた。シシーは助手たちと一日じゅう厨房にこもり、ヤギのカレーやロティを作っていた。大きすぎる腰を横にして厨房のドアをすり抜けてくるたび、しゃがれ声で朗らかに笑いながら、大漁の予感がする、来月いっぱい魚のフライを出すことになりそうだ、と言った。

件の白人ふたりは、父親と息子だった。父親のトマス・クレイソンはカーキのショートパンツに釣り用のゴム長靴を履いていた。残り少ない髪の上に汚れた船長帽をかぶり、古い葉巻を吸っている。マイアミからの船旅で、すでに顔が赤く焼けていた。息子のハンクは〝運命の女神は勇者に微笑む〟と書かれた黄色のTシャツにサファリハットという恰好だった。革のサンダルの下に白い靴下を履いていて、脚は細くて青白かった。ベルトにペンナイフの束をぶらさげている。

一九七六年四月二十四日の土曜の夜明け、捕鯨船〈恐れ知らず〉号はほかの船に先駆けて海へ出た。釣り大会には絶好の日和だった。海は静かで、浅瀬はターコイズ、深い部分は紫色に染まっていた。予報によると、風はないという。乾期で、マンゴーや山火事の季節がはじまっていた。雨は何週間も降っていなかった。

デイヴィッドの丸木舟〈純真〉号は大きなエンジン音を立てながら捕鯨船のあとを追い、舳先で水を切っていた。しばらくのあいだ捕鯨船についていこうと決めていた。好奇心からでもあったし、彼らが何を釣るのかという不安からでもあった。友達の人魚には何日か会っていなかったので、どこかに泳ぎ去ったのだと思っていた。そうであってほしいと強く願っていた。

捕鯨船には五人の男が乗っていた。船主のトマス、息子のハンク、ナイサー、ショートレッグ、彼の異父兄のニコラスだ。アウトリガーから餌として生のイカが二匹ぶらさげられていて、波間を引きずられ、跳ね、躍っていた。イカはどちらも新鮮で、水中にいる正常な食欲の持ち主ならそそられることとまちがいなしだった。白人ふたりはファイティングチェアに座り、海をじっと見つめていた。ふたりがその日何を考えていたのかは誰にもわからない。不安そうだったと言う者もいるし、自信たっぷりだったと言う者もいる。全員の意見が一致しているのは、ふたりがブラックコンチの海を知らず、当然そのしきたりも知らなかったという点だった。噂では、トマスはこれまで何かに挑戦するたびにことごとく失敗してきたという。

船と併走して、トビウオの群れが跳ねていた。もっと大きな魚がトビウオを追っている印だ。ナイサーは操舵室で、舵を握りながら海に目を凝らした。男たちのあいだにはぎこちない空気が流れていた。白人たちは、世間話をする暇などなく、互いにも乗組員にも話しかけるつもりはないことをはっきりさせていた。みな、身の置き場もこれから何が起こるのかも心許ないま、海を見やってそれぞれに内にこもっていた。何もない広い海の上では、人は過去を振り返る。海にはそういう効果がある。海ははてしなく、船の下でうねりつづけていた。広大な大地の上にいるのとはまったくちがう。海は常に動いている。海は船を丸ごとのみこんでしまいかねない。海は移ろいやすくつむじ曲がりな、地球上の巨大な女性だ。彼女の表面を見つめて、男たちは身を震わせた。ナイサーでさえ、睾丸が縮まって毛穴が立ちあがるのを感じた。青い開けた水、と彼らは海のことを呼んだ。ナイサーは白人たちの顔つきが気に入らなかった。息子のハンクが歌を口ずさみはじめ、父親がうなってそれをやめさせた。親子は信頼し合っていないし、好き合ってさえいなかった。空は抜けるように青く、見渡すかぎり雲ひとつ、飛行機雲ひとつなかった。酸のように日差しが降りそそいでいた。海鳥の声は聞こえず、ほかの船も見当たらなかった。男たちの気分は停滞していた。海は彼らの心を映し出していた。

一時間が過ぎた。もっとかもしれない。海が語りかけていた。〝望むものに気をつけろ。わたしはおまえたちよりも大きい。必要なものだけをとっていけ〟。男たちが率直に言ってすっかり呆けていたとき、それは起こった。

全員が、同時にそれを見た——海面の下で水が大きく揺れた。何か大きなものが右舷側で餌に食いついたのだ。アウトリガーから釣り糸が長いゆるやかな輪を描いて水面へ落ち、ついた瞬間にぴんと張った。

「獲物だ！」トマス・クレイソンが叫んだ。「かかった」

白人ふたりは釣り竿の端を腰につけたホルダー《ギンバル》にセットしていた。糸が引かれているのは全員の目に明らかだったが、魚の姿は見えなかった。いまや糸は斜めに勢いよく引き出され、水面に引きこまれている。大物が餌に食いつき、猛スピードで餌もろとも泳ぎ去ろうとしている。糸がどんどん引き出されていて、それは若いほうのクレイソンの釣り竿につながる糸だった。竿がしなり、ブラックコンチの男たちが駆けよって、ハンクがハーネスをつけるのを手伝った。

ハンクは船尾に足をかけて踏ん張り、両手を震わせながら叫んだ。「父さん、ぼくの獲物だ。ぼくの竿にかかってる」竿が海に向かってさらに大きくしなり、いまにも折れるか、ギンバルからはずれて飛んでいきそうだった。

ナイサー・カントリーはやるべきことを心得ていた。獲物をなんとしても船の後方に維持しなくてはならない。でないと糸が切れてしまう。エンジンの回転数をぎりぎりまで落とした。ハンク・クレイソンの釣り竿が折れ曲がりそうにしなり、糸がものすごい速さで引き出されていく。若者は体をそらして竿を引いていた。魚が船の後方に来るよう、ナイサーは船をわずかに旋回させた。糸がどんどん延び、深く潜っていく。糸をつけた馬が疾走するかのようで、それを見守る全員が幸運を引き当てたことを理解していた。狙っていた獲物がかかった。

「きっとカジキだ」ハンクが言った。実のところ、魚のことは何も知らなかったが。ハンクにとってはこれがはじめての船旅だった。

「クロカジキにちがいない。重さからいって、雌だ」父親が言った。

乗組員たちは骨の髄まで凍りついたようにデッキに立ちつくし、糸が引き出されていくのを見ていた。いまは当たりが来たにすぎない。闘いはこれからだ。ハンクは体重をかけて竿を引きながら、角度をつけて延びていく糸を見つめた。

「引け、いまだ」トマス・クレイソンが叫んだ。「さあ、しっかり針をかけろ」

ハンクはあわてて糸を巻きとりはじめたが、糸の動きは変わらなかった。獲物はさらに遠くへ逃げつづけている。

「餌をくわえてるだけだったらどうなるんだ?」ハンクが言った。「引っ張って遊んでいるだけで、針がかかってなかったら?」

「魚はそんなに利口じゃない」父親が言った。「絶対に針はかかってる」

「餌を吐き出したらどうなる?」

「そんなことにはならない」

ハンクは足を踏ん張って竿をさらに強く引き、魚の引きに対抗した。糸は延びつづけている。まるで歯が立たなかった。こめかみに汗が流れ落ちた。日焼け止めを塗り忘れていたので、肌がトマトのように赤くなりかけていた。

「もう一度合わせろ」父親が言った。「いまだ、肘を入れて、引け」

乗組員たちは啞然としてその様子を見つめていた。若者の努力はまるで実を結ばなかった。糸は海深くへ引きこまれていく。ハンク・クレイソンがもう一度体をそらすと、糸がギリギリと音を発し、竿が海へと強くしなって、支えるのがやっとのありさまになった。ナイサーはゆっくりと船の向きを変え、魚が後方からずれないようにした。どうやら息子のほうは初心者で、初の獲物にしては大きすぎる当たりを引いたらしい。ショートレッグとニコラスもそれを見てとっていた。

これは長丁場になる、とナイサーは思った。

デイヴィッドは丸木舟に乗ってその少し後方にいた。マリファナを吹かしていて、彼らが何かをつかまえたことにまだ気づいていなかった。


一時間、魚との格闘が続いた。みな、ハンクと代わりたくてしかたなかった。竿を持っているのが自分ならいいのにと思っていたが、邪魔をするわけにはいかなかった。ハンクの竿の糸はいまだリールから延びつづけていた。

「引きよせろ、ハンク」父親が苛立って言った。

魚に疲れは見えなかった。針にかかったまま逃げまわっている。ハンクは竿をさげてはあげ、さげてはあげて、力いっぱいリールを巻いた。実のところ、竿をほかの誰かに託してしまいたいと思っていた。そもそもこの船旅に興味はなかった。父親が息子との絆を深めようと計画した、贈り物のようなものだった。何かを針にかけてしまったいま、ハンクの胃には大きな塊がいくつもつかえていた。

「逃がすなよ」父親が言った。魚はすばやく潜行しはじめ、深く潜って、おびえたように泳ぐ向きを変えていた。ナイサーはゆっくりと船をバックさせ、糸にかかる力をゆるめた。

「くそ、船のほうが引っ張られてるも同然だ」ハンクが言った。

▽

みずみずしいイカがわたしをつかまえた
イカがこんなに邪悪だなんて誰が考えるだろう
一瞬で口のなかが火を噴いた
きつくたぐられて引っ張られるのを感じる
〈純真〉号のポンポンいう音が聞こえたと思ったのに
急いで急いで逃げようとしても口のなかの針がしっかり食いこんでいる
もうずっと深く深く潜りつづけている
下へ下へ海の底へ

あれは〈純真〉号じゃない
糸の先にいるのはアメリカ人の船
最初はあの船を引きこめると思った
海の底へと
でもあのアメリカ人たちは
大きい大きい船に乗っている

怖くてたまらなくて下へ下へ潜る
安全な海の底へ
暗くて深い海の底へ
水面にある強い何かがわたしを引っ張る
喉が痛くて火を噴いている
喉が締まって死んでしまう
海のなかで溺れてしまう
つかまっているのがわたしだと知らせるために高くわたしは跳ねあがる

わたしは人魚
わたしを逃がして

あなたたちはまちがっている
下へ深みへと泳ぎつづける
望みがないのは知っていた
生き延びるすべはない
わたしは死へと泳ぎつづける

デイヴィッド、アメリカ人がわたしをつかまえる
あなただと思ったのに
彼らがわたしをつかまえる
デイヴィッド、どこにいるの
あなたはもうそこにはいない
壜に入れたこの手紙をどうか見つけて

▽

ハンク・クレイソンは日差しを浴びて紫色になっていた。

「獲物が疲れてきたぞ」トマス・クレイソンが言った。「息子の頭に水をかけてやってくれ、でないと釣りあげるまでに日射病で死んじまう」

ショートレッグが餌箱まで行き、なかに詰まった氷をバケツですくい、戻ってきてハンクの頭に氷水をかけた。白人が日焼けで死んでしまうというのはほんとうだ。そういう話を何度も聞いたことがある。白人は日を浴びすぎるのを何より怖がる。日を浴びすぎると、彼らは死んだ白人になる。気を失って心臓発作を起こす。ショートレッグは若い白人の頭をバケツの氷水でずぶ濡れにした。彼が身震いするのを見るのは楽しかった。

魚は弱ってきていたが、すでに糸は限界近くまで引き出されていて、ハンク・クレイソンは大きく体を後ろにそらし、竿を支えた。肩と腕がひどく痛んだ。

「もうじき獲物があがってくる」トマス・クレイソンが葉巻を嚙みながら言った。海での闘いを何度か経験しているトマスは、息子をここへ連れてきて一人前の男にしたいと思っていた。しかし、当人は男になることにたいして関心がないようだった。息子はまったくのいくじなしで、本を読むのを好んだ。ときどき〝詩〟を書いたりもした。クレイソンは息子を学費のかさむロースクールに送りこんだが、息子はそのときも、シングルマザーや移民といった貧しい人の弁護をしたいと言って父親をがっかりさせた。計画は裏目に出た。息子は〝繊細〟なのだ、と妻は言っていた。ふがいない意気地なしのようだった。いま、息子の竿には四百キロはあろうかという魚がかかっている。かかったのが自分の竿だったらよかったのに、とトマス・クレイソンは思っていた。魚が暴れ出したら、息子では太刀打ちできないだろう。魚が逃げているあいだでさえ、竿を支えているのがやっとだった。そろそろ糸を巻きとりはじめなくてはならない。それでも、息子に魚を釣りあげてほしかった。何よりもそれを望んでいた。きっと輝かしい経験になる。そうした勝利を手に入れられる息子を持ったらどんなに誇らしいかと想像した。

そのころには、〈恐れ知らず〉号ははるか沖へ出ていたので、デイヴィッドはすでに〈純真〉号を港へ向けていた。戻ってシシーの店でラムを飲み、不安を静めるつもりだった。

捕鯨船では、ハンク・クレイソンがファイティングチェアに座り、船尾に足を突っ張って、全身で竿を引いていた。竿をさげてはリールを巻き、さげてはリールを巻いた。着実に糸は巻きとられていき、一センチずつ、やがて二センチずつ、たぐりよせられていった。

「このくそ魚め」ハンクは言った。「姿を見るのが待ちきれない」

ブラックコンチの若者たちはハンクの頭にまた氷水をかけた。

「だいぶ引きが弱くなってきた。おとなしくさせてやったぞ」

「無理して急ぐなよ」トマス・クレイソンが言った。

いまや五人全員が期待に胸をふくらませていた。すでに格闘がはじまって一時間以上たっている。獲物は疲れていた。もうすぐ勝てる。とにかく獲物を船の後方に保って、慎重に引きよせていけばいい。

「コーラをくれないか」ハンクが言った。「喉が渇いてたまらない」

糸が海中に引きこまれはじめた。

「気を抜くな、ハンク」父親が言った。「もういつあがってきてもおかしくない」

ハンク・クレイソンもその手応えを感じていた。いまにも魚が水面で跳ねそうだ。ナイサーが船をバックさせはじめた。

「来るぞ」父親が叫んだ。「獲物があがってくる。竿をさげるな！」

平らな暗い水が割れた。人魚が浮きあがって水面から跳び出した。絡まったケーブルのように髪が広がり、腕が後ろに投げ出されている。鱗に覆われた体が輝き、大きなたくましい尾がうねった。深海からやってきた生き物の尾のようだった。人魚は水面を打って跳ねあがり、体をそらせて宙返りをした。男たちは人魚の頭を、乳房を、腹を、光る魚の尾との境にある人間の女の恥骨を見た。

「なんだ、あれは！」トマス・クレイソンは叫んだ。

ナイサーは胸の前で十字を切った。

ブラックコンチの若者たちは息をのんだ。

「糸を切れ！」ナイサー・カントリーは叫んだ。「その糸を切るんだ！」

五人が立ちすくむなか、人魚が水に落ち、しぶきを飛ばした。口は血だらけで、まだ抗いはじめたばかりだった。ハンク・クレイソンの竿の先にいるのは、針にかかったことに怒りを燃やす、荒々しい生き物だった。

釣るべきではない何かを針にかけてしまったことをナイサーは理解していた。ナイフを持って操舵室から飛びおりた。人魚にせよなんにせよ、あれを海に帰さなくてはならない。かかわり合ってはいけない。この船で釣るにはあれは大きすぎる。船がひっくり返る可能性さえある。

「やめろ」かがんで糸を切ろうとしたナイサーに、トマス・クレイソンが叫んだ。「切るな。

あれは何百万ドルもの価値がある。何百万だ。釣るぞ。なんとしても釣りあげる」

人魚はいま、水面に浮いてアオザメのように水を跳ね散らかし、腕で糸をとろうとしていた。咳きこんで血を吐き出し、泣くような甲高い声をあげている。

「くそ」ハンクがつぶやいた。「あれを見たか?」竿を持つ手が震えていた。

父親は竿を奪いとりたくてうずうずしていた。ブラックコンチの若者、ニコラスとショートレッグは船尾からあとずさっていた。ナイサーと同じように、ふたりもこれがよくないことだと知っていた。悪い精霊をつかまえてしまうのが怖かった。手を貸したくなかった。何を言えばいいのかも何をすればいいのかもわからない。白人たちはこの生き物を釣りあげたがっているが、この魚は半分が人間の女なのは明らかだ。ブラックコンチの海にいる男の人魚のことは誰もが知っている。けれども、女の人魚? 聞いたことがない。とにかく、悪運を運んでくるのはまちがいないだろう。そして、みなをおびえさせていたのは人魚の髪だった——あの触手をひと振りするだけで、人を殺せそうだった。毒で一網打尽だろう。背中には棘が生えている。背びれだ。カサゴのような背びれ。釣り糸の先には血まみれの怒れる女がいて、あの白人たちは彼女を釣りあげようとしている。だめだ、とふたりは胸のなかでつぶやいた。

人魚はまた水面下に消えていた。若いほうのクレイソンの顔は恐怖と興奮に張りつめていた。

「逃がすな」父親が言った。

「ぼくが何をしてるように見えるんだよ」息子は言い返した。

「バックしつづけろ」父親はナイサーに命じた。

　ナイサーの目にはドルマークが映りはじめていた。自分ひとりなら人魚を海に放していただろうが、話を聞いているうちに、これは金を稼ぐチャンスかもしれないと気づいた。船をもう一艘と新しい車を一台買って、自分で小さな事業をはじめられるかもしれない。それを想像して、ナイサーはスロットルをバックに入れ、船の速度を落とした。エンジンが低くうなった。好奇心がふくらむのを感じた。あの人魚はいくらで売れるだろう？　船をゆっくりと人魚に近づけていった。糸はもう引き出されていなかった。若いほうのクレイソンが竿をあげてはさげ、あげてはさげながら力いっぱいリールのハンドルをまわして糸を巻きとっている。人魚はいま海深くに潜っていた。

「三百キロはある」トマス・クレイソンが言った。ふたたび、海は平らで空っぽになっていた。

リールがまわる音以外、何も聞こえなかった。

「あれを見た？」ハンク・クレイソンは言った。

「ああ、もちろんだ」父親は言った。

「あの胸も？」息子は言った。自分が針にかけたものにうっとりとして、饒舌になっていた。

「ああ、見た」

「顔も見た？」

「ああ」

「腕も？」

「ああ」

「あの……あそこの骨も見た？」

　これには全員がうなずいた。

「スミソニアン博物館に売れる」トマス・クレイソンは言った。「でなきゃ、ロックフェラー研究所に。研究資料として」

　糸は少しずつ短くなっていた。それから二十分のあいだ、五人はじっと後方を見つめながら、人魚をつかまえたら何が起こるのかをそれぞれに計算し、下腹部の奥深くに熱がたぎるのを感じていた。どうなるのか想像がつかなかった。ひたすら海に視線をそそぎ、リールの立てる音に耳を澄ました。人魚はもうじき水面へあがってくるが、また抗うだろう。

「船が獲物の上へ行かないように用心しろ」トマスが言った。

　ナイサーはそうなりかねないのを知っていた。エンジンの回転数をふたたびあげた。

「もう少し糸を引け」父親は言った。

　ハンク・クレイソンはもう二時間も竿と人魚の重みを支えていて、全身がこわばって紅潮していた。

　糸がまた引き出されはじめた。

「モーターを止めろ」

　ナイサーはエンジンを切った。

　船が後ろ向きに引っ張られはじめた。ハンク・クレイソンは糸を巻きとっていたが、糸が短くなればなるほど、人魚の引き返す力が強まった。船体のどこかできしむような音がした。人魚が糸を引っ張っている。人魚は小さな船一艘ぶんくらいの重さがあるにちがいない、とナイサーは思った。船体の下に入られたら、この〝恐れ知らず〟の船もひっくり返されかねない。

刻一刻と時が過ぎていった。海は静かだった。メタリックな青に輝いている。〝必要なものだけをとっていけ〟と海はささやいていた。

「くそ」トマス・クレイソンが言った。「獲物は船の下にいる」

五人はじっと待ち、海を見つめた。ゆっくりと、大きな影が船の下を横切った。何か大きなもの。それがひとたび身を翻せば、全員が跳ねあげられて宙に投げ出される。トマス・クレイソンはハーネスをはずして立ちあがり、水中をのぞきこんで口笛を吹いた。

ふたたび海面が割れた。

左舷から、人魚が跳ねあがった。

今回は、人間の女というよりも魚に見え、力強さが際立っていた。船の高さと幅に匹敵する跳躍を見せ、何メートルもある幅広の銀色のリボンのように尾が輝いた。高く跳びあがった勢いでもつれたドレッドヘアが広がり、血だらけの口が糸に引っ張られてゆがんだ。重い音を立てて水面に落ちると、大きな波を起こしながら尾で水を叩いた。船が左舷側に五センチは傾いた。人魚は力強く尾を動かして船を引きずった。ブラックコンチの男たちは糸を切れと口々に叫んだ。トマス・クレイソンもパニックに陥っていた。エンジンをかけて人魚と逆の方向に走ったら、糸が切れて人魚を逃がしてしまう。

人魚が海に深く潜り、船が傾いて男たちは折り重なるように倒れこんだ。ハンクだけはハーネスでチェアにくくりつけられていた。

「闘え」父親は叫んだ。「あれを引きあげろ」

また船が傾いた。そして、船底そのものが引っ張られたかのように揺れた。操舵室や後甲板を引きちぎられそうな、船そのものを引き裂かれそうな揺れだった。

リールがうなりをあげた。

ハンク・クレイソンの竿が海に向かってしなった。ハンクにはもう支えていられないのは明白だった。疲労困憊で、闘志を失いかけている。いまや、自分が針に引っかけてしまったものに気圧されていた。船が後ろに引きずられ、大きく傾いでいた。船ははるか沖にいて、島影はまったく見えなかった。

父親が息子の竿をつかみとって、釣り師としての手並みを披露しにかかった。以前に大物を釣りあげた経験があったので、おじけづいてはいなかった。まだあと一、二時間はかかると承知していた。闘いははじまったばかりだ。人魚は疲れてはいるが、まだ余力がある。

「酒をくれ」トマス・クレイソンは誰にともなく言った。「鞄にラムのフラスクが入ってる。とってくれ」

ナイサーは事の成り行きを悟りはじめた。人間と獲物の死闘、人間と半分人間の生き物との闘い。年嵩の白人は息子と席を交代してハーネスをつけた。ショートレッグがラムのフラスクをとってきた。船はこの男のものだ。軟弱な息子に釣りとはどういうものかを見せにきた。いま、それにとりかかったのだ。

「エンジンの出力を少しだけあげろ」父親はナイサーに言った。

▽

肺が水でいっぱいになる
それでも海のほうがアメリカ人たちよりいいとわかっている
女がわたしを海に追いやった
ハリケーンを呼んだ
いまは男がわたしを引きあげたがっている
新しい痛みが走る
別の男が糸を引っ張っている
針が喉に引っかかっている
このまま海深く潜って死にたい

でなければあの船をひっくり返して
男たちを海にほうり出すこともできる
わたしはとても大きな魚
わたしは重い

海流に乗って泳げばいい
流れはとても強い
きっとうまくやれる

遠くへ泳いで、そのあと深みに潜る
怖くてたまらない
どんなに泳いでも針ははずれない
このまま海深く潜って死にたい

辱めはもうじゅうぶん
わたしは昔は人間の女だった
ずっとずっと前のこと
孤独の呪いをかけられて
愛を知らない身になった
強力な呪い
ジャグアの木の女神が彼女たちの呪いの女神
あれからずっとわたしはひとりきり

ブラックコンチでの暮らしが恋しい
わたしはまた人間の女になった
彼らがわたしをつかまえたあとに

▽

トマス・クレイソンはフラスクを大きく傾けた。ニコラスとショートレッグが代わる代わるトマスの頭に氷水をかけた。若いほうのクレイソンは日に焼かれ、健闘したものの、すっかり意気をくじかれていた。擦り剝けて血だらけの手のひらに、フラスクのラムをいくらかかけた。格闘は三時間目に突入していた。トマス・クレイソンは竿を引きはじめた。船尾に足をかけ、何もしゃべらず、息を切らさないようにしながら腕を上下させ、竿をさげてはあげてリールに糸を巻きとった。操舵室で、ナイサーはエンジンの出力を弱く保ったまま船をゆっくりと前に進めた。糸は切れないぎりぎりの強さでぴんと張っていた。

「なんてタフなんだ」トマス・クレイソンは言った。「男六人ぶんは力がある」

やがて、糸がまた引き出されはじめた。クレイソンは目を閉じて足を踏ん張り、竿を引いた。獲物は船の周囲をまわっている。大部分を巻きとっていたのに、糸がまた少しずつ引き出されていく。獲物はまた潜行しはじめていた。水面近くにいたのが、またも深く潜っていく。

「深いところへ行って死のうとしてるのかも」ニコラスが言った。ニコラスがしゃべったのはその日はじめてだった。このブラックコンチの若者は、自分が目にしているものにひどくとまどっていた。いとこのナイサー・カントリーに誘われてニコラスは釣り大会に参加した。いくらか金が手に入ったら、映画を見に恋人をイングリッシュ・タウンへ連れていけると思った。

「海の深いところに潜って死のうとしてるんだ。溺れて死のうと」

「黙れ」トマス・クレイソンが言った。

男たちは尻ごみしつつ海を見つめた。糸は引き出されつづけていたが、速度は少しゆっくりになっていた。

父親は竿をあげてはリールを巻き、竿をあげてはリールを巻いた。もうすぐだとわかっていた。もうすぐ勝てるとわかっていた。これまで何度も大物を釣りあげてきたので、このゲームの本質を深いところで理解していた。これは常にアンフェアな闘いだ。獲物を引きあげるための腕のよしあしはあるが、勝率に腕のよしあしはまったく関係ない。メカジキは体重の割によく闘う。しかし、いずれにせよメカジキに勝ち目はなく、勝ち負けは重要ではないのだ。トマスが気に入っているのは駆け引きだった。忍耐、スリル、獲物の姿。勝率などどうでもよく、獲物を逃したことはこれまで一度もない。けれども、これは話がちがう。この獲物は自分と家族に名声をもたらす。人魚が桟橋に吊されるのを見るのが待ちきれなかった。その写真が《ライフ》誌や《ナショナルジオグラフィック》誌の表紙を飾るのを想像した。ニュースが世界じゅうを駆けめぐるだろう。オークションにかけてもいい。これを最後の大会にして、じゅうぶんな金を手に入れて引退できる。

　また糸が張り、トマスは竿をさげた。竿が大きくしなって、虹のように湾曲した。よし、よし。人魚の頭がまた見えてきていた。しっかりと針にかかって、先ほどよりも速いスピードで否応なく船へ引きよせられてくる。あとはリールを巻いては竿をさげ、リールを巻いては竿をさげていればいい。遠からず船に引きあげることができる。

「魚鉤《うおかぎ》を用意しろ」トマスは言ったが、誰も動こうとしなかった。鉤をかけるには全員の力が必要で、人魚はきっと暴れるだろう。それに、あの髪がある。死をもたらす、電気クラゲのような恐ろしい髪《ドレッドヘア》が。


　ついに、人魚は舷側に引きよせられた。血を流し、ぐったりとしていて、体長は船の長さほどもあった。近くで見ると恐るべき生き物で、そこにいるのが人間なのはまちがいなかった。とらえられ、力を使いはたした女が水中を漂い、長い尾を弱々しく動かしていて、ひれがやわらかなプロペラのように水を掻き、口から雲のような血が広がっていた。ブラックコンチの男たちはそれをじっと見た。神聖なものを冒涜している気分だった。これはしてはならないことだ。口から針をはずして、海の深みへ放してやらなくては。その希有な姿やまわりに広がる長いドレッドヘア、尾に沿って銀色の電流を走らせる海水を男たちは見つめた。

「引きあげろ」トマス・クレイソンが言った。

　男たちは人魚の尾びれになんとかロープを巻きつけ、トマス自身が魚鉤を持って身をかがめ、人魚に深く突き刺した。人魚は身もだえしてのたうった。

四人は魚鈎とロープを使って人魚を引きよせ、人魚は大量の海水とほかの魚と大きなうめき声とともにとうとう引っ張りあげられて、甲板いっぱいに横たわった。人魚はすでに死にかけていた。喉に針がかかったまま抗って泳ぎつづけていたうえに、鉄の魚鈎が脇腹に刺さっている。おびただしい血を流し、じっと横たわってうなり声をあげながら、人魚は銀色の目で男たちを見つめていた。

もっともひどいありさまなのは髪で、火のようにもつれてさまざまなものが絡まっていた。いっしょにあがってきたクラゲが長い青い筋になって貼りつき、肩からは髭のように海藻が垂れさがっていた。腰のふくらみにはフジツボがこびりついている。胴はがっしりとしてたくましく、細かい鱗に覆われていて、鮫皮のチュニックを着ているかのようだった。フナムシがまわりを這っている。横隔膜が持ちあがるときにえらの割れ目が大きく開き、指を切り落とせそうなほど鋭い襞が見えた。男たちはあとずさった。背骨に沿って並ぶ棘は平らに寝ていて、たたんだ傘の骨を思わせたが、開いて広がると力強い背びれが現れた。

「なんてこった」ナイサーがつぶやいた。人魚は甲板に横たわり、体を波打たせながら血を流していた。大きくあえぐ音が聞こえた。男たちは目を奪われていた。その存在の悲しさを感じていた。海で、ひとりきりで生きてきた女性。船から海に飛びこんだのだろうか。母親が魚と交わったのだろうか。この半人半魚に対する恐怖と驚嘆に、心臓が激しく脈打つのを全員が感じていた。人魚は剝き出しの蔑みを浮かべた目を男たちに向けていた。彼女は海に留まろうと精一杯に闘ったのだ。男たちは股間が引きつれるのを感じた。年配の男は一物を取り出して人魚の体じゅうに小便を撒き散らしたい衝動に駆られた。若い男たちは勃起したものがズボンを押しあげないように必死になっていた。彼女は磁石のようだった。彼女は針にかかり、打ちのめされた、半ば死にかけ、半ば裸の、若い乙女だった。まちがいなく、それぞれが庇護欲に駆られていた。人魚は海水を吐き出した。喉の奥深くからあふれ出てきたように見えた。えらからも海水が染み出ていた。彼女は陸にあげられた魚であり、それでも普通の魚とはちがって息絶えることはなかった。喉が渇いた子どものように、大きくすばやく空気を吸いこみ、生き延びようとしていた。髪がうごめいて、甲板に広がった。そのまわりで、たくさんのブリモドキが死にかけていた。人魚は早くも海のなかにいたときより体が縮んだように見えた。

「えらにラムを流しこもう」ショートレッグが言った。

「だめだ。死んでしまうかもしれない」トマスは言った。「腕を縛れ」

ブラックコンチの若者たちはひるみ、あとずさった。近づきたくなかったが、彼女はいま船の上にいて、尾が甲板を打っていた。彼女は魚と人間の女とがひとつにつながった存在だった。若者たちは茫然と見つめることしかできなかった。人魚の尾は肉感的で力強く、てらてらとした虹色に輝いていた。手には水かきがついている。手首はマザーオブパールの腕輪で飾られていた。手を開くと、指は骨ばっていて細く、水かきがピンクがかった乳白色に光った。

「ほしい」ショートレッグがつぶやき、口を押さえて自己嫌悪の表情を浮かべた。

ナイサーは、自分たちが陸地から遠く離れた場所にいること、島へ戻るぎりぎりの燃料しか残っていないことを承知していたが、これは心穏やかに島へ持って帰れるものではなかった。

この半人半魚を目にした雇い主たちのあざけりや恥ずべき態度を思い、彼女が引き起こすだろう騒ぎを想像した。

ハンクとトマスのクレイソン親子は人魚の手を縛り、口にもロープを噛ませた。そして冷たいビールを飲んだ。ハンクはコダックのインスタントカメラで人魚の写真を撮った。ひとりずつ身をかがめて、人魚の暗い顔の横で笑みを浮かべた。人魚はロープを噛みしめていた。おびえて、打ちのめされているのは明らかだったものの、白人ふたりが同情を見せることはなかった。少なくとも、父親のほうは。トマスは目を見開いて、自らの獲物に見とれずにはいられなかった。なんというものを海から引きあげたのだろう。ある種の見世物だ。水槽に入れて生かしたまま飛行機で家まで運ぼう。にんまりとしてトマスは息子のほうへ目を向けた。若いハンク・クレイソンは、実のところまだ女を知らなかった。結婚はもちろん、ディナーデートに女を誘いこむだけの男の技術も身につけていなかった。高校のたくましい友人たちがこともなげにうまくやるのを何度も見るうちにあきらめてしまった。ハンクは耽美主義者だった。翻訳版ではあるけれども、ギリシャの古典文学を読む。いつか、これまで出会ったことのないタイプの女性、自分を理解してくれる女性が人生に現れるだろう。そして、これが起こった。海から女性を引きあげた。ほかの男たちと同じように、ハンクは股間の奥深くに電流がたまるのを感じた。釣り大会というのは結局、おもしろいものなのかもしれない。もう一度やってみてもいいとさえ思えた。生まれてはじめて、女性を引っかけたのだ。いまつかまえた人魚の詩を書こう。最高のソネットを。全力をつくして彼女とコミュニケーションをとろう。はじめての女性、アトランティスのヘレネ、海の乙女と。

ふたりは人魚の髪にレッドラムをかけ、おとなしくさせた。そして人魚の顔に古い防水シートをかけ、あの憎しみのこもった銀と黒の目をこちらに向けられないようにした。


帰りの船のなかではみな、ほとんどしゃべらなかった。あと一時間ほどで日が暮れようとしていた。人魚は絶え間なくうなるような音を発するようになっていた。前後に体をくねらせ、跳ねていたので、船から飛び出すのではと男たちは不安になりはじめた。トマス・クレイソンが金属のルアーケースで人魚の頭をなぐり、気絶させた。

「港へ戻るぞ」ナイサーに命じた。

帰路の海は穏やかに見えた。低い位置に雲が集まり、後ろから夕日に照らされて、縁がピンクに染まっていた。男たちはそれぞれ深い物思いに沈んでいた。ナイサーは自分のベッドや妻のこと、家や生活のこと、けさはいかに満ち足りた気分だったかを考えていた。妻といっしょに何年もミス・アルカディア・レインから借りている、小さな木の家を気に入りはじめてさえいた。いまは、すべてが変わってしまったように感じた。何か罪を犯したかのようだった。会った瞬間から気にくわなかった白人たちの仕事など、引き受けなければよかった。ナイサーはずっと漁師をやってきた。十七歳のときから海で働き、夜明け前に漁へ出て、昼前に戻る生活をしていた。規則正しく過ごし、生計を立ててきた。変わったものも見てきた。小さな子牛ほどもあるめずらしいまだら模様のハタを釣ったときには、三人がかりで船からトラックの荷台に移し、イングリッシュ・タウンへ運んだ。魚は一時間ほど生きていた。最終的に波止場で分厚い弾力のある切り身にされて、大きなホテルに買いとられた。サメも、オサガメも、さまざまなエイも、海にいるつかまえられる生き物はほとんどすべてつかまえた――巨大なカジキも前の年に釣りあげた。物心ついたときから日に二回、海に出て戻ってくる漁師たちを見てきた。浜には石の集積場があって、子どものころも大人になってからも、そのまわりで遊んだ。父親も漁師だった。ブラックコンチ北部のほかの男もみな漁師だった。しかし、男の人魚の話は聞いたことがあっても、きょうつかまえた半人半魚のようなものは見たことがなかった。人魚が半分裸で、半分女なのが気に入らなかった。ぎらぎら光る鋭い目も、人魚に見られたことも気に入らなかった。人魚のうめき声は、人間の女を、母親や姉やおばをつかまえてしまったかのように聞こえ、息が整ったら何かをしゃべり出しそうにさえ思えた。

桟橋に引きずりおろされたとき、人魚はまだロープを嚙まされて手を縛られていて、気を失ったままだった。息はしていたものの、浅かった。体の色が変わっていた。尾の輝きが鈍くなり、早くも茶色くくすんでいた。湿って剝がれかけた壁紙に包まれているかのようだった。人魚は死ぬかもしれない。死にかけているのかもしれない。明らかに体が縮んでいた。桟橋にはすでに、牛の枝肉並みの大きさのニシクロカジキが二匹、尾から吊されていた。たくさんの船が港に戻って停泊していた。男たちがあたりをうろつき、飲みに繰り出して、シシーの店でラムを一杯、あるいは三杯飲んだ。日が沈もうとしていた。

みなに見えるよう、人魚はニシクロカジキの隣に吊された。人魚は逆さまにされ、恐ろしい髪を引きずってぶらさがっていた。手は背中で縛られ、乳房は剝き出しだった。男たちがまわりに集まり、人魚に触りたがって、何人かは実際に触った。尾をつつき、つねって、感触を確かめた。指を伸ばして、ざらついた腹の皮に触った男もいた。

「やあ、かわい子ちゃん」男はそわついた声で言った。

みなが笑った。

さらに大胆に、人魚の乳首をつねった者もいた。それは小石のように硬かった。

触れられた人魚は身をよじった。

縮んではいたものの、人魚はまだカジキよりも大きかった。みな、クレイソン親子にどう声をかければいいのかわからずにいた。多くの者はただ黙って、驚愕して人魚を見ていた。ブラックコンチの海には男の人魚がいるという噂を思い出した者もいたが、このあたりで女の人魚の話を聞いた者はなく、実際につかまえたことのある漁師はまちがいなくいなかった。近くに電話はなかったので、新聞記者のような有力な人物に連絡するすべはなかった。朝になったら誰かが知らせないといけないだろう。外国から来た釣り師の何人かが写真を撮った。フラッシュがたかれた。強い光に痛みを感じたかのように、人魚は身じろぎした。一日の終わりの弱く黄色い光が空から漏れるなか、バーにいた男たちも話を聞きつけて、桟橋はしだいに疲れて酔っ払った潮くさい漁師でいっぱいになった。

ナイサー、ショートレッグ、ニコラスはいなくなっていた。ナイサーは大鍋いっぱいの米料理《ペラウ》と冷たいビールとベッドを求めて家へ帰った。ほかのふたりはバーの裏手にある村へ消えた。誇らしさは誰ひとり感じていなかった。朝になったら報酬をもらいに戻るつもりだった。

言い伝えや漁師たちの見解や推測から、問題があるのが明らかになった。大会の獲物は計量のあと、頭と吻を切り落としてトロフィーにする。体は倉庫に運んで内臓を抜き、鱗を落として切り分けてから売りに出す。しかし、半人半魚の場合は？　人魚の場合はどうするのか？

人魚は魚なのか、肉なのか？

人魚を切り分ける光景を想像して、男たちは笑った。

人魚は重さ一キロ当たりいくらで売れるのか？

人魚のアイカイアは逆さまに吊りさげられ、ロープを嚙まされていた。目から塩辛い脂がにじみ出た。男たちが何を話しているのかはわからなかったけれども、ひどいことを言われているのはあざけるような声音から察しがついた。アイカイアは男たちのことを覚えていた。遠い昔、自分のもとへ通ってきた、既婚者や独身の男たち。彼らはアイカイアの歌を聞き、踊りを見つめて、そばを離れようとしなかった。村の女たちには、それがすこぶる気に入らなかった。

息子のハンク・クレイソンは悲しみに浸っていた。ビールをいっきにたくさん飲みすぎて、あの格闘やスリル、獲物を釣りあげたときの感情に圧倒されていた。何時間も竿を支えていたせいで全身が痛かった。人魚の裸の体がほかの大勢の男の目に触れているのが気に入らなかった。彼女を覆い隠したかった。あんなことをしなければよかったといまは思えた。人魚を引きあげなければよかった。早くもハンクは彼女をヘレネと呼んでいた。この状況をどうしたらいいのかわからなかった。彼女はうめいていて、頭を殴られた衝撃からは回復しかけているようだ。ほかのみなも、彼女の裸をどうすべきかわからないでいるのは明らかだった。男たちはただ見つめていた。自然界の突然変異であり、死にかけている彼女を。

音もなく、雨が降りはじめた。

ひとりが大きなゲップをし、バーへ戻っていった。

ほかの男たちもあとに続いた。

ハンク・クレイソンは自分がこれまでと変わってしまったような気がした。こんなことがあったあとで、結婚相手を見つけられるとは思えない。人魚は太古の昔の〝伝説〟であるべきだ。彼女をロープからおろしたかった。彼女を見ていたくなかった。ハンクはほかの男たちのあとについてバーへ向かい、したたかに飲んで、できうるかぎり酔っ払った。

夜の帳がおりるなか、雨が人魚に降りそそいだ。桟橋の端にある照明が点灯し、オレンジ色に光った。雨に包まれ、人魚は身を震わせはじめ、意識を取り戻した。男がひとり、見張りに残っていた。トマス・クレイソンから百ドル札を握らされて、あとでもう百ドルやるとささやかれた。見張り役は小柄な男で、濃いけれども手入れをした口髭をたくわえ、野球帽を目深にかぶっていた。マイアミから来ていて、それまでは人垣の後ろから人魚を見張っていた。彼も氷入りのレッドラムコークで酔っていた。ほかの男たちがいなくなると、見張りはくわえていた煙草を口から出して人魚の腹に押しつけた。そしてベルトをはずしてショートパンツのファスナーをおろし、やわらかいピンクの一物を出して人魚に見せ、しゃぶりたいかと尋ねた。人魚にしゃぶってもらったことは一度もなかった。まるまるとしたものを、ジューシーな芋虫のように人魚の顔の前にぶらさげた。「ほら」男は言った。「少しどうだ？」それを顔にこすりつけて笑い、自分はこの世でただひとり人魚とやった男だと言って、人魚をつかみ、後ろから突く真似をした。できるものならその場で犯していただろう。男は静かな夜のなか、大声で人魚にそう言った。かつては何度となく迫られて、交わりたがったり犯したがったりする男が絶えなかった、その人魚に。

やがて、男は人魚の脇腹に盛大に放尿し、あちこちをホースで洗うかのように一物を振り動かした。尿は熱く、アンモニアとラムのにおいがした。

人魚は憎しみのこもった目で男をにらんだ。

「生意気なやつめ」男はアメリカ訛りで言い、酔っておぼつかない足どりで桟橋を戻っていき、見張りを忘れてシシーの店へ向かった。店は満員で、全員がまだ人魚の話をしていた。その夜、たくさんの伝説が持ち出され、みながあれこれと見解を披露した。人魚は幸運のきざしだ、不運のきざしだ、船を丸ごとのみこめる、シャチと交わった、実はクリトリスがある、尾の秘密の場所に小さなカキを隠してある。これにはみなが笑った。男たちは人魚という酒を飲み干した。トマス・クレイソンは店の全員に酒をおごった。幸運に目がくらみ、満ち足りて、心地よく疲れ、失望だらけの人生の終わり近くにようやくすばらしいことが起こったと感じていた。ここらで妻と別れてもいいかもしれない。もっと大きな船を買おう。絶対に。

3　島で

デイヴィッド・バプティストの日記　二〇一五年四月

彼女が逆さ磔《はりつけ》のように尾から吊りさげられているのを見たとき、心臓が止まって、血が冷たく冷たく冷たくなった。やはり、つかまっていた。いちばん恐れていたとおりに。彼らの船のあとを一時間ほどついていったが、彼女を引きあげる前にそばを離れてしまった。船がはるか沖へ向かっていたので、引き返したのだ。自分の丸木舟のエンジン音が彼女をおびきよせてしまったのではないかと、いやな予感がすでに胃の奥を漂っていた。だから引き返したのだけれども、遅すぎた。彼らが彼女を海から引きあげ、半死の状態で連れ帰ってきたのは自分のせいだ。逆さまに吊りさげられ、市場に出荷するカニのように口と手にロープを巻かれた姿を見たとき、彼女はもう死んでいるのだと思った。あんな姿を見るのがいたたまれなくて、頭をすばやくすばやく働かせた。どうやって彼女をおろせばいい？　早くしないと、何かよくないことが起こりそうで不安だった。こんなとき、このあたりの男たちは酔っているとひどい行いをしかねない。ミス・レインはそういうことをきらう。それは確かだった。ミス・レインは女性たちやその扱われ方にとりわけ敏感だった。

おれは近所の家の庭から手押し車を拝借してピックアップトラックの荷台に積み、静かにゆっくりと車を走らせた。シシーの店は酒を飲む男たちでいっぱいで、その前を通りすぎたとき、客の半分は知った顔なのが見てとれた。雨が降っていたのは幸運だった。みな、店から出てこない。桟橋のたもとまで行くと、大きなカジキの隣に吊されている彼女が見えた。マーダー・ベイの沖の岩場で、こちらを見つめる彼女を見たときのことを思い出した。おれたちはいつも互いを見つめていた。そういうとき、神はどうやって彼女を作ったのか、どうして作ったのかを考えた。毎回、「ほら、いい子だ、おいで、なあ」と声をかけたものだ。おれは手押し車と反り身の短剣を持って、桟橋の先端へ急いだ。

雨は激しくなっていた。桟橋の照明の下で、彼女の体は冷たくくすんで見えた。目は閉じられていた。けれども、胸が上下しているのがわかった。彼女の下に手押し車を置き、短剣をロープにふた振りすると、彼女は落下し、手押し車に体が半分乗った。大蛇が落ちたかのように、大きな大きな音がした。すぐに運び出さなくてはならないとわかっていた。防水シートで彼女を覆い、ピックアップトラックまで手押し車を運んだ。かなりの労力がかかった――渾身の力をこめて彼女を担ぎ、急いで荷台にのせた。

家に着くと、ホースを部屋に引きこみ、バスタブに入れてあったものをすっかり取り出した。古い舟のエンジン、舟の部品、雑多な品がほうりこんであった。そのころは家の裏で、バケツで水を浴びていた。いまも同じ家に住んでいる。四十年ほど前に、自分で建てた家だ。土地はミス・レインのものだが、いずれ売ってもいいとミス・レインは言っている。使った木材やコンクリートはもらいものや借りもので――いとこたちが家を建てるのに使った残りの寄せ集めだ。当時もすでに二階建てで、小さなふた口のガスコンロを置いた調理スペースもあった。テーブルがひとつと椅子が二脚あり、二階に大きなベッドを一台置いてあった。電気は通っていなかった。夜は風よけつきのランプを使った。バスタブも水道管にはつながれていなかった。よその家の庭から拾ってきたもので、いつか使い道ができると思っていたのだが、それは正しかった。もちろん、その年にロザムンドが来て、家の大部分が吹き飛ばされた。それから少しずつ、手なおしをしてきた。

バスタブに、縁まで水を入れた。塩をひと箱ぶん全部空けた。そこで、遅ればせながらパニックに陥った。桟橋から彼女を救い出したとき、彼女はまだ生きていた。頭にあったのはただひとつ、彼女を朝まで生きながらえさせることだった。アメリカ人たちが彼女に何をするつもりなのかは誰にもわからない。博物館か、もっと悪ければ水族館に売り渡す気かもしれない。彼女を海へ帰したかった。しかし、その晩のうちに彼女を自分の丸木舟に乗せることはできないとわかった。それには手助けが必要だ。重すぎて、ひとりで家から舟まで運ぶのは無理だった。とるものもとりあえず、とにかく彼女をロープからおろした。そうしたあとで、舟に乗せて遠く遠く運んで海へ帰すのは次の夜にしようと決めた。ナイサーに手伝いを頼むつもりだった。彼女を海まで運び、放す。彼女がここに残るかもしれないとは想像もしなかった。そのあとに起こるすべてのことも。はじめて家へ連れてきたとき、おれは必死になって彼女を荷台からおろし、バスタブへ運んだ。彼女も雨のなかで目を覚ましていて、彼女が暴れ出すのではないかと不安になった。

丸めた古カーペットのように彼女を肩に担いで運び、バスタブに入れた。彼女は驚いた顔をしたあと、何が起こっているのかを理解した。口にロープを嚙まされ、手を背中で縛られたままだったけれども、目を見開いて甲高い声をあげはじめた。おれは彼女の口を押さえた。「しーっ、いい子だ。しーっ。さあ、おれだ、おれだよ、きみは安全だ。安全なんだ。だいじょうぶ」

それでも、彼女はひどくおびえていた。バスタブのなかで落ち着かせるのにその夜と次の日の昼までかかり、口や手のロープをはずしたのは午後になってからだった。そのときにようやく、彼女が自分を覚えているのではないかと希望を抱いた。彼女を波間から誘い出したギターを持つラスタマン、森羅万象を讃えるを歌ったあの男だと。

ついに口のロープをとったとき、彼女は声をあげなかった。

「おれを覚えてるか?」おれは言った。

しかし、彼女は覚えているそぶりをまったく見せなかった。ただバスタブの水を飲み、身を隠すようにして、バスタブの底に横たわった。尾がはみ出していたけれども。

彼女はその日ずっとこちらを見つめていた。一度も会ったことがないかのような目つきだった。自信はなかったものの、彼女を海へ帰さなくてはならないことはわかっていた。次の日に手のロープをはずしたが、彼女はバスタブの底にじっとじっと横たわったまま こちらを見ているだけで、いったい何を考えているのだろうとおれはいぶかった。早くも彼女の尾が干からび、体が小さくなっているのが見てとれた。尾の付け根近くにある魚鉤の深い傷にラムを少しそそぎ入れ、傷がよくなることを願った。

▽

吊りさげられていたはずの人魚がいなくなっていることがわかると、浜では酔っぱらいたちが騒ぎ出した。祝い酒でまだ半分酔っ払っていたトマス・クレイソンは泥棒だと叫び、人魚を取り戻すべく、すぐさま五万ドルの賞金を懸けた。地元の漁師たちは何が起こったのかわかっていた。精霊の魚はとっくに海へ帰ったのだ。ブラックコンチの住人に賞金をほしがる者はいなかった。人魚が消える前から、みなおびえていた。人魚は海へ戻った。住み処へ帰った。村を去って男の人魚と合流した。明らかなことだった。町にいる白人だけが、犯人を探していた。ブラックコンチの人々は、誰も人魚を盗んでいないことを知っていた。全員がいとこであり親戚なのだ。人魚を盗んだ者がいるのにみながそれを知らないなどということはありえない。セント・コンスタンスのような小さな村で、あの大きくて恐ろしい人魚を隠しておけるわけがない。人魚はラバほども重い。ロープからおろして運び去れるほど屈強な者などいないし、あんな大きなものをどこに隠すのか。家に水槽がある者はいない。人魚を置いておける場所など誰の家にもない。人魚は海へ帰って、仲間といっしょにいる。でなければ、大きなホテルのどれかが大型の持ち船を一隻桟橋につけて、シシーの店でみなが酔っ払っているあいだに人魚を盗み出したにちがいない。いまごろマウント・アーネスト・ベイ・ホテルで人魚料理がふるまわれているだろう――そう噂されていた。闇にまぎれて大型船が人魚を連れ去ったのだ。

人魚の存在と同じように、人魚の不在もみなの心を乱した。二匹のカジキをロープからおろして倉庫へ運び、頭を切り落としたとき、みなの不安をあおる出来事が起こった。変人のアーノルドが、いつも以上におかしなことをしたのだ。アーノルドは片方のカジキの頭を盗み、もとの持ち主にでもなったつもりか、自分の頭にかぶった。そして、カジキの頭をかぶったまま、村じゅうを浮かれ歩いた。怖がる人々のあいだを走りまわり、奇声をあげて、彼自身も釣りあげられたかのようにふるまった。自分はブラックコンチの男の人魚なのだと言いつづけた。自分は半人半魚で、若いかわいい娘と交わりにきた、と。想像してみてほしい。長い吻を持つ魚の頭をかぶった男。カジキの頭から滴り落ちた血が首筋を伝ってシャツを真っ赤に染めるなか、手を血だらけにして朝じゅう村を走りまわり、近づいたら血をなすりつけるぞとみなを脅した。吻を頭にのせた姿はユニコーンを思わせた。みながうんざりし、あんな人魚などつかまらなければよかったのに、セント・コンスタンスに連れてこられなければよかったのに、と思った。夜が明けるころには大勢が二日酔いに苦しんでいて、あれやこれやで誰もが落ち着かない気持ちになっていた。

やがて、ニュースが丘をのぼってミス・アルカディア・レインのもとへ届いた。いとこのシシーが浜の騒ぎを電話で知らせたのだ。現れて消えた人魚のこと、人魚に懸けられた賞金のこと、そして新しい人魚アーノルドのこと。ミス・レインは古いランドローバーのジープに乗って息子のレジーといっしょに浜へおりた。レジーはお気に入りのパイロット用サングラスをかけ、編んだ髪をグリースで固めていた。ミス・レインがセント・コンスタンスの浜へおりてくるのは必要に迫られたときだけだった。普段は丘の上の屋敷にいて、ピアノを弾いたり、本を読んだりしていた。釣り船の多くは大会二日目の漁にすでに出発していた。いくつかの船は、もう一度人魚をつかまえようと、意気揚々と沖へ出ていった。父親のトマス・クレイソンも漁へまた出ていたが、別の乗組員を二倍の金額で雇っていた。今回は絶対に人魚を連れて帰ると決意していた。息子のハンクはふたたび漁に出るのを拒んだ。ハンクは人魚への傷心をなぐさめていた。はじめて引っかけるのに成功した女性はいなくなり、現れたときと同じく、魔法のように消えてしまった。カメラで写真を撮ったのはわかっていたが、証拠になるはずの写真はピントがうまく合っていなかった。手が震えていたにちがいない。とはいえ、朝になってみると、人魚が存在していたという事実さえすでに疑わしく思えていた。そこにいたのにいなくなってしまった人魚というものに説得力があるとは言いがたい。〈恐れ知らず〉号の乗組員は人魚を見ていたが、彼らも姿を消してしまった。バーにいた男たちも見ていたが、すぐに酔っ払ってしまったし、大半はまだ寝ていた。結局のところ、酔っ払った漁師の一団が桟橋で尾から吊されている人魚を見たと言ったところで、誰が信じるだろう。シシーは人魚を見ていなかった。シシーのいとこのプリシラも、村のどの女性も見ていなかった。酔っ払いの一団がすべてをでっちあげたのではないか？

そういうわけで、白人の女性を見たハンクはほっとした。喜び勇んでミス・レインのジープを出迎えた。ミス・レインなら人魚を呼び戻せると言わんばかりだった。ミス・レインが人魚を連れていったのかもしれない。そうでなくても、誰が人魚を連れていったのかを知っているかもしれない。自分の話を聞いてもらいたくてたまらなかった。ハンクはまだきのうの黄色いTシャツを着たままで、シャツには汗と血が染みこんでいたが、〝運命の女神は勇者に微笑む〟という文字はまだ読みとれた。この遠いカリブの海辺の村で、ハンク・クレイソンは自分の力不足を笑い物にされている気分になっていた。荷物をまとめて、船は捨て、マイアミへ飛んで帰りたかった。父親は正気を失ってしまった。普段でも父親は気詰まりの源だというのに。これは休暇のはずが、いまやこの始末だ。

ミス・レインはジープを停めて車を降りた。若いアメリカ人に歩みより、目をすがめてTシャツの文字を読んだ。

「おはようございます、マアム」ハンクはフロリダ訛りで言った。「お会いできて光栄です」

ミス・レインはハンクを一瞥し、体を洗って髭を剃ったほうがいい、日曜のこんな朝早くに自分を起こすとは何事なのか、という顔をした。

「いったい何がどうなってるって？」ミス・レインはハンクが差し出した手を無視し、脇を通りすぎて桟橋へ向かった。間抜け面をした若いアメリカ人の相手をする気分ではなかったし、人魚やカジキの頭をかぶったアーノルドの話を広めたくなかった。

ハンクはすぐに、ミス・レインが測りがたい相手であることに気づいた。まず、話し方が地元の漁師と同じで、のんびりとしてリズミカルな、砕けた古めかしい英語を使っていた。ミス・レインがこの島を、少なくともこの一帯の土地を持っていることは知っていたが、教育の程度が高くないのは明らかだった。彼女は白い、まさしくミルクを思わせる肌をしており、顔や腕にはそばかすが散っていて、黒い斑点のある白いポニーになんとなく似ていた。じっと見つめずにはいられない容姿だったが、ミス・レインのきつい緑の目は、〝いい根性ね〟という光を放っていた。ミス・レインは小柄で、ハニーブロンドの巻き毛を少年のように短く切っていた。村長のように尊敬を集めているのもまた明らかだった。それでも、口を開くと地元の人々と同じ言葉がこぼれ出て、そのギャップに驚かずにはいられなかった。肌が白い以外、彼女はブラックコンチの人々と変わらなかった。ハンクはミス・レインのあとを追い、桟橋とその端に座っているアーノルドのほうへ向かった。アーノルドはカジキの吻をつけたままだった。

「アーノルド」ミス・レインが大きな声で言った。「いったいどうしたっていうの」

アーノルドは答えなかった。桟橋から足をぶらぶらさせ、海を見ている。後ろから見ると、人魚のようだった――上下が逆だが。

「アーノルド、その汚いものを頭から脱いだら」

返事はなかった。

「アーノルド」ミス・レインは繰り返し、さらに近くへ寄った。「そのいやな魚の頭をいますぐとりなさい。ひどい感染症になるかもよ」

アーノルドにはその声が聞こえていなかった。カジキの頭が耳を塞いでいた。

ミス・レインはアーノルドを見おろすように立った。ヒールのないサンダルに花柄のワンピースという恰好だった。アーノルドは海を見つめたまま物思いに沈んでいる。今回はミス・レインは声をかけなかった。魚の頭を引っ張ると、魚の頭は水っぽい音を立てて脱げた。アーノルドはミス・レインを見あげて、なぜそんなことをするんだという顔をした。ミス・レインはアーノルドが賢いことを知っていた。何度も会ったことがあるし、実のところ、おそらくはいとこの甥だった。サンダルを履いた足でしゃがみこみ、を洗ってきなさい、ね。みんなを困らせるのはやめて」

アーノルドは肩をすくめた。彼は誰かに何か特別なことをしたいわけではない。退屈しているだけだ。話によれば、昔は大きな島の大学に行って政治学者になる勉強をしたいと思っていたらしい。いまはマリファナの吸いすぎと退屈のせいで頭が少しおかしくなっていた。人を怖がらせるのが好きなのだ。ミス・レインはずっと前からそう見抜いていた。勉強をするように勧め、そのための資金援助を申し出たこともあった。しかしアーノルドは、マリファナをやめられず、さらにはかごに入れて飼っているたくさんの鳥のこともあって、島を出ようとしなかった。

「アーノルド」ミス・レインは言った。「わたしはあなたのことをよく知ってる。それはわかってるでしょ。まわりを困らせてあなたの人生を無駄にしないで、ね？　あなたがあなた自身を困らせつづけるのと、あなたが騒ぎを起こしてほかの人たちを困らせるのはまったく別のこと。わかった？ そうしたいなら、わたしのところで働いてもらうこともできるから。そのうちに会いにきなさい、ね？」

アーノルドはうなずいたが、こちらの申し出に関心がないのがミス・レインにはわかっていた。労働。この人は労働をするには頭がよすぎる。

「わかった、ミス・レイン。そのうちに行く」アーノルドはうそぶいた。実際に来ることはないだろう。アーノルドは丘で大麻を育てている。大勢がそうやって生計を立てていた。セント・コンスタンスの男たちは大麻を育てるか海で魚をとるかしている。丘と海はつきることのない恵みをくれる。

「困ったことになるのはそっちだ」アーノルドは言った。

「え？」

「そっちが困ったことになる」

「アーノルド」ミス・レインは言いよどんだ。「何の話？」

「あれを見た」

「何を見たって？」

「人魚だよ」

「へえ、そう」

「吊りさげられてた。よそ者がひとり来て、人でなしなことをした」

ミス・レインはアーノルドをじっと見た。

「海の精《マミワタ》。海からお姫さまを引きあげたみたいだ。放してやらなきゃいけなかったんだ。つかまえていいもんじゃない。いきなりいきなり人魚が消えても、おれは驚かない」

ミス・レインはそれ以上そんな話を聞きたくなかった。いまは。こんな朝早くには。

「ここらの土地を持ってるのはあんたで、あの人魚がまだこのあたりにいたらほんとに困ったことになるのはあんただ、そうだろ？　あれは海にいるべきなんだ」

「わかった、じゃあまた」ミス・レインは言った。けれども、いまはいやな予感がしていた。立ちあがって、これまで毎日してきたように、静かな湾を見渡した。海を憎んでいたけれども、愛してもいた。レイン家は一八六五年からセント・コンスタンスのほとんど全部を所有している。奴隷制度が終わった世代からずっとだ。土地のほとんどは丘の上にある熱帯雨林だが、麓の村や湾も含まれている。ミス・レインの先祖はグレナダから来た英国国教会の牧師で、この地に移民したイギリス人が何代にもわたって子孫を作り、やがてこの地の一部になった。つまり、この湾一帯はミス・レインの受け継いだ土地であり、財産であり、責任であり、世界であり、ときに喜びの地であり、逃れられない重荷でもあった。この島やまわりの海の伝説を、たくさん聞いて育った。つかまった人魚の物語もそうした伝説のひとつだ。きのうはみな酔っていたし、酔っ払いはどんな幻を見てもおかしくない。ミス・レインがニシクロカジキの頭を片手に持って、栈橋を引き返していくと、あのアメリカ人の若者がまだうろついているのが見えた。

　ハンクがもうひとつ驚いたのは、短い髪と〝いい根性ね〟というきつい目つきと盛大なそばかすはともかくとして、ミス・レインはなかなかに美しいということだった。育ったのがブラックコンチでなければ、かなり魅力的になっていたかもしれない。当然ながら、日差しで肌は傷んでいた。明らかに風変わりな環境のせいで、気立ては荒く、言葉も古めかしい。口もとも独特だった。ふっくらとして大ぶりで、アフリカ人の口に似ていた。ハンク・クレイソンは、地主は男で、ヨーロッパ人だろうと思っていた。ところがそうではなく、このぶっきらぼうなそばかす顔の、地元民と同じようにしゃべる女性を相手にすることになった。またしても、村の奇妙さがのしかかってきた。みなが自分の知らない何かを知っているような気がした。誰も彼もがそろって口をつぐみ、かかわるまいとする。唯一の望みの綱は、ミス・レインに人魚をつかまえた事実を伝えることだった。ハンクは桟橋を離れるミス・レインのあとを追った。

「ミス」ハンクは声をかけた。「ミス・レイン」しかし、ついていくのがやっとだった。小柄な割に、ミス・レインは歩くのが速かった。

「レジナルドのところに戻らないと」ミス・レインは言った。

「レジナルド？」

「息子。ジープで待ってる」

　息子に興味はなかった。ハンク・クレイソンはミス・レインを追って桟橋をあとにし、浜の道路へ出た。

「話があるんです……何があったかについて。きのう……」しかし、息が切れて、言うべきことがうまく言えなかった。「というか、ゆうべ。いや、きのうなんですが」

通りかかった人すべてに対してミス・レインがうなずいたりちょっとした表情を作って挨拶をしたりしていることにハンクは気づいた。それが一種のしきたりのようだった。男も女も全員が会釈を返した。「おはようございます、ミス」と挨拶した者もちらほらといた。

「見てのとおり」ミス・レインは言った。「あまり時間がないの」

ハンクを待つ気はないようで、足は止めない。

ふたりは倉庫のそばに来ていた。ミス・レインはカジキの頭を石のカウンターに置き、ホースでカウンターを洗っていた男たちに意味深長な目を向けた。まだ朝早かった。村は動きはじめたばかりだった。

「これを持ち主に返しておいて」

「あの」ハンクはかすれた声で言った。「待ってください。少しでいいので」人魚が、自分のヘレネが、手からすり抜けていくかのようだった。人魚など最初からいなかったかのようだった。ミス・レインの手首をつかみたいのを必死にこらえたが、ミス・レインの表情にはとりつく島がまるでなく、いずれにせよそんな勇気は出なかった。

「ええと、ミスター……」

「クレイソン。ハンクです。ハンクと呼んでください」

「では、ハンク。きのう、ここでいったい何があったの？」

ハンクは言いよどみ、サファリ帽を脱いで心を落ち着けた。

「ぼくたちは人魚をつかまえたんです」

ミス・レインは無表情で応じた。

ハンク・クレイソンは喉の神経が飛び跳ねるのを感じた。ミス・レインにしがみついて泣き叫び、父親がおかしくなってしまった、あんなろくでなしの父親は海で死んでしまえばいいとさえ思っているのだ、と打ち明けたかった。ぼくたちは人魚をつかまえたんです。偶然に。

ミス・レインの表情は動かなかった。この外国人は自分をからかっているのだ。臆面もなく嘘をついている。アーノルドも嘘をついている。というか、一連のでたらめをでっちあげている。アメリカ人の漁師たち。彼らはやってきては去っていく。丸木舟や夕日や集まって壁に片脚をついているラスタマンたちの写真を山ほど撮る。釣りをし、地元の女と寝て、地元のマリファナを吸い、地元のスパイス入りラム《ババシュ》を飲む。そして、ちょくちょく、いろんなものをつかまえたと主張する。クジラ、ホホジロザメ、二倍の値がつく大カジキ、男の人魚をつかまえたというのも少し前に一度あった。昔、植民地時代の誰かがそういう伝説を作った――オランダ人だかイギリス人だかフランス人だか知らないが。

「そう」ミス・レインは言った。

ハンク・クレイソンは早口でできるだけ詳しくきのうの出来事を説明した。最後に見たとき、人魚は逆さまに吊されて口にロープを嚙まされ、縛られて、裸の力ない姿をさらしていた。そして、まだ生きていた。

ミス・レインは話を聞きながらうなずいたが、目はジープで待つ息子のほうにずっと向けられていた。

話が終わると、ミス・レインはカジキの頭の生ぐさい汁をスカートでこすりとりながら、ハンクをまっすぐに見た。

「ねえ、ハンク」ミス・レインは冷たいまなざしを向けた。「このブラックコンチでは、特にこのあたりでは、よく知られてる。ここの海には男の人魚がいるって」

ハンクはうなずいた。

「だけど、それはみんな伝説」

「でも」

「人魚は存在しない。いい？　女の人魚もね。いないの。物語なの。古い伝説。遠い時代の名残。わかるでしょ――おとぎ話よ。あなたは何かをつかまえたのかもしれない。ほんとうに。でも……なんであれ、それは消えてしまった。もうここにはいない。全部忘れたほうがいいと思う。朝食にラムを飲みなさい。あなたのお父さんはもう海に戻ってる……そうでしょ？」

ハンクは信じられない思いでミス・レインを見つめた。信じてもらえないとは。

「でも……」

ミス・レインは、話は終わりという顔をした。そしてこわばった笑みを浮かべてうなずき、息子のもとへ歩き去った。薄い茶色の肌の、耳の不自由なレジナルドは、辛抱強く母親をずっと待っていた。

わたしを追い払うのは簡単だと女たちは考えた
わたしの性器を尾に封じこめた
男が好むあの部分を封印するなんて最高の冗談

けれどもあのおばあさんはわたしに親切だった
ずっと昔に年老いて追放されていた
名前はグアナイオア
ジャグアの女神がわたしたちの姿を変えた
ウミガメと人魚に
同じ夜にわたしたちは姿を消した
トカゲの形をした島から

デイヴィッドはわたしのただひとりの恋人
彼も死んでしまったにちがいないとそう思う
ある年わたしに会いにきてくれず

その次の年も来なかった
わたしが海流に乗って
オサガメと
仲間のグアナイオアと
ブラックコンチの海に行ったとき
五年会いにいったのに彼は来なかった

船から流れてきた鉛筆を見つけた
岩にぶつかって壊れた船から
その難破船から紙も見つけた
あれから長い時間がたった
それでもまだあのときのことをよく覚えている

▽

父親のトマス・クレイソンは二日目を海で過ごした。今回はライフルと、万一のときのために救難信号灯も持っていった。ライフルの予備として、斧と短剣も用意した。必要ならば人魚を撃つつもりだった。それで片がつく。以前にも大物を仕留めたことがあった。南アフリカではライオンを撃ち殺した。その頭は剝製にして、いまも家の書斎のデスク前の壁に飾ってある。ユーコンでバッファローを撃ったこともある。それもまた雌だった。ロッキー山脈でグリズリーも一度仕留めた。あの人魚も騒がず仕留めて持ち帰るつもりだ。もう桟橋でビールを飲んだりはしない。トラックで島の反対側にあるイングリッシュ・タウンの港へまっすぐに向かい、そこで荷札をつけて写真を撮り、氷浸けにしてもっと大きな島へ運ぶ。そこから飛行機でフロリダへ送る。今回は、何を相手にしているのか承知している。大きくてしぶとい、くそったれ人魚だ。乗組員には二倍の報酬を払ってある。獲物を盗まれたことに、村人たちの無能さに、そして何より弱腰の腑抜けた息子に、腹が立っていた。

しかし、その日は難儀な一日になった。いまにも雨が降り出しそうな灰色の雲がどんよりと低く垂れこめ、そのせいで熱気が海の上にこもっていた。クレイソンは何度か氷水を浴びなくてはならなかった。新しい船長はナイサーと呼ばれていた男ほど有能でも経験豊かでもなく、乗組員たちは単なる無愛想な少年の一団だった。自分の船の上で、クレイソンはひとりきりで見捨てられた気分になった。想像していた旅とは大ちがいだった。息子との絆を深め、人生や自然について少しばかり教えを授けるつもりだった。酒が入ったときには、女についても。息子は女が好きではないのではないかと不安だった。例の生き物の気配がないまま時間が過ぎていき、クレイソンはひとりきりで孤立し拒絶されているように感じながら、人魚を呪った。あんなものを見なければよかった。水平線に目を凝らし、葉巻の端を嚙みながら、ブラックコンチの北の海を罵って一日を過ごした。

セント・コンスタンスの桟橋に帰り着いたとき、トマス・クレイソンはひどく日焼けしていた。息子はどこにも見当たらなかった。浜は静かだった。ほかの漁師たちは獲物を持ち帰っていた――ターポン、大型のカマストガリザメ。男たちはトマスに感情の読めない目を向けていた。やつらは何を考えているんだ？　ばかな男だとでも？　大物を釣りあげて失った間抜けだとでも？　ここのしきたりを破った罰当たり者だとでも？　このあたりの漁師の心を推し量るのも、地元の人間の考えを読むのも難しかった。読み書きのできない思考停止した田舎者どもめ。トマスは足早にシシーの店へ入っていき、ラムのダブルをロックで注文した。シシーはいつもはカウンターに立たないが、このときは姿を見せていて、白人が店員を侮辱したときや侮辱しそうなときのためにとってある、静かな観察眼を働かせていた。

　トマスは難癖をつけたかったが、シシーはそれを許さない空気を醸し出していた。そこで、ひたすらグラスを傾け、ラムのお代わりを頼んだ。そして二杯目もいっきに飲み干した。バーは日曜の夕暮れの静けさに包まれていた。ほかの男たちはトマスに近寄ろうとせず、近寄りたいとも思っていないようだった。しばらくして、トマスはシシーに言った。「この村のボスは誰だ？」シシーはしたり顔で、話をするつもりなんだろう、みんなわかっている、という目をした。実のところ、シシーとミス・レインは親戚だった。いとこのいとこで、いっしょに村を取り仕切っている。シシーは湾を、ミス・レインは丘を。村で起こったことはすべてふたりの、あるいはどちらかの耳に入るが、たいていはシシーが聞くことになった。ミス・レインはひとりでいるのが好きだった。

「上へ行ってみたら」シシーはにやりとして丘を指さした。「ミス・アルカディア・レインを探しな」

そういうわけで、日の光が弱まりつつあるなか、トマス・クレイソンはブラックコンチの丘にうねる坂道を闊歩していった。酔いが覚めたころに屋敷の門に着いたが、石の門柱には〝節制屋敷〟という銘板がはめこまれていた。鉄格子の向こうで小さな雑種犬が何匹か吠え、長い私道をジグザグに駆けまわってトマスを出迎えた。門のなかに入ると、犬たちが寄ってきて身をかがめ、なでてもらいたそうにしたが、トマスは一匹を無視し、もう一匹を「失せろ」と一喝しながら蹴りつけて、誰が序列の上にいるのかをわからせた。犬たちは楽しそうに小走りしながらトマスの後ろをついてきた。しっかりと世話をされ、レジーにかわいがられている犬たちは、ペットであって、番犬の役目を果たしたことはなかった。

アルビノのクジャクがベランダの止まり木にいて、クレイソンは足を止めた。背筋に冷たいものが走った。自分は幽霊を見ているのか？　最初は人魚、今度は悪霊めいた鳥だ。ライフルを持っていれば撃ち殺してやるのだが。玄関ポーチの明かりにぼんやりと照らされている、カーキのシャツに釣り用のゴム長靴という恰好のトマスを、クジャクは分別くさい軽蔑の目で見おろした。そして、ひと鳴きして女主人に警告した。二回、三回と長くかすれた鳴き声があがり、やがて女主人が玄関に出てきた。

女主人は薄いローブを着て、煙草を吸っていた。もう一方の手には緑色の薄いハードカバーの本を持っている。屋敷はとてつもなく大きかった。外壁が宵の薄明かりに白く浮かびあがり、屋根にはレースで縁取りしたような意匠が施されていて、庇《ひさし》や柱廊やバルコニーの角からもレースが垂れさがっているように見えた。ポーチのまわりにはさくらんぼ色や朱色のにぎやかな花をつけたブーゲンビリアの茂みが広がっている。屋敷の正面には円形の車寄せがあり、巨大な木が枝を伸ばして雲のようにその上を覆っていた。右手には丘を切り開いた庭があり、階段で崖のほうへおりられるようになっている。崖の縁からほっそりとしたヤシの木が海のほうへ手を振っていた。

「まったく」年配のアメリカ人を見て、ミス・レインは苛立った声で言った。「息子のほうを追い払ったばかりなのに、今度はあなた？　どうせ人魚の話をしに来たんでしょ、ちがう？」

クレイソンは一瞬かっとなった。クジャクが羽を広げ、長い尾羽を振りはじめた。自分が後ろについているぞと見せつけるかのようだった。どうやらここではクジャクが番犬らしい。突然、すべての奇妙さにぞっとした。ナイトガウンを着たミス・レイン、丘の上に立つ静かで古めかしい屋敷。クレイソンは呆然として、少年のように、ミス・レインの強硬ながら女性的なたたずまいをしばらく見つめた。その様子は別の誰かを思い起こさせた。自分の母親。そう、それだ。まだ小さかったころ、よく母親のもとになぐさめを求めにいった。ふいに、つけこまれているような、見透かされているような気持ちになった。みじめさと悲しさ、疲れを感じた。このミス・アルカディア・レインが村のボスなのだとしたら、ここに来たのは早計だった。話をする必要はないし、話をしたいとも思わなかった。彼女は女だ。少し変わっていても気立てはいい女なのかもしれないが、手に本を持っているのを見るに、息子と同じく読書家だ。

トマス・クレイソンは帽子をとった。

ミス・レインは彼を撃ち殺したい気分だった。呼ばれもせずに訪ねてくるとは。

「それで、ご用件は？」ミス・レインは問いただした。

「おれたちは人魚をつかまえた。きのうのことだ」クレイソンはぶっきらぼうな砕けた調子で、しかし困っているふうに言った。

「そう聞いてる」

「だが、盗まれた」

「誰に？」

「わからない。だからここに来た」

「じゃあ、誰があなたと息子さんから人魚を盗んだと考えてるの？」

「ここに住んでいる誰か、この村の誰かじゃないかと」

ミス・レインは鼻を鳴らした。本を男の頭に投げつけてやりたかったけれども、あいにくそれはデレク・ウォルコットの『緑の夜に』の初版本だった。

「ねえ、この村の誰も、いまいましい人魚を隠してなんかいない。わかった？」

トマス・クレイソンはしっかりと地面を踏みしめた。人魚を取り返したかった。数百万ドルが手に入らなくても、オークションで博物館に売りつけられなくても、あのいまいましい生き物を剝製にして書斎の壁に飾りたい。正式な手続きを踏んでつかまえたのだ。書類も整っている。自分にはつかまえたものを手もとに置く権利がある。

クジャクがきっかけもなく、夜空に飛び立った。丸々とした雲のような白い羽と鉤爪を持つ鳥は、羽を広げて甲高く鳴き、警戒の声を発すると、大きな翼を羽ばたかせて止まり木を離れ、私道に立つ男めがけて急降下した。

トマス・クレイソンはかがんで鳥をかわした。そしてむっとし、わずかにひるみながら体を起こした。

「あなたがいるのはわたしの土地」ミス・アルカディア・レインは言った。「帰って」

トマス・クレイソンは帽子をかぶりなおした。髪からクジャクの敷き藁のにおいがした。

「話は終わり。出ていって。さあ。朝にはあなたにも息子さんにも島から去ってもらいたい。あなたたちはもう歓迎されざる客」そう言うと、ミス・レインは家のなかへ戻り、シシーに電話をかけて、アメリカ人たちを必ず立ち去らせるように言った。夜明けとともに、船で、〝いい旅を〟――そして、実際にそうなった。トマス・クレイソンは苦々しく不満を言いつづけた。ブラックコンチ北部の海は呪われている、セント・コンスタンスの住民は時代錯誤でよそよそしくて頭が足りない、と。

デイヴィッド・バプティストの日記　二〇一五年四月

　三日間、彼女はバスタブからこちらを見ていた。助け出そうとしたのはまちがいだったのかもしれないとおれは思いはじめた。彼女は変わりはじめていた。おそらくは釣りあげられたときから、あるいは桟橋に吊されたときから、急激に。何かが彼女に起こりつつあった。もとに戻りはじめていて、彼女は神が作りそこねた生物ではなかったことを理解した。そうではなく、別の何かだ。人魚は人間の女に戻りつつあった。別の時代の人間の女に。どれくらい前かはわからないけれども、ずっと昔だろう。両肩に印がついていた。タトゥーだ。らせん模様に似ていて、そのらせん模様は月と太陽に似ていた。すべてが森だったころからこのあたりの島々に住んでいた民族の女性かもしれない。大きな銀色の尾がひび割れはじめていた。古びてくすんで見えた。尾が、少なくとも端の部分が、落ちてしまうのではないかと不安だった。彼女は三日間、こちらをずっと警戒していた。彼女を安心させようと、おれはあらゆることをやってみた。愛犬のハーヴェイも手伝ってくれた。ハーヴェイは普段、他人にはなつかない。彼女に嫉妬してもおかしくなかったのだが、守るべき相手だとわかっているようだった。昼も夜もそばに座って、見守っていた。見つめ合うその様子は、会話でもしているようだった。

　針はまだ喉に刺さったままだったけれども、彼女は顔のそばに近寄らせてくれなかった。目に獰猛な光を浮かべていた。鱗でざらついた上半身の肌が、薄い膜になって剝がれてきていた。エジプトのミイラのように、覆いの下が現れ出ようとしているかに見えた。彼女はきっと、何が起こっているのかわからずにおびえていたのだと思う。もとの姿に戻ることなど予想もしていなかったのだろう。彼女は何も食べようとしなかった。エビや魚の頭、レタスなど、いろいろ試した。どれもだめだった。目から絶えず液体が染み出していた。口からは釣り糸が垂れさがっていた。大きなまちがいを犯したのかもしれない、と思わずにはいられなかった。そのころにはそんな状態のまま海に戻すことはできなくなっていたので、この家にいる彼女にしてやれることは何かと思い悩んだ。夜になると彼女はうめき声をあげた。ひとりでさびしい死を迎えようとしているような、長い、悲しげな声だった。昼間はバスタブのなかにじっと座ってこちらを見ていた。思いつくかぎりのことを試してみた。ホースで水をかけたり、バスタブにもっとたくさんの塩を入れたり。ギターを弾きながら歌も歌った。彼女はそれがいやなようだった。今回は、音楽をいやがった。彼女のために賛美歌を歌うドレッドヘアの男をいやがった。どちらもいやがった。

やがて、ある日、おれが小さなフィグバナナを食べていたとき、彼女がこちらをじっと見ているのに気づいた。彼女が何かに興味を示したのははじめてだった。

バナナを差し出すと、彼女はそれをじっと見た。

おれはそばに近づいて言った。「ほら、お嬢さん。甘い新鮮なバナナをどうだい」

彼女はおれの手からバナナをとり、喉が痛くならないよう、慎重にかじった。こちらをうかがいながら、まるまる一本食べきった。そして両手で口をぬぐった。またこちらに目を向けた。

おれはフィグバナナを房ごと持ちあげて、バスタブのそばにひざまずき、一本もぎとって彼女に渡した。彼女はそれも受けとった。皮を剝き、食べた。喉に針が刺さっていて、糸が口の端からぶらさがっているのが見えた。しかし、彼女は顔に触らせてくれない。いったい何を考えているのだろう、どうやって耐えているのだろう、と考えた。どうしたらこの半人半魚を助けられるのだろう――彼女は半人半魚だ。もともとは人間で、いままた人間に戻ろうとしていることは明らかだった。最初に変わったのは手で、水かきがくすんだピンクのゼリーのような塊になって、床に落ちた。おれはそれを掃除した。下から現れた手は茶色く、華奢だった。もとの姿に戻りつつあるのにちがいなかった。

バナナの成功のあと、ほかの果物も試した。まだマンゴーの時期だったので、近所の庭からスターチマンゴーをひと山持ってくると、彼女はいっきに食べてしまった。サポジラの実も気に入った。スイカ半個ぶんを厚く切ったものも食べさせた。じきに、バスタブのまわりは果物の皮や彼女の体から剝がれ落ちたもので散らかるようになった。髪に絡まっていた海藻は塊になって落ちはじめ、長くて黒いもつれたドレッドヘアが現れた。耳からは海水が滴り、小さな海の昆虫が這い出てきた。鼻からは軟体動物や小型のカニが出てきた。彼女はさまざまな海の小動物の棲み処で、そうした生き物は日が過ぎるうちに彼女を明け渡し、出ていった。バスタブの脇に小山ができ、その山はうごめいていた。カニが横歩きで逃げていった。においを嗅ぎつけてやってくる近所の猫を追い払わなくてはならなかった。

水も毎日与えた。ほとんどは水道の水を水差しに入れたものだった。彼女は真水をほしがり、飲み干した。何が好きかを見つける〝お試し〟ゲームのようだった。針をとらなければ、そのうちに傷が膿んで悪化するとわかっていた。けれども、いまだに近づくことはできていなかった。彼女は誰なのか？　なんという名前なのか？　そもそも名前があるのか？　何者で、どこから来たのか？　彼女が機会をつかんで逃げてしまうのではないかと不安だった。あるいは、住み処まで泳いで帰ろうとするのではないか——今回は人間の女として。

ある日、朝早く起きてきたときに、彼女の尾が床に落ちているのを見つけた。完全にとれていた。大きくてあちこちが裂け、あまりいいとはいえないにおいがした。彼女のほうを見ると、彼女もこちらを見つめ返した。尾をなくして動揺し、みじめにさえ思っているらしいのがわかった。蛇の脱皮のようだった。彼女は彼女自身を、というか、魚だった部分を脱ぎ捨てたのだ。おれは尾を黒いごみ袋に入れ、猫が嗅ぎつけないようにしっかりと口を縛って家の裏のごみ箱に捨てた。

そのあとも、見守りつづけた。次は背びれだった。背中に並んだ棘が溶けはじめていた。次の日に、恐竜の長い背骨のように、一列になっていっぺんに剝がれ落ちた——彼女の帆は腐ってゼリー状になりかけていた。

桟橋から助け出した七日後、彼女はまったくちがう姿になっていた。まだ人間の言葉は話さず、夜にうめいたり、寝ているときにいびきに似た軽く鼻を鳴らす音を立てたのを一、二回聞いたりしたことがあるだけだった。大きな釣り針はまだ喉に刺さったままだった。脚ができかけていたけれども、まだくっついていて、一本の長くて硬い塊になっていた。引きつづき果物を食べさせ、バスタブを水で満たした。彼女にとって簡単なことでないのは理解していた。桟橋から助け出したときには、直感に従って行動していた。魚を海へ戻すのだと思っていた。ところがいまは、変身しつつある若い女性がバスタブにいて、食べ、空気を吸い、眠っている。そのころには、タトゥーがよく見えるようになっていた。見たことのあるどんな模様ともちがっていて、魚や鳥や星座のような図柄が描かれていた。色は濃く、木炭を染料にして手で彫ってあるらしかった。

鎧戸は開けたままにして、玄関のドアやほかの窓は閉めきった。最初のうちは誰にも会わないようにしていた。アメリカ人たちはとっくに立ち去っていた。ミス・レインが出ていくように言ったのだろう。村のみなは一週間ほどで人魚のことを忘れた。実際に彼女を見た者はわずかで、全員酔っ払っていた。みな人魚の話をするのをはばかっていた。風変わりな日々だった。おれは自分の食事を作っていたけれども、彼女はタマネギやニンニクを炒めるにおいが好きではないようだった。彼女から離れた小さなテーブルで、揚げた調理用バナナや芋類を添えた豆飯を食べた。魚は食べたくなくなっていた。あれ以来、いまも魚類は食べていない。彼女はずっとこちらを見ていた。こちらも彼女を見ていた。そのときから恋がはじまっていたのかもしれない。しょっちゅう、ただ座って驚嘆しながら互いを見つめ合った。マーダー・ベイの沖ではじめて会ったときから、彼女が波間にはじめて姿を見せたときから、惹かれ合う気持ちがあったのかもしれない。おれにはよくわからない。長い年月がたって、これを書いているいまでさえ。彼女はおれをすっかり魅了している。

しばらくして、だいぶ様子が落ち着いたときに、おれは椅子をバスタブのそばに持っていき、針を指さして、うなずいてみせた。針をとらなくてはいけない。

彼女が両手を喉に当て、ひどく真剣で悲しげな目でこちらを見たので、目を合わせているのがつらくなった。彼女の静かな怒りを前に、おれはもう一度うなずいた。彼女に触れなくてはならない。彼女の歯は小さく、鋭かった。口のなかに手を入れるのは危なそうだった。やがて、彼女はこちらの目を見つめながら、ゆっくりゆっくり口を開いた。生ぐさいにおいが漂ってきた。強烈な潮のにおいと、死んだ魚のにおい、彼女が食べている果物のにおいだった。歯をよく磨かなくてはならない。喉は奇妙な暗い桃紫色だった。気味が悪いと思ったことを悟られたくなかった。彼女がさらに口を大きく開くと、悪臭はやわらいだ。彼女はうめき声をあげ、覚悟を決めたように目つきを厳しくした。彼女なりに〝さあ、やって〟と言っていた。

小さなペンチを食道に差し入れて、針をひねった。針は喉の横側に埋まっていた。喉の筋肉がこわばり、収縮して、彼女の目がうるんだ。針はしっかりと食いこんでいて、返しが外に突き出していた。返しをはずさなくてはならない。首の外側にラムをかけてから、少しずつ針を引っ張った。目を見ながら声をかけた。「よし、いい子だ、だいじょうぶ、がんばって」彼女の手はバスタブの縁をきつく握っていた。これほど彼女に近づいたのははじめてだった。バスタブのなかの彼女は半裸で、こちらもシャツを着ていなかった。どちらの体も若かった。そのころからすでに、彼女とおれは惹かれ合っていたのだと思う。そのころからすでに。出会ったばかりのころから、のちに自分たちのあいだに育つ信頼は存在していた。とはいえ、おれは自分をごまかしているのかもしれない。慎重に針を引っ張ると、とうとう針がはずれた。喉の外側と内側の両方からいくらか血が流れた。彼女の顔は穏やかだったけれども、抜けた針を見せても感謝した様子はなかった。

「ほら」

彼女は顔をしかめてこちらをにらんだ。彼女の物語をおれはまだ知らなかった。なぜ彼女がこんなふうになったかを。魚の内側で生きる女性。奇跡の存在だ。いま、彼女はもとの姿に戻ろうとしている。そのときは、彼女がどれだけ孤独かを知らなかった。過去を何も知らなかった。喉の傷に包帯を巻いた。漁師だらけの船ではなく、吸血コウモリに襲われたかのようだった。こんなことをしたアメリカ人たちを心のなかで呪った。喉の傷は翌日には癒えはじめ、魚鈎で刺された傷も治りつつあり、鱗が剝がれ落ちるのも続いていた。バスタブのまわりをきれいに保とうと、できるかぎり努力をした。古い魚の皮は、曇った銀のコインを思わせる鱗の塊になって剝がれ落ちた。彼女の乳房にもあの同じじらせん模様があることにおれは気づいた。思わず高ぶった。彼女は若い女の乳房を持っていて、それは成熟して尖っており、ふいに、彼女に何が起こるのかを予感した。裸の体を隠すために、おれは古いTシャツを差し出した。彼女は着るのをいやがった。服のない時代から来たのかもしれない。過去が残していった生き物なのだろうか？　どんなふうにしてそうなったのか、なぜそうなったのかはわからなかった。彼女は何かを読みとろうとするかのようにあらゆるものを見つめた。空気、影、床、光。木の天井を興味深そうに見あげ、そういう彼女を見ると幸せが体のなかを泳ぎまわった。彼女は首を伸ばして窓の外を見つめた。おれが煙草を吸うのを厳しい静かな顔で見つめ、その様子は煙草がどういうものかを知っているかのようだった。彼女たちは自然食《アイタル》の生活をしていたにちがいないとおれは思ったが、彼女はそうしたすべてと再会していたのだとあとでわかった。命ある自然のものすべてに意味を見出していたのだ。彼女はふたたび〝ハロー〟と挨拶をしていた。おれはTシャツを椅子の上に置いた。結局、彼女はひとつうなずいて、Tシャツを着るのを受け入れた。

▽

バスタブの水のなかで日々が過ぎた
飲むと水はおいしくなかった
塩が足りない
尾がどんどんどんどん腐っていく
昔の脚がまた現れた
けれどもわたしは呪われた生き物
女たちは若いわたしに嫉妬して嫉妬して
わたしを海へ追いやった
ずっとずっと前のこと
わたしは呪われた生き物

不幸せになるよう呪われた
そのあと何が起こったか？
魚の鱗が剥がれていった
若い娘の乳房が戻ってきた
わたしは女に戻りはじめた
新しい昔の自分が戻ってきた
女に戻ってわたしはひどくおびえていた

男がじっとわたしを見つめる
わたしを助けてくれたデイヴィッド
海の精《マミワタ》とわたしを呼ぶ
海の精
長いことわたしは地面を歩いていない

ある日尾が床に落ちた
大きな尾がいっぺんに
どうやって泳げばいいのか
いまは海の王国も滅びかけている

プラスチックだらけになって
わたしは赤い部族の女だった
いい人たち
わたしは南に住んでいた
クワイブ族の人たちも住んでいた
戦って殺す人たち
赤い人たちがわたしの仲間
みんな病に殺された
そして提督に殺された
ミス・レインが教えてくれた
人間の女に戻ったときに

▽

ミス・レインは日記をつけるのが習慣になっていた。その日は、息子の十歳の誕生日を翌週に控えていた。どうやって祝おうか？　もうすぐアメリカのキャンプへ行かせることになっていて、そこで息子ははじめて同じ年ごろの耳の聞こえない子たちに会う。レジー——ひいひいおじいさんにちなんだ名前だ——は略さずに名前を書くのが好きだった。レジナルド・ホレイショ・バプティスト・レイン。いまのレジーの世界はすばらしいけれども狭い。クジャクと忠実な小型犬たち、たくさんの本、そしてレゲエ音楽。低音のベースラインが大きく響くので、音を聞くというより感じている。ボブ・マーリーとトゥーツ・アンド・ザ・メイタルズが好きで、ベースの振動を楽しんでいる。大音量で聞きたがってクジャクを驚かせてしまうので、ヘッドホンを買ってやった。木の床の大広間にあるレコードプレイヤーの前で、レゲエを聞きながら踊るレジーをよく見かけた。

ミス・レインとレジーに手話を教えたのはカリフォルニアから呼んだ個人教師のジェラルディン・パイクで、レジーが生まれてからの六年間に何度か雇った。ジェラルディンはヒッピーの詩人で、レジーに誇りと自尊心を持たせ、世界じゅうにある耳の不自由な人のコミュニティについて教えた。手話を使って表現する詩や物語があることも教えてくれた。レジーは幼いうちから可能性のあふれる世界に解き放たれた。本を読めるし、文字を書けるし、手話で話をすることができる。踊ることも、手話で自分の作った詩を語ることも、庭や屋敷で見つけたものから彫刻を作ることもできる。レジーは自分が手話や文字を使ったブラックコンチの詩人になることを知っていた。いつかは父親のように、セント・コンスタンスを離れて遠くへ行くことを知っていた——多かれ少なかれ、父親と同じ理由で。すばらしい人生を送る。それだけはすでに計画ずみだった。

ミス・レインの唯一のパートナーであるライフは、レジーのことは知っているが、レジーが生まれる前に出ていった。ライフがいなくなったことはショックで、そのあと絶望を必死に隠してきた。兄のどちらかがライフに出ていくよう警告したのだろうか？　この屋敷で親としていっしょに暮らしていく方法はなかったのだろうか？　この屋敷のことはとても好きだったし、憎んでもいた。屋敷を離れることはできないのだとライフには話してあったけれども、ライフは単純に〝屋敷の黒人〟と村であざけりを受けたり噂されたりするのにうんざりしていたのだろう。丘の上の白人の女、幼なじみの恋人を愛した結果に。ライフが大人になると、ふたりの愛は暗礁に乗りあげた。ライフは幸せではなかったし、ミス・レインは彼を子どものころのように楽しませることができなかった。ライフはブラックコンチ以上のものを求め、恋人が裕福なのを気にしていた。たくさん言い争った。両親はふたりの仲を認めなかった。二回身ごもったけれども二回とも流産した。それでも三回目の妊娠は持ちこたえた。レジーだ。

けれども、ライフは自分を置いて行ってしまった。ひとり息子も置いて。ライフは意志を貫き、それが罰をもたらした。ミス・レインははしかにかかり、レジーは耳が不自由な子として生まれた。ライフがいなくなったとき、自分はまだ若いとミス・レインは思っていた。いまは年をとり、大人としての十年を丘の上の屋敷でひっそりと引きこもって過ごしながら、崖の上の眺めのいい屋敷に住む寝とられ女という辱めに耐えている。色あせてペンキが剝がれつつある屋敷とそれについてきた何エーカーもの森を持つ彼女に、わずかでも同情する者はいなかった。待っていたけれども、そのうち待つのをやめた。悲しみがミス・レインをまったく別の人間に変えた。悲しみは彼女を疲弊させ、一方で花開かせた。

デイヴィッド・バプティストの日記　二〇一五年四月

十日ほどたったころ、彼女の脚が分かれはじめた。長い一本の塊が、ふたつに割れた。彼女は驚いた顔で新しい脚を見つめていた――というか、昔の脚を。おれは相変わらず彼女の身のまわりに気を配っていた。問題のひとつは排泄物だった。食べた果物を排泄するようになり、バスタブにそれが浮いていた。そろそろバスタブから出なくてはならないとふたりともわかっていた。そこで、針のときのように、こちらから動いた。彼女に両腕を差し出したのだ。しかし、彼女はつかまるのを拒んだ。「ほら、いい子だ。ホースで体を洗い流してやるから」おれは言った。

しかし、彼女は理解しなかった。アメリカ人たちのようにひどいことをするのではないかと、おびえた目でただこちらを見ていた。そのころも言葉は話さず、甲高い声を発するだけだった。そろそろ潮時なのではないかとおれは不安になった。それでも、解決すべき現実的な問題があった。彼女をどうやってバスタブから出すか、だ。

彼女はまず腕で体を持ちあげ、そのあと脚を使おうとしたが、うまくいかなかった。脚は弱々しく、動きがおぼつかなかった。古いTシャツは汚物だらけだったので、彼女はそれを頭から脱ごうと引っ張った。なんとか脱ぐと、裸でバスタブをよじのぼった。おれも手を貸して引っ張り出し、彼女は床の水たまりに膝をついた。長いドレッドヘアで体は覆い隠されていた。おれはすばやくホースで彼女を洗った。「さあ、ハニー、これでよし、心配いらない、怖がらなくていいから」そして、大きな古タオルで彼女を包んだ。彼女は最初のうちじっと動かず、しゃがみこんで体を隠していた。

彼女はもう以前とはちがっていた。それは確かだ。牢獄から解放されて自由を与えられたかのように、彼女は不安げにしていた。おれも不安だった。彼女のことが不安だったし、彼女の存在が不安だったし、これからどうすればいいのか不安だった。こんな状況は経験したことがなかった。女性をつかまえようとしたことなどなかったし、匿ったり世話をしたりしようとしたこともなかった。そういうわけで、おれは常に後手にまわっていた。毎日何か新しいことが起こっていた。彼女を長く放っておいたら次に何が起こるのか、こちらの手助けが必要などんな変化が起こるのか不安だった。

彼女は脚を動かすことができなかった。脚はまだ石鹸のようにやわらかかったので、やさしくやさしく彼女の体を拭き、タオルで包んで二階の寝室へ運んだ。ベッドは荷運び台にダブルサイズのマットレスをのせただけのものだったけれども、快適で乾いているので、分け合って使おうと思っていた。いや、それは冗談だ。彼女はそういう親密なものを共有しようとはしなかった。すぐに、彼女はベッドがどういうものかを覚えているのだと直感した。彼女がまさしくうなり声をあげ、恐ろしい目でこちらをにらんだので、おれはあとずさった。ベッドを共有するのはいやなのだ。彼女がタオルを体に巻きつけるのをおれは見守った。彼女のために、自分の服もいくつか持ってきた。古いジャージとトラックパンツを投げてやると、彼女は服を着なくてはならないことを理解したようにおれを見た。鱗も魚の尾もなくなったいま、彼女が何者なのかを隠す新しい覆いが必要だ。そう、おれのベッドにはいま、若い女性がいた。まったくもって、少しも友好的ではないけれども。おれは一階へ戻って、自分用に簡単な食事を作りはじめた。二階から声が聞こえていた。彼女は逃げ出そうとするだろうか、とふと考えた。そして、彼女を当面は助けたいと思っている一方で、本音を言えば、逃げてくれたらとも思っていた。自分は何を家に連れてきてしまったのかと怖くなっていた。彼女がずっと昔から来たのは明らかだ。人々が魔法を知っていた時代、いたるところに神を見て、植物や動物や海の魚とも話をしていた時代から。

次の日の早朝まで、彼女の様子を確かめることはしなかった。ついに二階へ行ったとき、彼女は古い服を着て、上掛けにもぐりこみ、子宮のなかの赤ん坊のように体を丸めてぐっすりと眠っていた。

▽

ある日バスタブをよじのぼって外へ出た
呪いはもう解けたのだろうかと考えた
歩けなかった
脚がとてもとてもやわらかい
デイヴィッドが体を覆う服をくれた

着たくなかった
わたしの部族は服を着ていなかった
デイヴィッドはベッドもくれた
近寄ってきたら殺していた
何日もベッドから出なかった
長い長いあいだわたしは眠っていなかった
だから眠った
姉たちの夢を見た
母親の夢を見た
眠って眠って遠い昔の夢を見た
夢のなかにいるようだった
何が現実?
何が夢?

4 脚

その年の五月は雨がよく降った――雨期にはまだ早かった。雨が降ると、手袋をした何千もの手が打ち合わされているような音がした。毎日の雨は恵みでもあり、災いでもあった。雨のときは男も女もみな、昔からある、過去の罪の消せないやましさに囚われた。雨はばつの悪い記憶と心の栄養の両方を運んできた。

朝が来るたび、人魚のアイカイアはまどろみながら雨の音を聞き、人間の女であるのがどんなふうだったかを思い出していった。雨のやわらかな重い音を聞くのが好きだった。その音は、はるか昔の自分を思い出させた。トカゲの形をした島にある村で暮らしていたこと、勇敢な族長の妻のひとりが母親だったこと、六人の姉がいたこと。自分を訪ねてきて踊りを見物した男たちひとりひとりの名前と顔を思い出そうとし、そのあと全員をまた忘れようとした。半人半魚として海を泳いで過ごした長い年月が、そのさびしさが骨の髄でこだました。いっしょにやってきたおばあさん、グアナイオアはどうなったのだろうと考えた。ハリケーンのあと、心穏やかでない真実を語る長老だったグアナイオアも呪われて、オサガメに姿を変えられた。そうしてアイカイアは慣れ親しんだ海岸線から遠く離れることになった。グアナイオアの回遊の本能に従って、いっしょに海を渡った。デイヴィッドのベッドに潜ったまま、自分はどうして人間の女に戻ったのだろうと考えた。かつての爪先、いまは新しい爪先になった部分を動かしてみた。Cの字に体を丸めてトタンを打つ雨の音楽的な音を聞き、世界のその部分は変わっていないのを知ってほっとした。ここにも雨がある。それはつまり、雲も、空も、鳥も存在することを意味する――自分に読み解ける世界が存在することを。

剝き出しの土が雨をすべて飲み干した。硬くて白い草が緑に変わった。朝はいつも涼しく、靄《もや》がかかっていた。気温の低い山々の頂には霧がまとわりついていた。胎内に卵を抱えた堂々たる体軀のボア蛇が鬱蒼とした熱帯雨林をゆっくりゆっくりと移動し、木々の裂けた根にたまっている透きとおった水を探し求めた。

雨はデイヴィッドを家に足止めした。漁には行かなかった。〈純真〉号は湾に錨をおろしたまま、雨水をいっぱいにためこんでいた。近いうちに水を汲み出しにいって、防水シートをかけなくてはならない。

人間に戻った人魚は、デイヴィッドのベッドで三日過ごした。デイヴィッドは一階で荷運び台に発泡スチロールを敷きつめて寝た。それで支障はなかったものの、新しい同居人に大いにとまどっていた。川や洞窟の夢、父親の夢を見た。レオナルド・バプティストは、おじであるクリストフ・ライフ・バプティストといっしょにずっと昔に島を出て、もっと大きな島へ渡った。いまふたりはどうしているのだろうか、昔を振り返ってセント・コンスタンスを思い出すことはあるのだろうか、とデイヴィッドは考えた。父親もライフも漁師である以上のことを望んでいた。ブラックコンチは小さすぎ、ふたりは外へ出ていって、それ以来ほとんど消息はわからない。ポート・イサベラでブラックパワー革命が起こり、新しい大統領が〝農園主たちの時代は終わった〟と演説したが、ブラックコンチではその後も何も変わらなかった。昔のままだ。ミス・レインの家系が完全に絶えることはないだろう。いずれにせよ、レイン家とバプティスト家はここではみな親戚だ。白人の一族は昔と同じようにいまも土地を所有していて、デイヴィッドのような黒人は独立した生活が約束してくれる自由を求めてあちこちをさすらう。それに、そうやってさすらうのはこうした島々ではどこでも当たり前のことだ。旅をし、その土地の女と懇意になって、また新天地を目指す。人間の命、婚外子という形で、種を残していく。デイヴィッドの知る男のほとんどは子だくさんだ。祖父のダーカス・バプティストは五十二人の子を作った。自分のきょうだいや異母きょうだいが何人いるのか、デイヴィッドはもう把握しきれていない。父親とおじはずっと昔にいなくなったが、ほかのおじやおばはまだ近くに大勢いた。シシーもそのひとりだ。それに、父親はデイヴィッドに丸木舟を残してくれた。少なくとも、生活の手段を。

そして、この人魚がやってきた。自分のベッドを占領し、しゃべらず、発するのは金切り声とうめき声といびきだけだ。髪は長くてもつれていて、肌はタトゥーに覆われ、服を着たがらない。デンプン類――トウモロコシとサツマイモ――を生で食べるようになった。そういった食べ物にはなじみがあるようだ。彼女はデイヴィッドが持っていったものを食べ、部屋の隅の覆いをつけたバケツで用を足した。彼女はとても若く、せいぜい二十歳といったところで、独特な姿をしていた。白目の部分が銀色をした目はときに厳しく、ときにやさしくデイヴィッドを見つめ、そのまなざしに耐えるのは難しかった。彼女が向けるまなざしは、別の時代の人間のものだと感じた。彼女の目はデイヴィッドの魂を見つめていた。デイヴィッドが何者なのかを知りたがっていた。水かきの名残がある手はまだ変わった形をしていた。耳たぶは穴が開いていて、少し垂れさがっていた。すべてが謎めいていて、太古の昔を感じさせた。肌はアマゾン川に住む人々のような赤茶色だった。ガイアナとプエルトリコをのぞいては、彼女の部族はカリブ海からいなくなったことをデイヴィッドは知っていた――小さな部族や、ほかの部族と血の混じった人はいるだろうけれども。彼女は知っているのだろうか？　いまだに彼女はどんな言葉も口にしていなかった。

しばらくたったある朝、驚くことが起こった。デイヴィッドの背後に、四つん這いの彼女が現れた。ベッドを這い出て、狭い階段をおりてきたのだ。彼女が膝をつき、長いドレッドヘア越しにこちらを見あげているのを目にして、デイヴィッドは思わず後ろに飛びのいた。彼女の顔は希望に満ちあふれていた。立ちあがろうとしていたが、まだ脚の力が弱すぎるのは明らかだった。

「やあ」デイヴィッドはほっとして挨拶を口にした。彼女に、自分に慣れてほしかった。

そのころも、言葉は出ないままだった。彼女はここ数日していたようにデイヴィッドを見つめた。そして、両手をあげて差し出した。

「おいで、ほら」手をつかみ、そのあと腕をつかんで体を支えてやりながら、午前中ずっとふたりで歩いた。危なっかしい、ぎこちなくてゆっくりした動きで、脚をあちこちおかしな方向に曲げながら、彼女は部屋のなかをジグザグに歩いた。爪先から踵へ、一歩、また一歩と交互に足を踏み出した。付き添うのは楽ではなかったが、やがてデイヴィッドは彼女といっしょに過ごすのを心地よく感じはじめた。彼女は変わろうとしている。いわゆる、かつての自分に戻ろうとしている。彼女は何者なのだろう？　高貴な血筋のお姫さまなのか、それともどこにでもいるただの普通の娘なのか。母親なのか、（乳房が尖っているのを見るに）乙女なのか。自分の知らないどんなことを彼女は知っているのか。驚嘆するしかなかった。ひとつだけ確かなのは、彼女は未来にやってきたということだ。若いけれども、遠い昔の存在でもある。一九七六年は、新世界で大きな変化が起こった年だ。女性の権利を求める運動が大学で起こったり、黒人の権利を求めるデモが行われたりしていると新聞で読んだ。だから彼女は、いいタイミングというものがあるのであれば、絶好の時代にやってきたのかもしれない。

デイヴィッド・バプティストの日記　二〇一五年四月

その朝はずっと、彼女が歩きまわるのに付き添った。赤ん坊のように自分の脚につまずきながら、彼女は右へ、左へと歩いた。長いこと尾のなかに封印されていたので、脚はすっかり弱っていた。けれども彼女はあきらめようとしなかった。陸に戻ってきたことにおびえていたようだったけれども、それを責めることはできない。この島は彼女が生まれた島とはちがう。それでも彼女はもう一度歩きたがった。どこか早く行きたい場所があるのだろうか、とおれはふと思った。歩けるようになったら、彼女は逃げ出そうとするかもしれない。午前中ずっと、腕を支えて彼女に付き添い、彼女はなんとか立って部屋のなかを歩きまわった。お年寄りが使うような杖があれば役に立つかもしれない、と思った。次の日、古い木で杖を作った。それからは、彼女は毎日杖を使って足を交互に出す練習をした。訓練をして、衰えた筋肉を鍛えなおさなくてはならなかった。まずは筋力をつける必要があり、それができたら、脚が昔の動きを思い出すかもしれない。マーダー・ベイの沖の岩場ではじめて彼女を見たとき、カーニバルの精霊《モコジャンビー》の竹馬にのっているように見えたものだが、上体を支えていたのは彼女の尾だったのだ。波間に彼女の頭が現れたのを見てからずいぶんたったように感じるけれども、あれからまだほんの何週間かしか過ぎていない。なのに、彼女は同じ家に住み、おれのベッドで眠って、歩く練習をし、おれは彼女に夢中になっている。

正直に言えば、彼女に賛美歌を歌ったあの最初の朝から、彼女の虜になっていた。何十年もたったいまだから言える。彼女が波間から姿を見せてこちらを見つめ、おれが彼女の顔を見つめ返したとき、自分はこの島々の過去を、人間としての自分の過去を見つめているのだとわかった。彼女が映し出していたのは、見さげ果てたひとりの男の姿だった。彼女はおれを教え諭しに来たのだ。女性に下半身だけでなく心も捧げるように。それまでのおれとはちがう、もっと成熟した人間になるように。おれは魅了されると同時に、おびえてもいた。彼女が人魚になったのは偶然ではなく、理由があったはずだからだ。

そして、彼女を助け出してから二、三週間が過ぎたある日、玄関のドアを叩く音がした。どうぞと答える前に、ドアが開いた。アイカイアはテーブルについていて、その前には薄く切ったジュリーマンゴーとすりおろしたサツマイモの皿が並んでいた。彼女には生で食べてもいいものの記憶が残っているようだった――ヤムイモには手を触れなかった。ノックの音が聞こえたとたん、彼女は椅子から飛びおりた。家のなかに入ってきたのは近所に住むプリシラで、おれのジャージとトラックパンツを着た赤い肌の若い女が四つん這いで部屋を横切り、急いで急いで階段をのぼるのを目撃した。

ずかずかと入ってきたプリシラに、おれは苛立った。プリシラは村で、いや、ブラックコンチの北部全体で、もしかしたら島全体でも、いちばん意地の悪い下劣なふるまいをする女だ。あいにく、向かいの五軒先に住んでいる。プリシラはショートパンツにハイヒールのサンダルという恰好で、ベストの下から黒いブラをのぞかせていた――ベストは襟を切りさげて胸もとがよく見えるようにしてあった。まさしく悪女で、ミス・レインと〝耳の不自由なしゃべれないうすのろ息子〟をきらっていることをいつも隠そうとしない。これまで何度もおれを口説こうとしてきて、あとをついてきては寝る機会をうかがっていたが、こちらはまったく興味がなかった。いつも苛立たしいことこのうえなかった。鼠のように大きな前歯の持ち主ながら、本人は自分をセクシーだと思っている。プリシラには一秒もかまいたくなかったけれども、プリシラはおれを追いまわした。人魚が来てからおれがドアを閉めきって静かにしていたのは、プリシラのことがあったからだった。

新しい同居人を見るなり、プリシラは驚いていきり立った。

「ちょっと！」プリシラは叫んだ。「いつから女と暮らしてんのさ」

「いつからあんたがこの家にずかずか入りこんでいいことになったんだ？」

プリシラは正面からこちらをにらんだ。「ノックしたよ、聞こえなかった？」

「おれがどうぞというのが聞こえたか？」

「上にいる女は何者よ」

「訊く権利があると思うなんて、あんたは何様だ？」

「あの女、脚をどうしたのさ」

「プリシラ、おれは忙しいんだ。なんの用だ？」

プリシラは部屋を見まわして、アイカイアのために作った杖に目を向けた。

「いとこだ」おれは言った。

アイカイアが隠れている二階の寝室をプリシラは見あげた。「そうみたいだね」

「さあ、なんの用なんだ？」

しかし、プリシラは何ひとつ見逃さなかった。

「あの女、目も変だった。どこから来たの？」

「ジャマイカだ」

「へえ、ミス・ジャマイカはクスリでもやってるみたいなおかしな目をしてて、歩くこともできないんだ。シリア系？」

「体の不自由な人もいる。そうだろう？　彼女はしばらくここにいる。さあ、何か用があって来たんだろう」

「別に。最近、あんまり見かけなかったから」

プリシラはあだっぽい笑みを満面に浮かべておれを見つめた。おれの血は凍りついた。「なんでそんなに邪険にするのさ、ダーリン」

もうじゅうぶんだ。「プリシラ、この家からいますぐ出ていけ、わかったな？」

「ちょっと！　失礼だね」

「失礼なのはそっちだろう。おれは忙しい。客がいるんだ。帰ってくれ。ここはいつでも寄れるバーじゃない」

おれはドアを開けてきっぱりと言った。「じゃあな」

プリシラは二階の寝室を見あげてから、このうえなく底意地の悪い目をこちらに向けた。これで終わると思わないでよ、という目だった。

「わかった」プリシラは言った。「楽しい午後を」

よくない徴候だった。プリシラはショートレッグとニコラスの母親で、どちらも人魚がつかまったとき〈恐れ知らず〉号に乗っていた。ふたりとも人魚を見て震えあがっていたと聞くので、人魚が人間の女に戻ってこんな近くで暮らしていると知ったらどう反応するか、大いに不安だった。彼女を匿ってからずっと、そうしたすべてが気にかかっていた。プリシラだけではない。この新しい〝女友達〟をいつまでも隠しておけるわけがない。みなに気づかれずにいっしょにいられるのはあとどれくらいだろう。ブラックコンチの人々はみな詮索好きだし、プリシラは昔、隣村のスモール・ロックの巡査部長ポルトス・ジョンと付き合っていた。少なくとも息子のひとり、ショートレッグはポルトスの子だ。プリシラが人魚のことをポルトスに話したらどうなるだろう。身長十フィートの警官に家へ入りこまれるのは願いさげだった。どこまでも無垢で愛らしい人魚がいるいまは。

▽

追放とはふるさとから遠く離れること
追放とはふるさとから拒絶されること
ほうり出されて、のけ者にされた
わたしの人生はふるさとから締め出された

ブラックコンチでボブ・マーリーの音楽に出合った
〈キャッチ・ア・ファイア〉〈ワン・ラヴ〉
ボブ・マーリーは半分白人
彼も半分半分
半分黒人で半分白人の幽霊
わたしと同じ混ぜこぜ
レジーが教えてくれた
ボブ・マーリーは
白人の女性を愛して
白人の父親を憎んだ
ボブ・マーリーは半分半分
レジーは半分半分
レジーの母親は白人
だからレジーも半分半分
どちらも半分魚ではないけれど

崖の上でわたしはひとり踊った

おばあさんのグアナイオアと暮らしていた
変わらず男たちはやってきた
誰かの夫たちがわたしを見にきた
わたしは小さな家でおばあさんと静かに静かに暮らしていた
女たちはわたしが男たちを僕《しもべ》にしていると言った
自由な意思を奪っていると
男たちはわたしを好きにならずにいられない
わたしはきれいなきれいな女
女たちがわたしを呪って
わたしとおばあさんは
人魚と醜い老いたカメになった
わたしはいまも若い
レジーのようにさびしい
話し相手がいない
長い長いあいだ海の王国で暮らした
静寂の世界
でもみながそれぞれの方法で話をしている
レーダーもしゃべるとレジーが教えてくれた

だからわたしはしゃべるための新しい方法を学んだ
昔のタコの友達が恋しい
もう二度と会えない
何年も魚たちと暮らしていた
何百年過ぎたかわからない
カヌーにうるさいうるさい大きなエンジンがついたのを見た
カヌーには近寄らない
カヌーに服を着た人たちが乗っているのを見た
遠く離れていることにした
海の王国は広くて広くて海だけの決まりがある
だから人魚として生きるのはよそ者として生きること
まわりをうかがってひとりでいる
ミノカサゴには近寄らない
大きな大きなサメには近寄らない

アイカイアは昔のわたしの名前
甘い声という意味の名前
男は怖いけれども女たちはそれより怖い

▽

プリシラが現れて追い返されてから数日後、アイカイアはまた歩く練習をしていた。午後になると杖をついて歩きまわった。デイヴィッドが見守っていると、無視をした。顔をそむけてゆっくりと足を運びつづけ、ときには小さな円を描くように歩いた。息を切らして床に膝をつくこともよくあった。また歩けるようになりたがっていたけれども、長いあいだ海で過ごしたせいで、脚がだめになっていた。はじめたのは歩くことだけではなかった。次に、歌いはじめた。ひとりでハミングをした。夜、ベッドに入ったあとで、デイヴィッドが一階で寝ているときに、姉たちやトカゲの形をした島のために悲しいメロディをハミングした。声も戻りつつあり、海を思わせる響きを持っていたけれども、まだ弱々しかった。

デイヴィッドはよく眠れなかった。人魚を求めて、木のように硬くなって目を覚ますこともよくあったが、彼女は理解を超えた謎だった。半分魚だったのが、いまはほぼ人間の女になっている。生きている伝説だ。おそらく、何百年ものあいだに広い海のあちこちで漁師たちが彼女や彼女の仲間を目撃し、それがもとになって伝説が生まれたのだろう。警戒したり用心したりしていないときの彼女からは、静かな、やさしげな雰囲気が感じられた——たとえば、デイヴィッドの犬といるときに。彼女を知ったことで、人間とは何かについてのデイヴィッドの考え方は変わった。彼女は四月に、半分裸で波間に現れた。実のところどういう存在なのかかわからず、どんなふうに生きてきたかも謎で、名前もない。あまりに長く海で暮らしてきたので、彼女の部族、善良なタイノ族の言葉を忘れてしまったのだ。学校にあった本で、タイノ族について読んだことがある——この群島に最初にやってきた人々について。彼女はデイヴィッドの人生を盗みとった。心を燃えあがらせ、感覚を麻痺させた。夜になると、彼女が近くの島の崖で踊っている夢を見た。空は緑で、黄色い太陽がブラッドオレンジの海に沈む。そういう夢のなかでは、彼女は赤い土のなかから現れて、デイヴィッドに両手いっぱいの泥を差し出した。切望に下腹部がうずいた。以前に会ったことがあるのではないかという気がしてしかたがなかった。あのマーダー・ベイの沖のギザギザの岩場で、彼女をずっと探していたのではないか。彼女は二十歳に見えるけれども、はるかに年老いてもいた。やさしく、無垢に見えるけれども、永遠の追放に耐えながら、海をたったひとりで泳いできた。

三週間がたって、彼女は皿いっぱいの生のキャベツとサツマイモを食べきれるようになった。マンゴーを皮ごと全部食べて、種をしゃぶりつくした。歩くときはまだ杖に頼っていた。足は大きくてまめができており、指には水かきがあった。土踏まずはなくなっていたので、足が内側に曲がっていた。服を着るのは相変わらずいやがった。ときどき着るのを忘れて裸で歩きまわるので、尖った乳房とタトゥーをさらしたまま庭へ出てしまうのではとデイヴィッドは気を揉んだ。ドレッドに編まれた長い黒髪はそれまで以上にもつれていた。まだ海のにおい、強い潮のにおいがした。デイヴィッドは学校で彼女の部族とスペインの征服者について習ったことをさらに思い出し、いつか彼女を病原菌で殺してしまうのではないかと不安になった。

やがて、ある夜、デイヴィッドは彼女の声を聞いた。言葉はなかったけれども、ソプラノ歌手が音階練習をしているかのような声だった。高くなっては低くなり、そのあと長くて厳かな、表情豊かな旋律めいたものが聞こえた。もっと年をへた女の、朗々とした響きを持つ声だった。その歌声、どこかなつかしいゆったりとした旋律は、デイヴィッドの骨の髄に染み入った。デイヴィッドが階段をのぼっていくと、彼女はベッドで体を起こしていた。月明かりのなか、目を閉じて、誰に聞かせるともなく歌っていた。デイヴィッドの気配を感じたのか、彼女は目を開けたが、歌いつづけた。はじめて、デイヴィッドを怖がっていないように見えた。これは、ずっと昔に起こった出来事、彼女が海で暮らすことになった理由を歌っているのではないか、とデイヴィッドは思いはじめた。いずれにせよ、その歌は心の底から生まれてくるものだった。彼女は見られているのを気にしなかった。歌が終わると、デイヴィッドは彼女に近づいていって、ベッドに腰かけた。近すぎない位置を選んだのは、またしても厳しい表情を向けられたからだった。

「歌だね」デイヴィッドは言った。

彼女は理解したようにうなずいた。


次の日、雨がやんで午後が静かになったころ、レースで飾られた色あせた屋敷で、ミス・レインとレジーはテーブルに向かって数学の勉強をし、πr^2といった神秘的なギリシャの円の公式に取り組んでいた。レジーは幼いころから家でミス・レインや個人教師のジェラルディン・

パイクと勉強をしていて、ジェラルディンとはいまも手紙のやりとりをしている。レジーの耳が不自由なことに気づいたあと、ミス・レインは何がレジーにとっていちばんいいのかを必死になって調べ、手話や聾学校について知ったが、そうした教育が受けられるのはアメリカだけで、当時のこのあたりでは、いちばん大きな島にも適当な施設がなかった。そこで、大金を使ってジェラルディンをブラックコンチに呼び、ジェラルディンはレジーに言葉を、さらにはさまざまな概念を教えて、レジーが社会から取り残されないようにした。

いまのレジーはトリリンガルだ——アメリカ手話を使い、読唇術でブラックコンチの英語を理解し、標準英語の本を読む。自負心が強くて、補聴器をつけるのをいやがり、まったくちがう世界にいるのだからと耳の不自由でない人たちの世界に無理をして溶けこもうとするのを拒んだ。レジーは自分自身でいたがった。ひとりだけのグループ、自分だけの少数民族でいたがった。ヘッドホンをつければボブやトゥーツやアスワドのベースラインを聞くことができたので、とりあえずはそれでじゅうぶんだった。それに、そうしたミュージシャンたちもみな、いつかは耳が聞こえなくなるのだ、とレジーは考えていた。

レジーは手話で、ピタゴラスはきらいだと言い、どんな人だったのか、とても頭のいい占い師だったのか、と訊いた。

ミス・レインは、数学の天才だと手話で答えた。円について解き明かした人だ、と。

ぼくも解き明かしたよ、とレジーは手話で言った。ぼくの公式を知りたい？

いいえ、というか、いまはけっこう、とミス・レインは答え、勉強はここまでにしましょうと告げた。続きはあしたね。デイヴィッドおじさんのところへ行く時間だから。

レジーは手話で答えた。やったね。


アルカディア・レインとレジー・レインは、デイヴィッドの家の玄関ドアを叩いたとき返事を待った。そのあいだにアイカイアは二階に隠れたが、デイヴィッドは絶望しかけていた。そのときには、元人魚と同居して四週間近くたっていた。デイヴィッドは彼女に夢中だったが、彼女は散らかし屋だった。それどころか、不潔だった。デイヴィッドを寝室から締め出しただけでなく、食べかけのマンゴーや果物の皮で部屋をごみだらけにした。デイヴィッドは用足しのバケツを毎日空にしなくてはならなかった。さらに、最初のうちは彼女に服を着せるのに苦労したが、ようやく服に慣れたあとは、着替えるよう言い聞かせるのに苦労した。彼女はデイヴィッドの畏怖を掻き立てたが、いやなにおいがした。毎晩ベッドで歌を歌い、近所に聞かれて詮索されるのではとデイヴィッドは不安になりはじめた。少しずつ少しずつ、歩く練習は実を結んでいた。杖なしで立てるようになった。もうじき歩けるようになるだろう。そうしたらどうなる？　彼女はどこへ行くだろう。近所の人たちや村のみなにどう説明すればいいのだろう。デイヴィッドはもう彼女を見慣れていたが、人間として通るのかどうか判断がつかなかった。問題なのは主に目で、彼女の目は輝きが強すぎた。

「こんにちは」ミス・レインは声をかけた。

デイヴィッドはドアを開けた。

「こんにちは、ミス・レイン」デイヴィッドは小さな声で言った。

ミス・レインはデイヴィッドをじっと見た。

「デイヴィッド、あなた、いったいどうしたの？」

デイヴィッドはひるんだ。プリシラと元人魚以外、何週間も誰にも会っていなかった。

「なんでそんなことを？」

「ひどい恰好。ここはくさいし。いったいどうしたの？」

「何も」

ミス・レインは舌打ちをして目をくるりとまわし、家のなかへ入った。レジーもそれに続いた。レジーはバーニング・スピアのTシャツを着て、ミラーサングラスをかけていた。早くもレゲエのバンドの一員になったかのようだった。レジーはデイヴィッドと挨拶代わりに拳を突き合わせた。

「まじめに言ってるの」ミス・レインは言った。「どうしたの？」

ふたつある白いプラスチックの椅子のひとつを引いて、ミス・レインはあたりを見まわした。

「ここは変なにおいがするし、あなたの丸木舟は早く水を汲み出さないと沈みそうだし。何が起こってるの？」

「おとなしくしてただけです、ミス。自分のことと家の雑用をして」

レジーはおもしろいものがないかとあたりを見まわしていた。デイヴィッドは警戒した。

「お茶でも淹れます」デイヴィッドは言った。

「ありがとう」

「とにかく、何か用があって来たんでしょう」

デイヴィッドはやかんに水を入れ、コンロに火をつけるためにマッチを擦って、紫色の花が踊りはじめるまでコンロにかざした。

「あなたのおじさんのことを訊きにきたの」

「おじって、どの?」

「そんな質問はやめて。誰のことかよくわかってるくせに」

デイヴィッドが振り返ると、ミス・レインは顔を赤くしていて、ミス・レインのそういう顔を見るのはデイヴィッドにとってはじめてのことだった。ミス・レインはそういうタイプではない。若々しくて、三十くらいに見えるけれども、それより十歳年上だ。その暮らしぶりはよく知られているが、謎めいてもいる。ミス・レインは何も語らないものの、何が起こったかはみな知っていた。ミス・レインは手ひどく捨てられたのだ。デイヴィッドのおじのライフはまさしく優男であり、女たらしだった。ブラックコンチにレジーの異母きょうだいが大勢いるのはまちがいないが、それが誰なのか調べあげた者はまだいなかった。

「もうすぐレジーの十歳の誕生日だから」ミス・レインは切り出した。

デイヴィッドはうなずいた。

「パーティか何かしてあげたいと思って。それで……わかるでしょ」

デイヴィッドはもう一度うなずいたが、レジーのほうもうかがっていた。

「何人かお客を呼ぼうかと。たとえば、あなたとか……シシーとか……それと……」ミス・レインは落ち着かなげな顔をした。「できたら……」

やかんが金切り声をあげた。デイヴィッドは鍋つかみをはめて、やかんを火からおろした。

「ああもう、まったく、デイヴィッド、言いたいことはわかるでしょ」

「いいえ、ミス」

ミス・レインはデイヴィッドをまっすぐに見た。目がかすかにうるんでいた。「ライフとやりとりしたり、会ったりしてる？」

デイヴィッドはミス・レインを見つめ返して、こんなふうになっていなかったらよかったのに、と思った。ミス・レインは悪い人ではない。ライフにはまともすぎる人だ。ライフはミス・レインを置き去りにして、ポート・イサベラに住むセクシーで都会的な上流階級の茶色い肌の女性に乗り換えた。そこまではデイヴィッドも知っていたが、ミス・レインに話すつもりはなかった。知らせる必要のないことだ。

「いえ、ミス。ライフからは一度も連絡はないです。父からも。長いこと誰もふたりの消息は知りません。ポート・イサベラにいるというだけで」

「まったく連絡はない？」

「ないです」事実そのものではなかった。少し前に、ライフが個展を開いたことや、ポート・イサベラの芸術家たちと付き合いはじめたことは聞いていた。正直に言って、ライフにも父親にもあまり興味はなかった。

「ミス・レイン」デイヴィッドは言った。「ライフが近いうちに帰ることはないと思います」

ミス・レインはうなずいた。「そう、わたしもそう思う。ただ、レジーに……」ミス・レインとデイヴィッドはレジーがいた場所へ目を向けた。が、そこには誰もいなかった。

二階から金切り声が聞こえた。

デイヴィッドは凍りついた。

「いまのは何？」ミス・レインが言った。

デイヴィッドはひるみ、目を閉じた。

「まったく、あの子は上で何をしてるの？」ミス・レインは立ちあがり、階段を駆けあがった。

デイヴィッドは途方に暮れて、その場に留まっていた。少なくとも、相手はミス・レインだ。

「デイヴィッド、デイヴィッド！　こっちに来て、早く！」

アイカイアがベッドに座っていた。汚いジャージを着ていて、ドレッドヘアはもつれ、目が星のように輝いている。そのそばにレジーがひざまずき、手話で話しかけていて、アイカイアはうなずきながら手話を真似ようとしていた。ミス・レインはそれを見つめている。

デイヴィッドは近づいていき、手話に忙しいふたりに目を向けたあと、ミス・レインの驚いた顔を見た。

「あれはいったい誰？」ミス・レインは尋ねた。

「説明します」

「デイヴィッド、あの子は普通じゃない」

デイヴィッドは唇を噛んでうなずいた。

「目が変わってるし、手も変わってる。ねえ、誰なの？」

「人魚です、ミス」

ミス・レインはデイヴィッドを振り返った。「え？」

「白人の男たちがつかまえた人魚です。三、四週間前に」

「デイヴィッド、よして、ばかなことを言わないで」ミス・レインは両手で耳を塞いだ。

「ミス、ほんとうです。ロープからおろして、助け出しました。人魚を盗んだのはおれです」

ミス・レインは手話で人魚に話しかけている息子を見つめた。

「デイヴィッド、嘘でしょ」

「ほんとうです、ミス」

ミス・レインは頭を振り、目に涙を浮かべた。

「あのばかなアメリカ人たちがわたしのところに来て、いろいろ話していった。ひとりなんて、うちのクジャクから頭にキスされそうになってた。ねえ、嘘でしょ」

デイヴィッドは首を振った。「ほんとうです」

ミス・レインはデイヴィッドをじっと見た。「どうして、デイヴィッド」

熱く塩辛い涙がデイヴィッドの顔を流れ落ちた。ほっとしていた。ずっと不安だったし、言うまでもなく、疲れきっていた。この何週間か、満足に眠れていなかった。さまざまな思いがこみあげた。

「いったい彼女に何が起こったの」

「尾がとれたんです」

「そうみたいね」

「ぽろっと落ちたんです。急にもとに戻りはじめて」

「信じられない」ミス・レインは頭を振った。

「彼女を助け出して、魚として海に戻すつもりだったんです。それが、もとに戻りはじめて……」

「なんてこと」

「いまは歩く練習をしてます」

「まあ」

「彼女を愛してるんです、ミス・レイン」

ミス・レインは息をのんだ。

「ひと目で好きになってしまった」

「ああもう」

ふたりは畏怖の目で、ベッドに座って手話をしている人魚と子どもを見つめた。

足が生えて最初の何日かは海とさびしさの歌を歌った
そしてレジーと出会った
ミス・レインははじめてわたしを見たときショックを受けていた
恐ろしいものを見たみたいに嘘と叫んだ
レジーは手を使って話をする
わたしたちはそうやって出会った
手を使う言葉で
ずっと昔からある言葉
レジーがいなくなってミス・レインもいなくなって
わたしはベッドに寝そべる
ふたりが戻ってくるのはわかっている
そうしたらどうなる？
わたしはひとり歌い出す
デイヴィッドがやってきて歌うわたしを見つめる
ずっと昔の遠い日のように
男たちはわたしを見たがる

ある夜ベッドで寝ているデイヴィッドを見にいった

そっとそっと近づいた
長いあいだ彼を見つめた
眠っている男とふたりきり
デイヴィッドの鼻を見つめた
デイヴィッドの閉じた目を見つめた
息をするたびに胸が持ちあがってはさがる
海のように持ちあがってはさがる
体のなかで波がうねっているよう
シャチを見つめるようにデイヴィッドを見つめる
外の世界を感じながら

わたしは見つめる人魚
自分を守るために絶えず見つめる
眠る彼を長いあいだ見つめる
眠っている彼は子どものよう
彼もわたしの敵なのか
よくわからない気持ちが生まれる
その夜ひと晩ずっと彼を見つめた

デイヴィッド・バプティストの日記　二〇一五年五月

　ミス・レインがやってきてはじめて人魚を見たあと、おれたちは一階で長いこと話をした。レジーは二階に残ったけれども、おれとミス・レインは一時間以上も話しこんだ。そのあいだミス・レインは立てつづけに何本も煙草を吸った。ミス・レインはライフのことを話したがった。子どものころどうやって出会ったか、そのときから――はじめて目が合ったときから――二十年以上もどれだけライフを愛してきたか。身震いがした。おれとアイカイアも同じだったからだ。ライフは〝魂の連れ合い〟なのだとミス・レインは言い、その言葉に鳥肌が立った。〝魂の連れ合い〟について考えるだけで怖くなった。

　ミス・レインがそんなふうにあけすけに話すのを聞いて、おれは驚いた。そして同情した。ライフは自分がミス・レインに釣り合わないと感じていたのだと思う。ミス・レインは偉すぎる相手、丘の上の屋敷に住む白人のお嬢さまだ、と。おれはずっと、ライフはミス・レインを捨てたのではないと思っていた。自分をちっぽけだと感じて、もっと大きな人間になるために出ていったのだ。〝黒人の使用人〟。昔、みながそう言うのをよく聞いた。ライフがミス・レインと結婚できるわけがない、対等に暮らせるわけがない、とみなが思っていた。ライフはきっと、丘の上でミス・レインと対等になりたかったのだ。だからいなくなった。ミス・レインのもとからだけでなく、ブラックコンチからも。ライフは芸術家でもあったので、有名になりたがっていた。けれどもミス・レインはちがうふうに考えていた。ただ悲しがり、嘆いていた。

ライフを心から恋しがっていた。子どものころからふたりは愛し合っていた。というか、ミス・レインはその日そう言った。小さいころは、ふたりとも裸足で駆けまわる田舎の子どもだった。ミス・レインは物事をもっと大きな目で見ようとしない。いや、ミス・レインは賢い人だ。おれの言葉を悪くとらないでほしい。ただ、あの人は物事のもうひとつの側面を知らない。黒人の男たちの生き方を知らない。とりわけ、ライフのように才能があって、もっと多くのものを求める男の生き方を。ミス・レインはそういうことを何もわかっていない。ただただ悲しがって、ライフを恋しがっている。ライフがどんな人間かはどうでもいいみたいに。ライフは男をあげるために出ていったのだとおれが話すと、ライフは自分の目にはとっくに立派な男だった、とミス・レインは言った。もっと大きくなる必要なんてない、と。自分はライフを愛しているし、レジーはライフに会ったことがない。父親と同じようにレジーも才能を持っている。ずっと父親に会いたがっている。その日、おれは悲しい気持ちになった。ミス・レインとレジーを思って悲しくなった。

しばらくして、レジーがにこにこしながら一階へおりてきた。

レジーとミス・レインは手を動かして何かやりとりし、そのあとミス・レインは、レジーが二階の女性を誕生日パーティに招待した、と言った。

おれはミス・レインを見つめた。

ふたりもおれを見つめた。彼女が人魚だとレジーは知っているのか、とおれは尋ねた。

ミス・レインはその質問を手話で伝え、レジーはうなずいた。

ミス・レインと息子を見ているうちに、急に気持ちが明るくなった。ひどい状況からも、人はときに最善を生み出すことができる。レジーは最高の小さな同志だ。レジーはプリシラが言うような〝うすのろ〟ではない。愚かにはほど遠い。ただ耳が不自由なだけだ。

レジーがおれに向かって手話をし、ミス・レインが通訳をした。

次の日曜に魚の女性とふたりでランチに来てほしい、とレジーは誘った。音楽をかけるといい。おれはぜひと答え、レジーはおれを見て笑った。

「人魚は大人気みたいだな」おれは言った。

ミス・レインはくるりと目をまわし、彼女はこのブラックコンチで、この家で、おれといっしょに暮らしていけると思うか、と尋ねた。わからない、なんとかやってみるつもりだ、とおれは答えた。近所の人、プリシラやほかの人について尋ねられたので、プリシラはもう彼女を見ていることを伝えた。

「あの性悪女には気をつけて」ミス・レインは言った。「その気になったら、すこぶる厄介なことをしてくるから」

わかっているとおれは答え、ショートレッグともうひとりの息子が船の上で彼女を見ていることを話した。ナイサーがふたりを雇ったのだ。

「まずいわね」ミス・レインは言った。「プリシラは地獄のおしゃべりだし、それ以上にたちが悪い。身勝手で、わたしのことをきらってる」

おれはうなずき、ミス・レインは歯の隙間から声を漏らして上を見た。そして、彼女は耳が悪いのかと尋ねた。ちがうとおれは言った。レジーがやっていたようにあなたも彼女に言葉を教えればいい、とミス・レインは言った。どうやるのか訊くと、家に教本があるとのことだった。ＡＢＣからはじまって、いろいろな本がある。レジーに読み書きを教えたけれども、それほど難しいことではないから、何冊か貸そう、とミス・レインは言った。

おれの気分はさらに明るくなった。おれたちふたりはそういうふうにしてしばらく時間を過ごした。この家の二階で起こっていることがかなりの難題なのをどちらも承知していた。レジーも理解しているようだった。

「オーケー」とミス・レインは何か決断をくだしたような口ぶりで言い、もう帰るけれども数日以内にまた会おうと告げた。

レジーが近づいてきておれを抱きしめ、おれはふいにこみあげた人魚やレジーやあらゆるものへの悲しみを抑えこんだ。

「オーケー、きょうだい」おれは言い、レジーを抱きしめ返した。

ふたりが帰ったあと、テーブルの椅子に座って、自分の人生が大きく変わってしまったことについて考えた。そのときにはどう変わったのか具体的にはわかっていなかった。わかっていたのは、すべてがちがってしまったことだけだった。これまでの人生は単純で、気楽だった。いまは正反対だ。女というものは人生をややこしくする。だから、これまでこの家に女は入れてこなかった。それなのに、彼女は部屋をめちゃくちゃにするし、夜には歌を歌う。体を洗うように言おう、と心に決めた。この家の主の立場を取り戻さなくてはいけない。彼女はこの家にやってきて、ひと言もしゃべらずに主導権を奪いとった。自分の家を取り戻さなくてはならない。ハーヴェイまで彼女を気に入っているのだからおかしな話だ。田舎の雑種犬であり、番犬であり、漁師の犬であり、頼りになる相棒であり、縄張り意識がすこぶる強く、誰かが庭に足を踏み入れようものならとたんに吠え立てる犬が、彼女のことは自然に同居人とみなしているらしい。彼女が魔術でも使ったのだろうか。男はどうやって女を自分の家に受け入れるのだろう。ただでさえわからないのに、相手が人魚では途方に暮れてしまう。人生は一瞬で変わる。こんなふうになるとは想像もしていなかった。あとになって、その変化はほかのあらゆる変化と同じように、長い歴史を持つさまざまな出来事の積み重ねから生まれたことを知った。長すぎて、事が起こるまで全体を見通せないような、延々とした出来事のつながりから生まれたことを。

▽

次の日は、激しい雨が降っていた。空が口を開いて、すべてを吐き出すかのようだった。雨粒がトタン屋根を激しく激しく叩いていたが、アイカイアはそれを喜んでいるらしかった。部屋の真ん中で杖に寄りかかりながらデイヴィッドのほうを向いてにやりと笑い、こちらの存在を認めるそのしぐさにデイヴィッドは驚いた。レジーが訪ねてきてから彼女の警戒はゆるんでいて、ゆでたジャガイモを食べることさえしていた。まわりで鎧戸が風にあおられて閉まり、跳ね返ってまた開いた。そのとき、アイカイアが杖から手を放し、遠くに押しやった。急いで鎧戸に駆けよっていたデイヴィッドは、彼女がコウモリか鳥のような金切り声をあげるの聞いた。振り返ると、彼女は口を引き結び、床をじっと見つめながら、支えなしで足を大きく一歩踏み出そうとしていた。デイヴィッドは手を貸しに行きかけたが、彼女の顔は来るなと言っていた。一歩を出しおえると、彼女は得意げな笑みを向け、もうだいじょうぶという表情を作った。けれども、杖を失って、その場でしばらく固まった。ややあって、後ろの足を宇宙飛行士のようにそっと浮かせ、高く持ちあげて、前の足のさらに先におろした。そして顔をあげ、目を輝かせて、満面の笑みを浮かべた。

その笑顔にデイヴィッドは危うく気絶しかけた。呆けたように立ちつくしたまま、彼女がさらに歩を進めるのを見守った。腕を翼のように横に伸ばして体を安定させ、宇宙遊泳のようにゆっくりと足を運んでいく。ヘルメットと宇宙ブーツさえあれば、まさしく宇宙遊泳だった。アイカイアは何百年も歩いていなかったが、脳は歩き方を覚えていて、その日一日、腕でバランスを取りながら、立ち止まってはまた歩いた。大きく一歩、また一歩。疲れると椅子に座って、床を見つめた。

昼になって、デイヴィッドは生の青豆とカボチャを用意した。彼女はまたデイヴィッドに笑みを向けた。その日二度目にデイヴィッドは気絶しかけた。女は厄介だが、実のところ喜ばすのは簡単だ、とデイヴィッドは思った。彼女の大きな足を見つめた。靴が必要だ。スニーカーを履けば、もっと安定して歩けるかもしれない。彼女に合いそうな古いアディダスのスニーカーを持っていたので、トラックに探しにいった。戻ってきたとき、彼女はカボチャの皮をほおばっていた。デイヴィッドはスニーカーを掲げて指さし、彼女は理解した顔をした。

デイヴィッドは彼女のそばにしゃがみこみ、片足をつかんでスニーカーに押しこんだ。履けそうだ。あらためて驚嘆しながら彼女の足を見つめた。足の指にはまぎれもない水かきがついていた。

「よし、つかまって」デイヴィッドは言った。彼女はデイヴィッドの背中に手をついて体を支えた。小さな笑い声が聞こえて、デイヴィッドは体がこわばるのを感じ、彼女を振り返るまいとした。はじめての出来事だった。彼女が笑った？　スニーカーを履かせおえると、靴紐を結んで彼女の若い顔を見あげた。彼女は真剣な面持ちでうなずいた。もう片方の足にも、水かきをまじまじと見ないようにしながら履かせて、靴紐をしっかりと結んだ。アイカイアに足を気にする様子はなかった。そうして、一九七六年、緑色のスエード地に白い三本線が入った、古くてくたびれたアディダスが彼女のファーストシューズになった。このブラックコンチの島の北の端なら、世界のどこより彼女が生き延びられる可能性は高い、と希望が湧いた。村に溶けこむことさえできるかもしれない。

スニーカーを履きおえると、彼女は立ちあがった。そして、顎をこわばらせながら一歩前に進んだ。今回は先ほどまでよりスムーズにいった。サイズ9のアディダスはゴム底なので、踏ん張りが利くようになった。一方の足をまた持ちあげ、そのあともう一方を持ちあげる。ぎこちない宇宙遊泳が止まり、彼女は一歩をもっと小さくすることに集中した。うまくいったが、こつをつかむまでしばらく時間がかかった。部屋を何度も斜めに往復するのをデイヴィッドは見守った。ゆっくりゆっくり進むうちに、腕を大きく広げなくても歩けるようになってきた。自分がどれほど何気なく歩いているかをデイヴィッドは考えずにはいられなかった。歩けるようになったときの記憶はなかった。子どもなら誰でもできるようになることのひとつだ。彼女を見守るのは、小さな奇跡を見守るかのようだった。さなぎという寝袋から出てくる蝶や、水かきのついた足を交互に踏み出すアヒルのひなを見るのと同じだ。デイヴィッドは自分が最初の一歩を踏み出したときのことを想像し、転んだら支えられるようにとそばにいてくれたのは誰だったのだろうと考えた。

アイカイアはそれから三日間、古いスニーカーで歩く練習をした。服のときと同じで、いったん履いてしまうと脱ぐのを拒み、寝るときも脱ごうとしなかった。いまだにベッドにはデイヴィッドを近づけなかった。ベッドはいまや彼女のものだった。シーツの下に何か隠しているのではないかとデイヴィッドは疑った。あちこちに盛りあがっている部分が見えていた。まだ皮が剝がれつづけているのだろうか。またバスタブを持ってきて、ホースで水をためたほうがいいかもしれない、と思った。つまるところ、この家はデイヴィッドのものなのだ。彼女が来てからこちらの意志はまったく通らなくなってしまったが。ある日の午後、デイヴィッドは二階へ行って、おりてくるよう彼女に表情で伝えた。バスタブを見つけた彼女は、観念した表情を浮かべた。そして悪臭のする服を脱ぎはじめ、タトゥーの入った乳房をドレッドヘアで隠し、恥部を手で隠して、裸でデイヴィッドの前に立った。スニーカーを履いたまま、足を片方ずつバスタブに入れ、身を横たえてデイヴィッドを見る。デイヴィッドは石鹸を持ってきて彼女に渡した。何かわからないようだったので、使い方を見せた。そして部屋を出て、彼女にひとりで体を洗わせながら、神に感謝した。何に感謝しているのかよくわからなかったが、たぶん単純に、彼女が歩けるようになったこと、もうすぐ普通の女性のように清潔になることがありがたかったのかもしれない。

しばらくして、彼女が新しいトラックパンツとTシャツに着替えると、デイヴィッドは彼女に歯ブラシを渡した。彼女はそれを見つめ、途方に暮れて頭を振った。デイヴィッドが自分の歯で使い方を見せると、彼女はまた笑った。

デイヴィッドの目は熱くなった。一日に三回も笑い声を聞いた。何かが変化していた。彼女をこれからもずっと守りたいと思った。とはいえ、それは彼女が望んでいることでも必要としていることでもないという気もした。それどころか、スニーカーを手に入れた彼女は、現れたときと同じように、ある日突然いなくなってしまうかもしれない。ある朝起きたら、姿を消しているかもしれない。ベッドにマンゴーの皮を残して、デイヴィッドの心を奪ったまま。〝魂の連れ合い〟。その言葉は好きになれなかった。デイヴィッドは彼女に歯ブラシを渡し、テーブルの上の海水が入った洗面器を指さした。彼女は歯を磨き、コップの水でうがいをした。デイヴィッドはやかんを火にかけ、ブッシュティーを淹れて、ミス・レインとレジーが訪ねてきてから体の奥でちらついている不安を落ち着かせた。誕生日パーティをする？　音楽をかけて？　丘の上の屋敷へ行ったことは人生で二度しかなく、どちらのときも頼まれたものを届けにいっただけだった——手押し車と芝刈り機を。実のところ、ミス・レインは人魚と同じくらい行動が読みがたい。会いたいと思えば向こうからやってくる。こちらから訪ねていくことはない。

けれどもいま、ミス・レインは秘密の客のことを知っている。彼女に言葉を教えられるとも言っていた。本を読むことも教えられるかもしれないと。人魚の女性がここでずっと自分と暮らすなんてことも可能なのだろうか。

それに、ライフはいったいどこにいるのだろう。自分の父親も、いったいどこに行ってしまったのだろう。ふいに、ふたりが家にいてくれたらいいのにと思った。なぜ男というのは恋仲になった女性や子どもを残して出ていったりできるのだろう？ これはレジーの誕生日で、レジーは十歳になる。記念すべき年齢だ。デイヴィッドはカップに入れたブッシュティーを飲んだ。

アイカイアは日が沈むのを眺めていた。雲を読み、鳥の王国を眺めていた。外の世界、自分に理解できる世界を吸収していた。もとの姿にまた慣れるために、すべての時間をつぎこんでいた。

デイヴィッドの家は丘の斜面のバナナの森に立っていた。湾を望む小さなポーチがあって、朝日と夕日を毎日眺められる。アイカイアは空のさまざまな色と海の銀色のきらめきを見つめた。涙がひと粒こぼれ落ちた。

「海だ」デイヴィッドは言った。

太陽が空を黄色や紫や赤に染めるのをふたりは見つめた。海ははてしなくどこまでも続いていた。静かで広大で、それ自体がひとつの王国であり、ふたりともが理解している場所、ふたりが出会った場所だった。彼女は海を恋しがっているのだろうかとデイヴィッドは考えた。それとも、海は彼女にとって単なる煉獄だったのだろうか。ふたたび人間として歩けるようになり、もう一度カリブ人として生きられることにほっとしているのだろうか。彼女は人生を生きなおせるのだろうか。彼女はまだ若い。デイヴィッドは彼女を求めていたが、彼女のやりたいことをなんでも自由にやってもらいたいとも思っていた。彼女がデイヴィッドに笑みを向け、デイヴィッドはその表情に静かな希望を感じとった。彼女のなかで、何かが終わったか、あるいははじまったようだった。

5　話す

ブラックコンチは地獄だ、しかも島の北部は特別の地獄だ、とミス・レインはよく言った。覚えているいちばん古い記憶は、夜通し聞こえる低いうなり声で、雷と飢えた獣の咆哮が入り混じったようなその声は〝おまえを引き裂いてやる〟と言わんばかりだったが、実のところ、屋敷の裏手の熱帯雨林に住むホエザルの鳴き声にすぎなかった。レイン家の敷地には、世界最古の部類に属する熱帯雨林が含まれていた。ミス・レインはいつか生きたまま食べられてしまうかもしれないという切迫した恐怖が低く鳴り響くなかで育った。ホエザルにつかまることはないにしても、森から忍び出てきたタイヤのように太いボア蛇に巻きつかれて、眠っているあいだに絞め殺されることは考えられた。地獄には音があり、それはホエザルの鳴き声だった。地獄にはにおいもあり、それは貿易風にのってやってくる、島と外界を隔てる海のにおいだった。地獄には影めいた亡霊もいて、それは虐殺されたカリブ人や、レイン家のものになる土地に連れてこられて死んだアフリカ人たちの魂だった。

四百年のあいだに、ブラックコンチの島の主は二十三回変わった。移民、海賊、海軍、ならず者、役人が何世紀にもわたってセント・コンスタンスにやってきては去っていった。カリブ人と距離を保った者もいたし、襲われて殺された者もいたし、湾や丘にヨーロッパの町の名前をつけたあと去っていった者もいた。あらゆる湾で凄惨な海戦が行われ、浜で数えきれないほどの人が殺された。さまざまな国の白人が可能性に胸をふくらませて幾度となくやってきた。たいていは嚙み砕ける以上のものを食いちぎり、これは難儀すぎると支配をあきらめ、退散した。カリブ人、病、ほかのヨーロッパ人、ハリケーン、干ばつが彼らを追い返した。退却の折に、オランダ人は大砲二門を残していった。フランス人は教会を、イギリス人は汽船の港を。ずっとあとには、アメリカ人がレーダー基地を残した。黒髭やキャプテン・モーガンもブラックコンチの北部にやってきて、丘に財宝を埋めていったと言われている。

ミス・レインの祖先であるレイン大主教は英国国教会の聖職者だった。奴隷解放の二十七年後に土地を買い、熱帯雨林から切り出したマホガニーで屋敷を建てた。石材はイギリスから船で運んだ。その建物は〝節制屋敷〟と名づけられた。奴隷解放の年まで、その土地では百六十人の奴隷が働いていた。そのコンゴ人のほとんどは奴隷解放後に漁師になったが、何人かはレイン家のものになった土地に残り、最終的に小作人になって、土地を耕して生計を立てた。レイン家は労働者に賃金を支払う最初の農園主になった。やがて政府が土地の大部分を買いあげて村の住人に払いさげた。ここの土地は豊かで、地獄にありながら恐しく肥沃だった。何世紀にもわたってナツメグや藍、ショウガ、綿花、バナナ、カカオ、サトウキビが植えられた。い

ま も丘の麓には製糖用の大きな水車があるが、触ったら手が切れそうなほど錆びついている。

地獄は自然災害によっても引き裂かれた。百年のあいだにふたつの巨大なハリケーンがブラックコンチを襲い、土地を破壊した。直近のものは一九六一年にやってきたハリケーンで、島の作物の八割をなぎ倒し、当時は主に小作人によって行われていたカカオの栽培を壊滅させた。ミス・レインの兄アーチーとオーガストが出ていったのはこのハリケーンのあとだった。ふたりはこの島に見切りをつけて、生まれながらの田舎者だったにもかかわらず、町の仕事を求めてもっと大きな島へ出ていった。ふたりにはそれぞれ子どもが大勢いて、全員が半分黒人で半分白人だったが、その子どもたちも島に残された。

ミス・レインはセント・コンスタンスに残った唯一のレイン家の人間だった。痛めつけられた土地をいくらか受け継ぎ、そのいくらかを村の人々に与えた。魚市場はシシーとそのきょうだいたちが共同で経営していた。森は番人によって伐採や侵入者から守られていた。小作人たちは自分の作物を育てた。ミス・レインは村の住人たちが土地を借りたり買ったり、そこに家を建てたりしやすくした。島のこのあたりにも、先日のアメリカ人たちのように、観光客が少しずつ訪れるようになった。いまでも地獄なのは変わらないが、ほかの農園主とはちがって、ミス・レインはレイン家がどれだけ広大な土地を握っているかを理解していた。二千エーカーのうち千四百エーカーが手つかずになっていた。少女から大人の女になるまで暮らしてきたよく知る土地であり、ミス・レインの祖先が来る前の白人たちが、そして自分たちがそこで犯したひどい罪を知るようになった土地だった。信心深いキリスト教徒が犯した容赦ない蛮行、気候の厳しさについても知った。ミス・レインはクレオールの魂を持つ白人であることの奇妙さを受け入れるようになっていた。この丘の上である種の愛を知り、わずか十五歳で大人の女になった。その交わりは、身をおののかせ、血を流させ、心を大きくふくらませてこの困難な世界に流れこませた。その交わりは、女に自分を抑えることと待つことを教えた。

いちばんいい方法は、トラックを家の前の庭まで入れて、運転席のドアを開けることだとデイヴィッドは判断した。そうすれば、出かけることが元人魚にもわかるかもしれない。まだお互いの呼び名は決まっていなかった。デイヴィッドは甘さと愛情を舌の上で混ぜ合わせたさまざまな名前でひそかに彼女を呼んでいた。いい子、愛しい人、わが友、ハニー。彼女はデイヴィッドの心に騎士道精神を呼び起こし、それは正直言って、暴走したら危険なものだった。女性に対するこういう熱情は、男を破滅させかねない。彼女はデイヴィッドの心を目覚めさせ、不信感という制約を脱ぎ捨てさせた。彼女のまばゆさと無垢さは、デイヴィッドがこれまで探し求めてきたものを目の前に示していた。彼女の奇妙な沈黙は、女性に対するいつもの無関心を解かした。デイヴィッドはセント・コンスタンスの女たちに慣れていた。デイヴィッドのことを長所も短所も知りつくしていて、すぐに毒づいたり文句を言ったりし、直接的な泥臭いやり方で下半身を誘惑してくる女たちに。このあたりでは、すべての男がすべての女を知っている——知りうるかぎりのあらゆる方法で。しかし、彼女はちがっていて、彼女のすべてがデイヴィッドを慎重にさせた。ただ血が騒いでいるとかそういうことではなかった。畏怖を覚えていた。彼女の部族はどんな人たちだったにせよ、すでに死に絶えてしまった。けれどもいまは、彼らがどんなふうだったのかをうかがい知ることができる。彼女が宇宙のドアを開けて、遠い昔にこの島々に最初に住みついた人々を見せてくれたかのようだった。自分が助け出したこの女性の孤独を思うと胸が痛んだ。それは、誰かに抱くとは思ってもいなかった感情だった。

運転席のドアを開いたトラックを見せると、彼女は甲高い声をあげて二階へ逃げ戻った。「いい子だから」デイヴィッドは言った。「ちがうちがう、だいじょうぶだ、ハニー」あとを追って二階へ行くと、彼女はベッドに潜って体を丸めていた。小さくなって隠れようとしている。

「おいで、ほら、いい子だ。怖がらなくていい」デイヴィッドはベッドに腰かけ、彼女が何を考えているのか必死に想像した。三十分たったころ、ようやくシーツの下から彼女が顔を出した。なぜこの女性にはこんなに辛抱強くなれるのかとデイヴィッドは不思議に思った。彼女に関しては何をするにもとんでもなく時間がかかる。

午後の三時にミス・レインの屋敷に着くと、レジーが出迎えに走ってきた。ふたりがなかなか来ないので、少ししょげていたようだった。レジーも人魚に夢中になっていた。レジーと同じで、彼女もまわりとちがっている。レジーはトラックのドアを開け、顔を輝かせて見るからにうれしそうに挨拶をした。レジーとアイカイアはトラックから離れて芝生を横切っていき、レジーは手話でまくしたてるように話しかけ、彼女はその手の動きと話の内容に意識を集中していた。並んで歩くふたりのあいだには信頼が漂っていた。その前をクジャクたちが気どって歩き、きらめく豪奢な尾で芝生をなでていた。庭に君臨するアルビノのクジャクが塀の上のいつもの場所で羽繕いをしていた。

ミス・レインは近づいてくる三人を見守った。ポーチの上で、喉に大きな塊がつかえるのを感じていた。レジーがあんなふうに誰かに話しかけたことはこれまでなかった。自分にさえも。

「来てくれてありがとう」ミス・レインは言った。「ケーキを食べないで待ってたの」

デイヴィッドはおずおずとポーチの階段をあがった。親戚ではあっても、屋敷のなかに入ったことはほとんどなかった。

「どうぞ」ミス・レインは手招きし、デイヴィッドはそのあとについて玄関を抜け、木の床を磨きあげた広い部屋へ入った。遠い昔にはみながダンスをした広間なのだろう。壁が淡いレモン色に塗られていて、明るく感じられた。大きく開いた窓には竹でできた薄いブラインドがかかっていて、古いシーリングファンがふたつ、静かに回転して空気を掻き混ぜていた。部屋の中央にはソファと肘掛け椅子が巣を形作るように丸く置いてある。椅子のひとつは曲線の美しいラタンの揺り椅子だった。古びた絨毯が何枚か敷いてある。広い部屋なのに、こぢんまりとして居心地がよかった。部屋のなかに小さな部屋を作ってあるのだ。とはいえ、デイヴィッドが目を奪われたのは、壁一面に置かれた本だった。ミス・レインは何千冊もの本を持っていた。一冊一冊ががっしりとしていて、整然と並べられたさまはカラフルな手描きの煉瓦を積んだ広大な崖面を思わせた。

「キッチンへどうぞ」ミス・レインは言った。「お湯を沸かすから」

キッチンもまた広々としていた。食器棚は木製で、ガラスの部分にはカーテンがかかっていた。表面に張られた白い合板が剝がれたり欠けたりしている。中央に長い木のテーブルがあり、その上の天井からねじれた蠅取り紙がぶらさがっていて、たくさんの蠅がくっついていた。テーブルの上に、ケーキスタンドにのせられたケーキがあった。ふんわりとしていて緑色で、ピンクの蠟燭が十本立っている。銀色の玉やら砂糖づけの果物やら、さまざまなもので飾りつけられていた。

「レジーが飾りつけしたの」ミス・レインは言った。「座って。きょうはわたしたちだけだから。シシーは都合がつかなくて。このほうがかえってよかったかもね」

デイヴィッドは椅子を引いた。

ミス・レインはやかんに水を入れてガスコンロにかけた。そして振り返って遠い目でデイヴィッドを見つめ、どう切り出したらいいのかまだわからない問題に意識を集中した。ライフはデイヴィッドのおじだ。デイヴィッドはレジーのいとこに当たるが、その事実はともかくも認められてこなかった。村の住人のなかには、ライフなど存在せず、レジーには父親がいないかのような態度をとる者もいる。ミス・レインは父親について沈黙を守っていた。デイヴィッドも何も言わなかった。それが親戚だらけの小さな社会の流儀だった。生まれたときから、建前という不可欠の処世術を身につける。礼儀をわきまえて、人のことには首を突っこむな。役に立たないなら真実など口にするな。というか、たいていの場合、真実は事態をさらに悪くする。現在だけでもじゅうぶんややこしいのだから、過去など持ち出す必要はない。真実の奥には悲劇が横たわっている。真実は往々にしてあまりにも痛ましい。最後にはむごい罪を語らなくてはならなくなる。だから、誰もあえて口にしようとしない。

それでも、ミス・レインはいま十本の蠟燭を見つめ、流儀に反する行動をとろうとしていた。

「デイヴィッド」ミス・レインは言った。「お父さんについて考えることはある？」

デイヴィッドは眉をあげた。「あまり考えることはないです、ミス」

「どうかアルカディアと呼んで」

デイヴィッドは気の進まない顔をした。

「ええと、お父さんとは仲がよかったの？」

「いいえ」

「そのうち自分の子どもを作るつもり？」

「たぶん」

「いまはいない？」

「おれの知るかぎりではいません、ミス」

ミス・レインはデイヴィッドをにらんだ。

「その、アルカディア」

「わたしはあなたのお父さんをよく覚えてる。レオのことを。物静かで控えめな人だった。そばにいなくても、いつもそばにいるような」

「はい」

「家族に会いたい？」

「いえ、別に。おれはさびしいとは思いません。おれたちを育ててくれたのは母だから」

ミス・レインはうなずいた。ブラックコンチの男たちはあちこちをさまよい歩き、女たちは家で待つ。セント・コンスタンスで男と女がいっしょにいるのは、午後遅くに引き網を引くときか、シシーの店でラムを一、二杯飲むときか、黄昏時に太腿を絡ませ合うときだけだ。

「家族っていうのはときどき厄介です」デイヴィッドは言った。「知っておくには大勢いすぎるし、変わってるやつが多すぎる。家族でいるには距離を保つのがいちばんだといつも思ってます」

「わたしの家族はみんな、ずっと昔にいなくなった」ミス・レインは言い、二年前に死んだデイヴィッドの母親のことを考えた。パンを焼くのがうまくて、手製のパンをキッチンの窓から売っていた。ミス・ラヴィニアが焼いたパンの香りがいまでも嗅げる気がした。その発酵させたイーストの幻の香りに、彼女の魂が宿っているかのようだった。

「家族に会いたいですか？」

ミス・レインは目をくるりとまわした。「いいえ。家族は悲しみのもとだから」

やかんが鳴り、ミス・レインはやかんをコンロからおろした。

沈黙が流れた。ミス・レインはもっと話したいと思っていた。〝もう沈黙はじゅうぶん〟と言えるときが来たのかもしれない。区切りをつけるときが。前に進むときが。

「うちの子はどこ？」

デイヴィッドは後ろを振り返った。

「ふたりで迷子になって、番人に森を探してもらうはめになるかも」

「だいじょうぶ、レジーは遠くまでは行かないから」

ちょうどそのとき、悲しげな情感たっぷりのレゲエが大音量で隣の部屋から響き渡った。

「まあ」ミス・レインは叫んだ。レゲエが骨を震わせ、胸郭に響いた。デイヴィッドはにやりとした。

ミス・レインは息子のにおいをとらえるかのように頭を持ちあげた。怒鳴っても意味はない。大音量の音楽が、〝ぼくは耳が不自由です〟と宣言していた。ふたりはキッチンを出て、様子を見にいった。

何十枚ものレコードがジャケットから取り出され、床じゅうに散らばっていた。クジャクが一羽部屋に入りこんで、揺り椅子に留まっていた。アイカイアはレコードプレイヤーのそばに立って、空想に耽るように目を閉じていた。背中に垂らした髪が、絡み合った長いロープのように揺れている。腕を高く持ちあげて、小刻みにステップを踏みながら、足を交互に床に軽く押し当てていた。足を置くごとに跡がきれいにつくよう心がけているようなしぐさだった。

「何をやってるの」ミス・レインはつぶやいた。

ワルツを踊るために作られた広間で、アイカイアは腕をあげたまま、小さな円を描いて動きまわっていた。デイヴィッド、レジー、ミス・レインはそれを見つめた。手の届かない体の奥が揺さぶられ、掻き乱されるのを感じた。これは自分たちの理解を超えた、儀式の踊りなのだという落ち着かない感覚がこみあげた。

ミス・レインはデイヴィッドのほうを向いて、音楽に負けないよう叫んだ。「レジーにはあまり友達がいないの」

デイヴィッドはうなずいた。

「どうしても、レジーと仲よくできる人は多くない」

デイヴィッドはまたうなずいた。

「彼女はゼロから学びなおしているみたい。レジーはもう自分の言葉を彼女に教えはじめてる……」

「そうですね」

「ねえ、わたしは彼女にわたしたちの言葉を教えられる。ブラックコンチの言葉を。レジーに教えたみたいに」

マーダー・ベイの沖のギザギザの岩場で彼女に出会ってからはじめて、デイヴィッドは思慮深い考えを聞いたように感じた。

「ここで暮らしていくなら、話せるようにならないと」

アイカイアは悲しげな情感あふれるダンスを踊りつづけていた。デイヴィッドは別の島の崖で踊る彼女の夢を見たことがあった。彼女は別の秩序のもとで生きている。ブラックコンチになじむことなどできるのだろうか？　ここは穏やかで静かな場所だと思ってきたが、彼女が現れてからはそう思えなくなった。ブラックコンチは現代であり、込み入っている。

「彼女にとっていいことだと思います」デイヴィッドは同意した。

ミス・レインは広間を出ていき、緑色のケーキを持って戻ってきた。ピンクの蠟燭に火がつけられて、小さな炎が踊っている。ミス・レインは手話で、レジーに音楽を止めるよう言った。

アイカイアがケーキに気づき、興味津々で見つめた。

「誕生日おめでとう、レジー」ミス・レインは手話で言った。「願い事をして」

レジーは目を閉じ、深く息を吸ってからひと息で蠟燭をすべて吹き消した。母親と同じように、レジーもこの屋敷の二階で生まれ、ブラックコンチの外には出たことがなかった。けれどもいまは、何かがはじまったように感じていた。いつかそうなると思っていたように、とうとう人生が動きはじめたのだ。熱心な母親の愛情を受けて、十歳に、記念すべき年齢になった。

巣のように丸く置かれた椅子に座って、四人はふわふわでよく冷えた緑色のチョコレート入りケーキを食べた。アイカイアは水かきのついた手でケーキの塊やかけらを口に運び、考えこむようにうなずいていた。みな何も言わなかった。

アイカイアはもうあまりおびえていなかった。島には昔から見知っているものがたくさんあった。島のにおい、夜の物音、朝の光の加減、昼の暑さ、人々が軽やかに音もなく歩くさま、目を合わせて会釈する様子。そして、ここには鳥や草花や木々、温かい土があった。そうしたすべてがアイカイアの世界、生ける神々の世界を鮮やかによみがえらせた。

またふるさとで暮らせるとアイカイアは感じたが、記憶のなかのふるさとは消えてしまったこともわかっていた。この人たちといっしょにいたかった。ひとりは何も聞くことができず、手でしゃべる。ギターを弾く漁師もほかの人も、みな親切だ。けれども、別の思いもあった。体の奥を締めつける喪失感、何百年も過ごしてきた海に引きつけられる気持ち。海が待っているのを感じたが、力強い尾はもうなくなってしまった。いったい何が起こったのだろう。女たちの呪いが消えたのだろうか。みんなずっと昔に死んでしまったから？　追放の期間が終わった？　だとすれば、別の種類の呪いが自分の知らない理由ではじまったのかもしれない。安全だけれどもさびしかった海から、男たちが自分を引きあげた。そしていま、新しい暮らしと格闘している。レゲエやクジャクやケーキや服を着た人たちとの暮らしと。それに、デイヴィッドが自分を見る目のことがある。あの目を見ると、デイヴィッドとの絆を感じる。体の奥がやわらかくなって、脚のあいだがおかしな感じになる。そこに手を当ててそうした感覚を隠し、それについて考えた。ずっと尾のなかにあったもの。それがいまはここにある。アイカイアはケーキを食べ、名前のわからない何かに思いをめぐらせた。

デイヴィッド・バプティストの日記　二〇一五年六月

おれはひどく奇妙な気分でミス・レインの家を出た。そのあと何度もミス・レインの屋敷を訪ねたけれども、屋敷のなかまで招き入れられるのは人魚がいるときだけだった。ミス・レインとおれは親戚だが、顔を合わせる機会はたくさんあっても、親戚同士だと感じたことはなかった。さまざまなものがおれたちを隔てていた。奴隷時代の名残とでもなんでも好きなように言ってもらっていいけれども、とにかく、おれがこのブラックコンチの島の親戚と交流するには人魚が必要だった。屋敷をあとにしながら、なんというか、人魚が革命を起こしたのだと感じた。とはいえ、ミス・レインにもミス・レインなりの複雑な事情があるのだろう。だからいつもひとりで引きこもっている。おれは、昔からずっとまじめに働くただの漁師だ。セント・コンスタンスとイングリッシュ・タウンの学校に通った。自分が何者で、どんな境遇に生まれたかをわかっている。海が生きる手段をくれた。あのころもいまも、海はアイカイアを通じて最大の教訓をくれたのだと思っている。

帰り道に彼女は眠りこんで、いびきをかきはじめた。おれはその音が好きだった。実のところ、何週間かたって、彼女が歩きはじめたあと、人魚だったときの彼女を思い出すのが難しくなっていた。人間としか見なくなっていた。トラックに彼女を残して、おれは家へ入って片づけをした。〝家族は悲しみのもと〟とミス・レインは言っていたけれども、〝女は悲しみのもと〟と言うほうが正しいとおれは思った。かつてのおれのベッドのなかから、彼女がためこんでいたものを取り出した。スプーン、フォーク、輪ゴム。ポーチから持ってきたにちがいないコンク貝まであった。ほかにも、短くなった蠟燭やティーバッグを見つけた。シーツを清潔なものに取り替え、上掛けをかけなおし、床を掃いた。そろそろベッドと寝室を取り戻さなくてはと思っていたとき、彼女が階段の上に現れて、哀れを誘う目つきでこちらを見た。おれは静かに静かに部屋を出た。「ぐっすり眠って。いい子だ」

そのころは、彼女にそのあとどんなことが起こるのか、予想もつかなかった。参考にできるものなど何もない。おれは一階で、石のベッドに思えるものの上で寝た。若かったので、彼女とセックスしたくて寝つけなかったし、二階で彼女を抱きしめたいと切望していたけれども、彼女の態度のどれひとつをとっても〝来て〟と言っている節はなかった。熱情を冷まして、長期戦で挑むしかなかった。男が彼女のような相手に出会える機会はそうそうない。ミス・レインが話し言葉を教え、レジーが彼の言葉を教えたら、いい方向へ状況が変わるのではないかと思えた。自分も言葉を教えられるだろう。全員が何かしらの力になれる。いまの彼女には、セント・コンスタンスに友達がいるのだと思った。ほんとうに、ここで暮らしていくこともできるかもしれない。この、世界のはての小さな島で。どうしてできないわけがある？　彼女のまわりには味方がいる。そのとき、彼女がおれの妻になることだってあるかもしれない、という考えが浮かんだ。突拍子もないのはわかっていたけれども、その考えが心の真ん中に陣どっていた。もし彼女がイエスと言ってくれたら、結婚しよう。とっくに同じ家で暮らしているのだから！　アイカイアと暮らしはじめたばかりのこのころ、おれはありとあらゆる大きな可能性を感じていた。こと女性に関しては、男は思いこみに走りやすい。ああ、おれたちは異性のことをまるでわかっておらず、彼女はおれに、女とはどんなものか、男とはどうあるべきかを教えてくれた。

おれはそれまでの何週間かよりも明るい気分で眠った。海や、人が住みはじめるずっと前のブラックコンチの島の夢を見た。人っ子ひとりいなくて、アダムもイヴリンも聖書の物語も存在しない。静かな、自然だけの場所、どんな肌の人も――赤も茶も黒も――いない島、人が足を踏み入れたことのないブラックコンチの夢を見た。森だけが広がっていて、それを損なうものは何もない。森を所有する者も、耕す者もいない。そのころにはまだ。

目が覚めると、新しい一日を洗う海の音が聞こえた。心が静かに静かになっているのを感じた。二階でアイカイアがいびきをかいていた。おれは茶を淹れて、これからどうなるのかを見守ろうと自分に言い聞かせた。丸木舟をほうっておけないので、様子を確かめに丘をくだった。この何週間かではじめて、アイカイアをひとりで家に置いて、村まで歩いていった。生まれてからずっと暮らしてきた故郷なのに、何もかもがちがって感じられ、みなもおれをこれまでとちがった目で見た。「やあ」と挨拶してきたものの、何かが起こったのを知っているかのようにおれを見た。

▽

わたしの一部はいまもひとり
陸地に戻ってきたけれどもこの島ではよそ者
言葉を話せない
男の子が最初に彼の言葉を教えてくれた
手で話す方法をどんどんどんどん覚えた
男の子はブラックコンチの最初の友達
デイヴィッドは男
立っている場所がちがう

グアナイオアがまだ海で待っているのを感じる
ハリケーンが来る前もいっしょに暮らしていた
そして波がわたしたちを海にさらった
次のハリケーンが来たらどうなるだろう
デイヴィッドのポーチから大きな貝殻をとってきた
いつか夜にグアナイオアへ呼びかけるために
わたしは生きていると知らせるために
グアナイオアだけがほんとうのわたしを知っている
わたしはまた人間になって、いろいろなことをどんどん学ぼうとしている

これがわたしの夢が叶ったということなのかわからない
さびしくて海が恋しい
さびしさが恋しい
いろいろなことを理解しようとがんばっている
心がぐちゃぐちゃになる
デイヴィッドがわたしをぐちゃぐちゃにする

▽

毎日、午後の三時ごろに、デイヴィッドは授業のためにアイカイアをミス・レインの屋敷へ連れていった。屋敷の、木の床の大広間のテーブルに、太古のカリブの女性が座っていた。部族の女に呪いをかけられて人魚になった女性。部族の仲間がカスティリャ人の提督とその部下たちに殺されて死に絶えてしまった女性。人魚としてアメリカ人たちに海から引きあげられ、競売で売り飛ばされるか剥製にされて記念品にされそうになった女性。ブラックコンチの漁師に助け出され、カリブの女性としてまた生きることになった人魚。彼女はひそかに困惑しながら、信用していいのかわからないもうひとりの女性からふたたび言葉を学んでいた。女性は白くてそばかすだらけで、実際にはちがうとしても、彼女の仲間を一掃した人々に似ていた。ミス・レインは気後れしていた。ブラックコンチの英語しか話せないからだ。迫害した者と迫害された者の言葉が混ざった言語。それがアイカイアに教えている言葉で、そのほかに標準英語の書き言葉も教えていた。

最初の数週間は何時間もテーブルに向かい、相手のことや自分たちのやっていることにとまどったり、ひそかに驚いたりしていた。外は完全な雨期に入り、雨が銀色の幕になって降りそそいでいた。クジャクたちが鳴き声をあげながら、ときどき部屋のなかに入ってきた。雑種犬たちはテーブルの下で丸くなっていた。森で鳴くホエザルの声も聞こえてきた。静かに静かに、ふたりは長いあいだテーブルに向かってアルファベットや英語の文の構造を勉強し、テーブル、椅子、リンゴといった単語を覚えた。ミス・レインはアイカイアが独特な方法で文を作ることに気づいて、アイカイアは以前に別の文法を使っていたことがあり、それをいまも覚えているのだと推測した。

レジーは寄ってきては離れていった。レジーの授業は午前中だった。ときどきアイカイアにヘッドホンを貸して、偉大なボブが歌う〈キャッチ・ア・ファイア〉を聞けるようにした。一九七六年の六月と七月は静かに過ぎていった。そのあいだは、ブラックコンチでは取り立てて大きな出来事は起こらなかった。雨が降りしきっていた。四月に桟橋で人魚を見た者はみな、とうに人魚のことを忘れていて、人魚は地元の言い伝えにすぎなくなっていた。

アイカイアは教えられる新しい言葉を次々にのみこんだ。アメリカ手話、ブラックコンチの話し言葉、本に使われる英語の書き言葉。海綿のようにすべてを吸収した。彼女の口は長いあいだ言葉に飢え、会話に渇いていた。少しずつ少しずつすべてがまとまりはじめた。ある日、アイカイアは本から顔をあげ、ミス・レインをじっと見て言った。「わたし踊る、したい」そして顔を輝かせた。

「上手よ」ミス・レインは言った。「スタートとしては上出来」

それからは、新しい単語がどんどん増え、より複雑な文がアイカイアの口からこぼれ出るようになって、そのたびに驚きが走り、ミス・レインとアイカイアの関係は少しずつ確かなものになっていった。アイカイアの本来の言葉も出はじめた。水差しに手を伸ばしたとき、アイカイアはその名前、〝ヒゲラ〟と、そのなかに入っているもの、〝トア〟を思い出した。ミス・レインはうなずき、アイカイアの失われた言葉がよみがえるかもしれないと期待した。

いまだにアイカイアの目は白目の部分が銀色に輝いていて、手と足はローズクォーツ色のやわらかい水かきに覆われていた。歩き方はまだぎこちなく、あらゆるものや人を屈託のない穏やかな表情で見つめた。物思いにふけるときには顔を上向けて、どこか別の場所の何かを見ているようなしぐさをした。よく海を眺めていた。相変わらず強い潮のにおいがした。デイヴィッドのトラックパンツとTシャツにサイズ9のアディダスのスニーカーを履いた彼女は古の存在ながら現代的で、先住民でありながらブラックコンチのクレオールになろうとしていた。肩のタトゥーは、彼女の部族が鳥と魚、月と星に神聖なつながりを持っていたことを示していた。彼女の顔は輝いていた。ブラックコンチの言いまわしを使えば〝花開こうと〟していた。そのときは、彼女がふたたび人間として〝通る〟ようになったら何が起こるのか、誰にもわかっていなかった。

　そんなころ、デイヴィッドが丸木舟の世話をしにいったその同じ朝に、ひとりで家にいたアイカイアは、窓の向こうにプリシラの姿を見つけた。とっさに身をかがめたが、すでにプリシラに見られたあとだった。アイカイアは壁に張りつき、息をひそめて恐怖に震えた。アンモニアのにおいがして、温かい尿が太腿を流れ落ちた。海の王国へ戻って身を潜め、ほかに女性がいない場所で、またひとりになりたかった。何分か、その場にじっとしていた。そのあと、また頭を突き出して外をうかがった。プリシラはまだ同じ場所にいて、家のなかをのぞいていた。ふたりは壁と開いた窓を挟んで、顔を突き合わせていた。

「あんた、誰なの？」プリシラが言った。

　アイカイアは何を言われたのかを理解した。何も答えず、プリシラの鼻先で鎧戸をぴしゃりと閉め、壁に張りついて息を弾ませた。

　プリシラは小枝を使って鎧戸を開けなおした。

「ねえ」プリシラは悪びれずに言った。「いとこだって？　そうなの？　え？　ミス・クスリ目さん？　いとこなんて冗談よしてよ」

　アイカイアは壁の陰から出ようとしなかった。

「ねえ、そこにいるのはわかってるんだよ。あんたに会いにきただけなんだってば、お嬢ちゃん……おかしな目のお嬢ちゃん」

　アイカイアは身震いした。早くも、また同じことになるのだろうか。ブラックコンチに来てどれくらいになるだろう？　何週間かで、何カ月もたっていない。アイカイアは深く息を吸い、窓際に戻った。

目をまっすぐに見て向かい合った。女性がなかに入ろうとしたら、思いきり叩こうと決めた。平和な部族の出身だったが、自分を守らなくてはならないときはあり、部族のなかにも戦士はいた。アイカイアの母親は戦士で、族長の妻だった。必要なら、顔を叩こう。

「いる、ここ」アイカイアは窓越しに言った。やわらかいが力強い声だった。アイカイアは美しい声で知られていた。けれども、プリシラに放った言葉は異国風で、どこの訛りとも言いがたかった。

プリシラはじろじろと視線を這わせ、アイカイアは見られるままになっていたが、検分が終わると口を開き、何百年も前から変わらない、ぞっとするうなり声をあげた。

銀色の目に悪魔を見たかのように、プリシラはあとずさった。アイカイアは近寄るなという視線を向けた。

プリシラは低く悪態をつきながら、よろよろと後ろにさがった。ずっと近所で暮らしてきたのに、デイヴィッドはこんなののどこが自分より気に入ったのだろう。頭がおかしいとか？それとも知恵遅れ？　なぜデイヴィッドはこの女を隠しているんだろう。いまのやりとりを聞いていた者はほかにいなかったが、プリシラは仕返しを考えながら退却した。プリシラは生まれながらの性悪だ。少なくとも、みなそう言っている。

デイヴィッドは家の一階に、髭を剃るときに使う四角い鏡を置いていた。それまで、アイカイアはその鏡を避けていた。プリシラがいなくなったのを確かめたあと、アイカイアは鏡を見ようと決めた。海には鏡などなかったので、恐る恐る近づいた。そして、じっとのぞきこんだ。目に涙がたまった。自分の姿を見て、混乱していた。まだ人間だったときから、まったく年をとっていなかった。けれども、昔とはちがっていた。溺れ死んでしまったけれども六人の姉を持ち、短いあいだだったけれども幸せだったあのころの娘とはちがっていた。若いころの自分がそこにいたが、目には長くてさびしい海での生活が影を落としていた。アイカイアは長いあいだ鏡を見つめ、追放される前の日々を思い出そうとした。求婚してきた男たちの顔はぼやけ、ひとつに混じり合っていた。アイカイアはどの男の求婚も受け入れなかった。二番目や三番目の妻として自分をほしがる男もいた。父親に賄賂として土地を渡そうとした男もいたし、自分だけの新しい家を建ててやると言った男もいた。心はまったく動かなかった。六人の姉の死が悲しすぎた。それでも男たちはやってきて、誰かひとりを選べと熱をこめて迫り、あらゆるものを贈ってきた。それでも自分はただ踊っていた。自分が男たちに及ぼす力のことも、ほかの女たちの怒りのこともわかっていなかった。そして突然、あの巨大なハリケーンがやってきて、凶暴な復讐の牙を剝き、何世紀にもわたる追放をもたらした。アイカイアは若くて年老いた悲しい顔を見つめ、自分に向かって、新しく覚えたひとつの言葉を繰り返しゆっくりと、呪いをかけるかのようにつぶやいた。〝ふるさと〟

デイヴィッド・バプティストの日記　二〇一五年六月

朝の早い早い時間、夜明け前に、おれは丸木舟を出して、あのマーダー・ベイの沖の岩場へ行った。海は静かで、小雨が降っていた。そこはいつも祈りに行く場所だった。錨をおろして、しばらくそこにとどまった。漁に来たわけではなかった。海は暗く、空もまだ暗かった。夜にひとりで丸木舟に座っているという感覚はなかった。島影が見えていた。その場所には、そよ風にのって亡霊がやってくる。何世紀も昔の、おれたちが現れては去る前の時代からやってくる亡霊だ。おれはブラックコンチでの自分が何者なのかを昔から知っているけれども、家系はあまり古くまで遡れない。奴隷制度という悪行でその記憶は消されてしまった。バプティストは昔いた農園主の名前だ。フランス人の古い名前。そのことに満足しているかって？　おれのほんとうの名前がわかることはないだろう。謎のままだ。過去の失われた時間を思って、全身が悲しみでいっぱいになるのを感じた。ときどき、ふいにそういう気分がやってくる。風にのって運ばれてきたメッセージのように、そういう気分に囚われる。ときどきそうなる。たいていはひとりで丸木舟に乗っているときだ。その場所で、おれは魂の友、太古から来た人魚と出会った。彼女も自身のことを思い出せない。おれたちはふたりとも過去を失った。丸木舟の上に座っていると、胸の奥がよじれるのを感じた。この気持ちは彼女に対して感じているのか、それとも自分たち両方に感じているのだろうか。

亡霊は海からやってくるのをおれは知っている。海に出ていると彼らを感じる。舟にじっと座りながら、この湾でどんな人たちが殺されたのか、なんのために殺されたのかを考えた。遠くから白人がやってきて、もと来た場所へとまた海を渡って帰っていった。不安な気持ちが、他人から物を奪う行為に人を駆り立てるのではないかといつも思う。ここにやってくる白人たちは、悪魔の精神に染まっていて、満足することを知らない。亡霊が湾にやってくる。白い人や赤い人やおれのような黒い人の亡霊だ。不安と落ち着かなさを運んでくる海流のように、そうした亡霊がやってくる。おれのつまらない考えだけれども、白人たちがカリブの島々に持ってきたのはそれなのだと思う。厄介事だ。昔もいまも、彼らはいつも何かを探し、奪っていく。

夜明けはゆっくりと、そっとやってきた。まわりを見渡したとき、遠くの海面に何かが見えた。腹の奥に恐怖を感じた。波間にまた別の女性が頭を突き出すのではないか？　それはいちばんあってほしくないことだった。そのとき、大きなオサガメが水面に姿を現した。ゆっくりとこちらへ泳いでくる。ほかに生き物の姿はなく、いるのはおれとその老いたオサガメだけで、カメはまっすぐにこの舟を目指しているようだった。おれは立ちあがり、カメが近づいてくるのを見つめた。甲羅がコケに覆われていて、陸地を背負っているかのようだった。ふと、どういうわけか、このカメは人魚と関係があるのではないかという考えが浮かんだ。おれはすばやくエンジンをかけた。また取り憑かれるのはごめんだった。錨を引きあげて急いで急いでその場を離れ、フジツボだらけの大きなカメから遠ざかった。あのカメもこの舟のエンジンの音を知っているという気がした。いや、そんなはずはない。奇妙な時間だった。家へと船を向けると、日が昇って、ほかの漁師たちが海へ出はじめた。あのいまいましい海に、つかまえるものがほかに何かあるのだろうか、とおれは思った。

▽

ミス・レインがブラックコンチの島の言葉を教えてくれた
英語の方言なのだとか
レジーに教えるようにわたしにも教えてくれる
ミス・レインの息子は言葉を持たずに生まれた
だからわたしたちは同じ
わたしは自分の言葉を忘れた
ずっと昔の言葉は
わたしの口から消えた
息子は生まれつき耳が不自由なのだとミス・レインは言った
ミス・レインがはしかにかかったせいで

何週間も言葉を学んで過ごした
持ちつ持たれつとかクジャクとかあばずれ女とかからかうとか
そういういろいろな言葉の意味を

話すというのは解放だ
できるだけたくさん話すようになった
あなたを黙らせるのは無理だとミス・レインは言った
わたしはミス・レインにたくさん質問する
この家は何でできてるの？
木とコンクリート
ここの族長は誰？
自分だとミス・レインは言った
ミス・レインは族長ではない
家族がブラックコンチの島の
一部を持っているのだとミス・レインは言う
でもそれは族長というのとはちがう
ミス・レインはたくさんのことを教えてくれる
新しい言葉も

くそったれ
要するに
テーブル

椅子
心
ふしだら女

なぜブラックコンチの人はみんな黒いのか訊いた
どうやって黒い人がやってきたかをミス・レインは教えてくれた
わたしのような赤い人はどこにいるのか訊いた
ほとんどが殺されて死んだとミス・レインは言った
ミス・レインは教えてくれた
どうやってカスティリャ人の提督が
短いあいだにわたしの部族を殺したか
ずっと昔にわたしの部族は死んでしまった
わたしは泣いた
黒い人もたくさん殺されたとミス・レインは言った
スペイン人のキリスト教徒がいまはすべてを持っているのかとわたしは訊いた
いまはちがうと言ってミス・レインは顔を赤くした
すべてがあっという間に起こったようだった
ほんの五百年前には古い世界があった

すべてがあっという間に起こった

島のこのあたりの土地は全部自分の家族が持っているのだとミス・レインは言った
土地は人が持てるものじゃないとわたしは言った
強い力がいつもわたしを陸から海へ引き戻そうとする
けれどももう海には戻りたくない
人間の自分でいたい

部族のみんながとっくに死んでしまっていても
もう一度ここで陸の上で暮らしたい
でもまだ混ぜこぜなのが心の奥ではわかる
わたしはまだ半分半分
半分は人間の女で半分は呪われた女
この新しい場所でも呪われている
どこにいても同じ同じ
海の力は強い
それでもわたしは人間でいたい

新しい言葉

ライチ
ダンス
犬
ケーキ
なぜなら
壊れた
愛
家族
マンゴー・チャオ
おやすみ

6　魚の雨

夜、アイカイアは眠れなかった。未来の可能性の可能性を考えると目が冴えた。ずっと前から、知っているという感覚が心の奥に目覚めていた。その感覚は、女であることに、女であることが意味するすべてに関係していた。女として生きることに。

二階のデイヴィッドのベッドに横たわって、片方の手を胸に当て、もう片方を子宮の上に置いた。何世紀ものあいだ海の冷たい水のなかを旅して、つがいになる相手を探してきた。けれども、同じ種族とつながうことはできなかった。男の人魚には一度も出会わなかった。下腹部に触れながら、デイヴィッドのことを考えた。ずっとデイヴィッドを見つめてきた。こちらを見つめるデイヴィッドを。脚のあいだにある感覚は力強く、それ自体に力があるかのようだった。夜じゅう眠気が寄りつかず、それはデイヴィッドに関係があるとわかっていた。デイヴィッドはいいにおいがした。男のにおい、肌のにおい、家のにおい、温かな体のにおい。彼のベッドに横になっていると、下にいる彼の大きな寝息が聞こえた。外は暗かった。アイカイアは姉たちを歌う歌を低くハミングした。みな美人だった。あらゆる種類の秘密を持っていて——そのことには気づいていた——それを末っ子のアイカイアには隠していた。いずれ、女になって、結婚できる年になったらわかるというように。けれども、アイカイアは結婚についてたくさんの夢を見て、夢のなかでは、結婚は必ず自分の死に結びついた。結婚という考えは好きになれなかった。代わりに、アイカイアは踊り、歌を歌った。アイカイア、〝甘い声〟という名前がまさにぴったりだった。アイカイアは男たちを魅了し、引きよせたが、誰の求婚も受け入れなかった。結婚したくなかった。結婚したら自分の一部が死んでしまう。だからどの男も受け入れなかった。やがて、六人の姉がカヌーの事故で溺れ死に、アイカイアはひとり残された。男たちはアイカイアを追いつづけ、父親に結婚の申し出をした。しかし、悲しみに沈む父親は残った最後の娘を手放そうとせず、アイカイアは難を逃れた。

脚のあいだのうずきは、自分自身よりも、結婚や死への不安よりも大きく感じられ、ひとりでに下半身から上半身へと広がった。心臓まで熱が広がり、とまどって、神経が張りつめた。このうずきがなんなのかわからずに、寝返りを繰り返した。どうしてこんなふうになるのか、どうしてこんなに始末に負えないのか。このうずきは、もしかしたらしばらく前から、マーダー・ベイでデイヴィッドに出会ったときから下腹部にあったのかもしれない。あのときから人間の姿に戻りはじめていたのだろうか？　ひとりの漁師。彼がアイカイアに火をつけ、ブラックコンチの海岸近くにアイカイアをとどまらせた。彼のせいで心が乱され、体の奥がうずいた。もしかしたら、何世紀ものあいだ、うずきはずっとそこにあったのかもしれない。そして、アイカイアは釣りあげられ、海から引きあげられた。デイヴィッドの重い息遣いに耳を澄ましながら、デイヴィッドの手や、デイヴィッドの秘密の部分について考えている自分が怖くなった。ああ！　それでも、デイヴィッドの隣に寝そべったらどんなふうだろうと考えずにはいられなかった。

静かにアイカイアはベッドから起きあがって、階段をそっとおりた。風よけつきのランプがともっていたので部屋は真っ暗ではなかったが、あちこちに影が落ちていた。デイヴィッドは部屋の隅で寝ていた。片腕を頭の上にあげ、もう片方は脇に垂らして眠っている。

アイカイアは彼に近づいていった。怖かったが、見つめずにはいられなかった。呼吸に合わせてデイヴィッドの胸が上下している。さらに近づいて、ひざまずいた。薄い上掛けがずり落ちていた。黄色いトランクス以外、何も着ていない。デイヴィッドが目覚めたら、自分は終わってしまうと感じた。何かが終わってしまう。というか、それは女としての人生のはじまりなのかもしれない。目覚めたら、デイヴィッドは腕を伸ばして自分を抱きしめるだろう。自分たちのあいだにそういう雰囲気があることを感じていたし、デイヴィッドもそれを感じていることや、ずっと無視していられるものではないこともわかっていた。男たちを恐れてきたのに、男といっしょにいたいとは、いったいどうなっているのだろう。上下するデイヴィッドの胸を見つめた。すべすべした肌を、男の肌を見つめた。イカスミのように、いちばん暗い海のように黒い、シルクを思わせる肌が体を覆っている。前腕と手をじっと見た——とてもとてもたくましい。胸には草の茂みのような短くてふさふさとしたものがついている。触ってみたかったが、勇気が出なかった。表情は穏やかで、目は安らかに閉じている。呼吸は深く、いびきではない、ただ低くて大きな寝息を立てていて、アイカイアは笑みを浮かべた。どんな夢を見ているのだろう？　きっと楽しくて力強い夢だ。

隣に横たわって、彼の体にくっつきたかった。姉たちは秘密を教えてくれなかったけれども、いまそれを知っていたらよかったのにと思った。どうすればいいのだろう。何をしてあげればいいのだろう。どうやってそばにいればいいのだろう。〝男〟はいろいろな呼ばれ方をする、とミス・レインは言っていた。父親、息子、少年、恋人。恋人はすてきなものだ、とミス・レインは言い、悲しそうな顔をした。自分は呪いをかけられ、大きな尾に封じこめられて、仲間のいない海に追放された。ここではもう自分は村の女たちにとって危険な存在ではない。姉たちはもう自分に何かを教えることはできない。自分ひとりでうまくやらなくてはならない。

デイヴィッドの顔を長いことじっと見つめた。唇にキスをしたかった。手を握りたかった。しばらくして、自分たちはそうなる運命なのだとわかった。トランクスのなかのすべらかな長い形を見て、ここが彼のいちばん力強い部分なのだと感じた。それもまた眠っていた。そこはいちばん引きつけられる部分であり、いちばん見てみたい部分だった――そして、いちばん恐ろしい部分でもあった。それは生であり、死だった。自分を殺せる長い剣のようなものなのかもしれない。大人の女なら誰もが知っている秘密だ。いずれ、その長いものに向き合わなくてはならない。彼の秘密の部分、太腿という森にいる蛇のようなものに。彼と自分に喜びを与えるために作られたものなのだ、とアイカイアは思った。けれども、自分を殺すために作られたものでもある。自分の乙女を殺すために。それでも、その隠された場所、そこにある丘と斜面は、いちばん探索してみたい場所だった。彼と自分は、海で見たイルカのように、体を絡め合わせてダンスを踊り、互いにのしかかるのだろうか。それがひとつになる方法なのだとアイカイアは知っていた。そういう仕組みなのだと。

夜明けまで、アイカイアはデイヴィッドを見つめた。膝が痛くなって、目を開けていられなくなるまで。ありとあらゆる気持ちをこの男性に感じた。もうすぐもうすぐ、そのときが来る。彼を見つめながら、自分の腹部を押さえた。それが起こったら、自分は別の何かに変わる。それが姉たちの隠していた秘密だ。めまいがして、心が掻き乱された。彼の長い秘密の部分を手に持ってやさしくやさしくなでたかった。乳房のあいだに押しつけたかった。そして何より、口のなかに入れたかった。

ふたりのあいだに静かな距離が横たわったまま、日々が過ぎていった。ミス・レインの屋敷での授業に通いながら、デイヴィッドは丸木舟のエンジンを修理した。食事のテーブルはこれまで以上に静かだった。アイカイアがどこかで紐を見つけて、髪を後ろで縛っていることにデイヴィッドは気づいた。よく見えるようになった顔は、さらに輝いていてまばゆかった。アイカイアはデイヴィッドが煙草を吸うのを見るのが好きだった。

ある日、デイヴィッドが短くなった煙草を勧めると、アイカイアはそれを受けとった。デイヴィッドが口を動かして吸うしぐさをすると、アイカイアは煙草を口に当てて、まずは軽く煙を吸った。何も起こらなかったので、今度は思いきり吸い、大量の煙をとりこんだ。彼女はむせ、息を詰まらせた。咳きこんで唾を吐き、顔をしかめたあと、頭を振ってデイヴィッドをにらんだ。

「悪い、悪い」デイヴィッドは言った。アイカイアの顔が奇妙な緑がかった色に変わり、煙草のなかの化学物質が害を及ぼしていることにデイヴィッドは気づいた。アイカイアはポーチに出て、下の庭に吐いた。ハーヴェイがくんくんと鳴いて、デイヴィッドに吠えた。デイヴィッドは問題の煙草をもみ消した。

「すまない、悪かった、スイートハート。ほんとうにごめん。もう吸っちゃだめだ」アイカイアはまたデイヴィッドをにらんだ。失敗だった。その日ずっと、アイカイアはポーチに腹ばいになり、頭を庭に突き出して吐きつづけた。デイヴィッドは背中をさすった。なぜ彼女のことになるとこんなへまばかりしてしまうのだろう。

一介の漁師が人魚を口説くなど、身の程知らずなのだ。煙草を勧めてはいけない。化学物質が命とりになる。魚を食べさせてはいけない。どんな形でも彼女を望んではいけない。彼女の裸から目をそらさなくてはいけない。彼女の笑顔から目をそらさなくてはいけない。自分の全身を明るく照らす笑顔から、目をそらさなくてはいけない。愛されることはもちろん、好かれることも期待してはいけない。彼女にベッドを与え、服を与えなくてはいけない。夜には彼女の歌に、繊細なメロディに耳を傾けなくてはいけない。また歩けるように手を貸さなくてはいけない。まずはどんな言葉であれ、覚えるのを手伝わなくてはいけない。いずれ彼女の本来の言葉が戻ってくることを願わなくてはいけない。忠実な雑種犬が彼女になつきすぎても嫉妬してはいけない。自分の思いを受け止めてもらえないからといって失恋に絶望してはいけない。彼女は何百年も海で生きてきた。これまでどんな相手と付き合ってきたのだろう。というか、恋人はいたのだろうか。海に残してきた相手がいるのだろうか。彼女を海から引きあげた男たちを、呪って海に追放した女たちを、許すことができるのだろうか。

ほとんど毎日、激しい雨が降っていた。ふたりは互いを見つめ合った。アイカイアは蒸した野菜に挑戦し、おずおずと少しずつ口に入れた。急かしてはいけないとデイヴィッドは学んでいた。追い立てたり、急に事を進めたりすると彼女をおびえさせてしまう。これまでに付き合った女たちとはまったく勝手がちがっていた。彼女と出会ってから、毎日が明るく輝いていた。この状況がいつか変わるのを待つよりほかはなく、そうなったとしてももとには戻れないかもしれなかった。女性の熱い秘められた性器ほど心地いい場所はないとデイヴィッドは知っていた。女性の脚のあいだに顔をうずめる以上に楽しいことはなく、宵の時間に甘い甘いセックスを交わす以上に喜ばしいことはない。愛の交わりはデイヴィッドの天職だった。漁をすることでも、古いギターを弾きながら歌うことでもなく。ほんとうの生きがいは女性の恋人になることだ。女性たちの喜ぶことをする方法をデイヴィッドは心得ていた。喜びの与え手になることこそがデイヴィッドの才能であり、天職だった。熱を落ち着かせて、ふさわしいタイミングが来たときにそれをする。彼女の準備ができたときに。

アイカイアが来てからレジーが変わったことに、ミス・レインは気づいた。これまでレジーにアイカイアのような友達はいなかった。母親以外にも人付き合いはあったし、ほかの子どもとも交流していたが、悲しい現実として、よどみなく思うままにやりとりができるのはジェラルディン・パイクとミス・レインだけだった。いまは、アイカイアの午後の授業が終わると、アイカイアとレジーは手で話しながら庭でいっしょに過ごす。レジーはボブ・マーリーの〈ワン・ラヴ〉の歌詞をアイカイアに手で見せ、ふたりで歌った。実のところ、アイカイアが手話を覚える速度は話し言葉を覚えるよりもずっと速かった。彼女の声はこれまで聞いたことのある誰の声ともちがっていたけれども。アイカイアは口に蜂蜜を含んでいるような声でしゃべった。ほんとうにきれいな声だった。ときどきアイカイアは歌を歌い出し、そうするとミス・レインは本を閉じて椅子にもたれ、授業を中断して歌が終わるのを待った。歌は歌自らが選んだタイミングであふれ出た。アイカイアには止めることができなかった。彼女のなかで歌が長い列を作って順番待ちをし、折に触れて先頭からこぼれ出るかのようだった。

アイカイアが来るまで、ミス・レインとレジーはふたりきりの狭い世界で暮らしていた。丘の上の屋敷を訪ねてくる者はいなかった。屋敷は主にヌマスギとマホガニーでできていて、シロアリにすっかり食われていた。古い石の階段はモルタルがほとんどなくなっていた。正面のバルコニーは朽ちて、土が積もっていた。屋根は前回のハリケーンでタイルが飛ばされて、梁《はり》に鳥が巣を作っていた。いま、世界は三人になった。レジーは毎晩、生き生きとして充実した様子でベッドに入った。新しい友達。元人魚の、レジーの言葉を学んでいる、花開きつつある若い女性。レジーとこんなふうに親しくなれる相手は、いるとしてもほんとうに少ない。自分が呪いをかけてしまった、才能豊かでかわいい息子と親しくなれる相手は。

ある午後、風が急に強まって、雨が横殴りに家のなかへ吹きこんできた。こうなると、ポーチは水浸しになり、ミス・レインとレジーは家の奥へ入って、震えながら自然の荒々しさを畏怖の目で見つめることになる。ハリケーンの通り道にある、広大な大西洋に突き出したブラックコンチの端のこのあたりでは、六月の雨は翌年のための命を育み、次に来る乾期のあいだも島を輝かせてくれる。四カ月の雨期のあいだに土は水をためこみ、腹いっぱいにふくれあがる。けれどもときどき、山の一部や根の浮きあがった木々が急な崖を滑り落ち、障壁を作って島の半分を孤立させる。ブラックコンチの人々は、雨期には必ず車にシャベルを積んでいる。丘の掘っ立て小屋に住むラスタマンや不法占拠者は、しばしば住まいを建てなおすはめになる。

ミス・レインにとって雨の轟音は恐ろしくなるほどすさまじく、息子にはこの危険な音が聞こえないという事実をあらためて考えずにはいられなかった。レジーは雷鳴も銃声も車のバックファイアも聞いたことがない——助けを求める声も。以前、ミス・レインがつまずいて階段を転げ落ち、足首をひねったときも、レジーは助けを呼ぶ声に気づかなかった。結局、庭師のジェフリーに見つけてもらった。ミス・レインは雨期には息子から目を離さないよう気をつけていたが、その午後、突然の横殴りの雨に窓のブラインドがはためき、ブーゲンビリアの大きな鉢が割れ、クジャクたちが部屋に逃げこんできて鳴き立てたとき、レジーと新しい友達が庭のはずれへ行ったまま戻っていないことには考えが至らなかった。庭には小さな白い門があって、そこから小道に入ることができ、その小道はホエザルや蛇でいっぱいの熱帯雨林へつながっている。ミス・レインは床を拭くのに手一杯で、息子と生徒が敷地の外へ出ていったことに気づいていなかった。

ふたり組は話をしながら、ひどい雨になるずっと前に敷地の外へ出ていた。森へ続く道は、最初は芝に覆われて開けているが、しだいに険しくなって見分けがつきにくくなる。やがて雨が降りはじめて、ふたりは雨宿りしようと森へ駆けこんだ。アイカイアはサイズ9のアディダスのスニーカーでできるだけ速く走ってレジーのあとを追い、レジーは母親が父なる木と呼んでいるイチジクの大木の下へ向かった。バケツをひっくり返したような雨だったが、森の木々がそのほとんどを受け止めていて、特にこのカヌーにも使われる木は皿のように葉が大きかった。それでも、ふたりともずぶ濡れになった。イチジクの大木、父なる木を見つけたとき、アイカイアはぴたりと足を止めて息をのんだ。この木は樹齢三百年なのだとレジーは説明した。アイカイアはイチジクの木にうなずいて挨拶をした。木もうなずき返した。

ふたりは迷路のように地面から盛りあがった巨大な根のなかに身を寄せた。木々の王国に立って挨拶をしたとき、アイカイアはかつて人間だったころに見た森を思い出した。この嵐は、自分のせいで起こったのではないかという気がした。海からやってきた雨が、うなりをあげて自分をまた海へさらおうとしている。ふたりは木からぶらさがる蔓や天から落ちる水のロープを見つめ、物思いに沈んだ。

やがて、好奇心や疑問を抑えられなくなったレジーが、手話で尋ねた。

海の前はどこに住んでたの？

島。

ここみたいな？

そう。

こういう大きな木があった？

あった。こういう大きな木がたくさん。

この木は名前があるんだ。父なる木って。

わたしたちも木に名前をつけてた。そのとき突然、木《ヤビシ》という言葉が頭に浮かんだ。

レジーはうなずいた。父なる木には物語があるんだ、とレジーは言った。おじいさんの物語だよ。

わたしも物語。

レジーはうなずいた。世界のあらゆるものに物語がある。自分にも。いつか自分の物語を書くつもりだった。人魚の物語も。

いいでしょ？　レジーは手話で言った。

だめ。

アイカイアはこれまで、この感情を表すことができなかった。

レジーは、アイカイアは幸せではないのだと感じた。ここが故郷ではないとか、安全ではないとかいう単純なことではなく。レジーはアイカイアを抱きしめたい衝動に駆られて、実際に腕をまわしてきつく抱きしめた。

アイカイアは長いあいだ、誰にも抱きしめられたことがなかった。涙が頬を伝い落ちた。そのとき、鋭い雷鳴が轟いた。神々が互いを投げ飛ばし合うかのような低い轟音だ。レジーにはこの音が聞こえないことにアイカイアは気づいた。

またここに、陸地にいるのは怖いよね。

怖い。

きみはぼくのはじめての友達だよ。

アイカイアはうなずいた。思いがけない感情がこみあげて、喉が締めつけられた。

あなたのいい友達になれてうれしい。

海のなかは心細かった？

心細いという言葉で、ふたりはつまずいた。レジーはたくさんの手話を駆使してその言葉の意味を伝えた。やがてアイカイアはうなずき、表情を曇らせた。

わたしともうひとり女の人がいた、とアイカイアは手話で言った。おばあさん。その人はカメになった。

おばあさんもいまごろさびしがってるね。

アイカイアはうなずいた。

どうやって我慢してきたの？

心細い気持ちを？

うん。

たいへんだった。いまもたいへん。いまも体と心の両方で心細く感じてる。

レジーはうなずいた。レジーにはよく理解できた。

十二歳になったら、耳の不自由な子たちの学校に行くんだ。アメリカの。

アイカイアは手を叩き、レジーは幸運だと手話で伝えた。ほかにもレジーみたいな子がいる。仲間に会える。

海にはほかにも人魚がいるの？

アイカイアは首を横に振った。

残念だね。

アイカイアは身を震わせた。心細い気持ちに耐えるのはつらい。けれども、海はもうひとつの王国だった。たくさんの驚くべきものを見たし、仲よくなった生き物たちも、シャチやサメのようなこっそり近づいてくる危険な生き物たちもいた。海は静かだけれども豊かな世界だ。好きだと思える部分もできてきていた。

そのときだった。生きたサバが一匹、地面を打った。

驚いて、ふたりは泥だらけの地面で跳ねてのたうつサバを見つめた。空から落ちてきたが、海から来たにちがいない。

アイカイアは甲高い声を漏らし、空を見つめた。

また一匹サバが落ちてきた。ドン。これも混乱して跳ねまわっている。ふたりはおびえてそれを見つめ、木の根の壁にあとずさった。

また魚が落ちてきた。もう一匹、また一匹。小ぶりの銀色の魚が六、七匹、空から落ちてきて、木々のあいだをすり抜け、地面がのたうつサバで騒がしくなった。

ふたりは上のほうを見つめた。誰かが木から落としたのだろうか。枝の上に誰かいるのだろうか。姿の見えない誰かが？　その誰かが存在を知らせようとしているのだろうか？

さらに魚が降ってきた。

そして、聞きまちがえようのない笑い声が聞こえた。空高くにいるたくさんの女の笑い声だ。そして、空が割れた。数えきれないほどの銀色のサバが木々のあいだに降ってきた。

レジーが叫んだ。

降ってくる魚で空がまばゆく輝き、目の前に銀色のカーテンが現れた。漁船が網の中身をいっきに空けたかのようだった。

アイカイアはレジーの手をつかんで走り、イチジクの大木の下から引きずり出した。おぼつかない足どりで駆けつづけ、悪魔に追われているかのように、丘をくだって屋敷へ逃げこんだ。

屋敷に着くと、ふたりは胸を波打たせながら、空から魚が降ってきたと叫んだ。

ミス・レインは歯のあいだから息を漏らした。ポーチを拭いたばかりだったので、また泥だらけにされてむっとしていたが、ふたりがおびえきっていることに気づいた。レジーは大きな声を出しながらひっきりなしに手を動かしていて、ミス・レインには速すぎてほとんど読みとれなかったが、魚がどうのと言っているのはわかった。アイカイアは「魚、落ちてきた、わたしのせい」と叫んでいた。うろうろと歩きまわりながらすすり泣いている。この騒ぎに、クジャクたちが鳴きはじめた。やかましさのあまり、ミス・レインは両手で耳を塞いだ。

そのとき、それが見えた。嵐雲がふたりを追ってきていた。高いところに浮かぶ小さな雲から、おびただしい数の魚が銀色の滝のように降りそそぎ、屋敷の庭に叩きつけられた。とんでもない数の魚が降ってくる。いつもは短く刈りこまれている緑色の芝生が、ところどころ剝げている年季の入った丈夫なサバンナの草が、跳ねる銀色の魚で埋めつくされていた――サバや、サヨリや、何かわからないそのほかの魚で。

「なんなの」ミス・レインは驚愕して叫んだ。

そのとき、雨がやんだ。

「これはいったい……」ミス・レインはつぶやいた。

サバが一匹、空からからせんを描いて、バレエシューズのように落ちてきた。

それで最後だった。イワシもマグロも落ちてこない。

ミス・レインは茫然としていた。

芝生だったところがのたうつ魚の海になっていた。しばらくして、ミス・レインも聞いた。どこか高いところから風にのってやってきた、小さな笑い声を。

アイカイアは泣いていた。

レジーも泣いていて、鼻水を垂らし、唇を震わせていた。

「くそ女ども」ミス・レインはつぶやき、アイカイアを振り返った。アイカイアに何があったのかは想像することしかできなかった。アイカイアはほかの女たちに呪われたのだろうか。その呪いが何百年ものあいだつきまとっているのだろうか。嫉妬か、それに似たものが。

ミス・レインはアイカイアを胸に抱きしめ、空に向かって拳を振った。「ああもう、わかった、わかったから。あなたたち、もういい。わかったから。もうけっこう」

▽

魚の雨のあとしばらく心が落ち着かなかった

呪いの力は小さくない

デイヴィッドが来て家に連れて帰ってくれた

何時間も眠った

ブラックコンチの島で暮らせる時間は長くないとそのときわかった

わたしはもう娘のころのわたしではない

一度変わったらもとには戻れない

戻れる望みはない

魚の雨のあと呪いはとてもとても強いと知った
女たちは強力なジャグアの女神に頼った
女たちがとっくに死んでしまっても呪いはわたしから離れない
若い娘の呪いは終わらない
幸せになる望みはない
わたしはしばらく泣きつづけた
海へ戻らなくてはならないとわかっていた
デイヴィッドのポーチでコンク貝を拾った
古い仲間のグアナイオアに呼びかけるために
グアナイオアはずっとずっとわたしを待っている

デイヴィッドのことをたくさん考える
わたしは大人の女になりたい
まだ乙女のわたしは想像する
男の秘密の部分のことを
死ぬことをわたしは夢見る
自分を殺すことを考える

わたしの死
それを考えはじめる
首を吊ってもいい
それで呪いを終わらせる
わたしはその準備をはじめる

魚の雨のあとよく眠れない
わたしは呪いの夢を見て呪いはわたしの夢を見る
呪いは陸地まで夢のなかまでわたしを追ってくる
呪いを終わらせることを考えはじめる
ブラックコンチの島で自分を殺すことを
そうすれば呪いは終わる

デイヴィッド・バプティストの日記　二〇一五年七月

　彼女に関してはなんであれ簡単には進まない。けれども、魚の雨を降らす雲が彼女を追ってきたとミス・レインから聞いたあと、状況が変わったことに気づいた。おれは魚が降るところは見なかったが、芝生一面に転がった魚は見た。庭師のジェフリーに説明するのは難しかった。ジェフリーは物静かで仕事熱心な村の仲間だ。誰にも話さないでくれとおれたちは頼んだ。アイカイアを家へ連れて帰り、そのあとミス・レインの屋敷に戻って、みなで魚をすくって大きなごみ袋に入れ、四つになったごみ袋をおれのトラックの荷台に積んだ。それをイングリッシュ・タウンの市場へ運んで、売った。特に詮索されることもなく、手早く魚を売り払って金をいくらか手に入れた。家へ戻ると、アイカイアはぐっすり眠っていた。

　しばらくして、アイカイアが泣いている声が聞こえてきた。ひどくおびえているような、まだ何かに追いかけられているような泣き方だった。それまで、アイカイアはいちおうは安全だと思っていた。おれやミス・レインが面倒を見ていたし、そのころには村にも行けるようになって、ゆっくりゆっくり、みなに受け入れられてきていた。そのうちに――おれの計画としては――結婚を申しこむつもりだった。ふたりでの生活や、子どものことまで思い描いていた。幸せに暮らすのだ――永遠に。自分の心づもりを話すべきだろうかとずっと迷っていた。けれども、アイカイアは大きな問題を背負っているようだった。以前の人生から引きずっている問題を。そして、ポーチにあったあのコンク貝が、また彼女のベッドに戻っていた。おれは相変わらず一階で眠りながら、彼女が落ち着くのを待っていた。

「泳ぎたい」それが、アイカイアがはじめておれに言った言葉だった。魚の雨のあと、アイカイアは言った。「泳ぎたい」

おれは驚いた。ほんとうだ。海はもうじゅうぶんだろうとみな考えるのではないだろうか。しかし、じゅうぶんではなかったらしい。

「海に連れてって」アイカイアは言った。同居して二カ月がたって、かなり言葉が増えてきていた。そこで次の日、ハーヴェイも車にのせて、静かな浜へ、静かな時間帯を選んでアイカイアを連れていった。夜明けで、まわりには誰もいなかった。波打ち際まで歩いていくと、アイカイアは海を見て泣きはじめた。複雑な気分だった。おれは漁師で、アイカイアは女友達だ。海がおれたちを引き合わせてくれた。それまでアイカイアは、家のポーチから遠くに海を眺めるだけだった。ずっと距離をとっていた。そのあと脚が生えて、泳ぐのに役立つ特別な器官はなくなった。ほかのみなと同じ、ただの人間の体になった。

幸い、人影は見当たらなかった。アイカイアは着ていたものとスニーカーを脱いで海へ走っていき、ハーヴェイが吠えながらあとに続いた。アイカイアとハーヴェイは相棒だった。秘密の言葉のようなもので通じ合っているのだとおれは思っていた。

最初は、見守っていた。浮いたり犬かきをしたりはできるけれども、当時もいまもおれは泳ぎがうまくない。泳ぎの苦手な漁師など信じられないだろうが、このあたりではめずらしくはなかった。そういうわけで、おれはアイカイアとハーヴェイが波打ち際の浅瀬で水を跳ね散らかすのを眺めていた。アイカイアが楽しそうなのがうれしかった。最初はその輪に入るつもりはなかった。けれども気づくと、ズボンを脱いで下着で海に入っていた。おれは胸まで水に浸かり、おれの人魚、アイカイアは仰向けになって裸で水に浮いていた。太陽に向かって微笑んでいる。長いドレッドヘアが蛇のように彼女のまわりに広がっていた。水のなかにタトゥーが見えた。そのときはじめて、変化が完全に終わっているのを知った。半人半魚の人魚だったころ、波間から上半身を突き出したときに見た姿とはちがっていた。いま、彼女は完全な人間の女になっていて、おれの息を奪った。水のなかで、一物が硬く、誇らしげに立ちあがった——彼女には見えなかったが。彼女のためにうれしく感じていたけれども、この場で彼女が人魚に戻ると決めて泳ぎ去ってしまうのではないかと不安にもなった。ハーヴェイが彼女のまわりで犬かきをして、水を跳ね飛ばしていた。これほど満ち足りた気分になったことはこれまでなかった。彼女が家族のように、ずっと探していた自分の一部のように思えた。おれは彼女を見つけ、彼女はおれを見つけた。気づくと彼女が腕のなかにいて、信頼して身を委ねるように水に浮いていた。腕のなかから逃げることなく、ターコイズ色の海に漂っている。「きみはひとりじゃない」おれは彼女に言った。

▽

魚の雨はレジーにも強い影響を与えた。レジーは自殺しようとは考えなかったが――疎外感に対するレジーの反応はそういうものではなく、仲間はずれにされることはレジーにとって永遠の呪いではなかった――不安がるようになった。人魚ははじめての友達で、その人魚がいなくなってしまうかもしれないと感じていた。レジーは母親からたくさんの答えを聞きたがった。

次の朝、ふたりはキッチンのテーブルで向かい合っていた。

アイカイアは誰なの、ママ？

わからない。

それは事実だった。

もうひとつの事実は、レジーはあの女たちの声を聞いていないということだ。遠くから響いたあの笑い声を。

なんで空から魚がいっぱい降ってきたの？

ミス・レインは答えに窮した。わからない。

アイカイアはどこから来たの？

よくわからない。別の島かも。ずっと昔の。

昔ってどれくらい？

ずっと昔よ。

何百年も前？

いいえ。

何千年？

そうかも。

どうして魚の尾がついたの？

呪いをかけられたから。たぶん、ほかの女性たちに。よくわからないけど。

なんで？

ミス・レインは、アイカイアが息子までも魅了したことを知っていた。

わたしが訊きたい。ミス・レインは手話で言った。

レジーは母親を見つめ、そのあと自分のコーンフレークに視線を落とした。しばらくして、言った。なんでお父さんはいなくなったの？

ミス・レインの顔が赤らみ、背筋が熱くなった。レジーがこれほどはっきり訊いてきたことはこれまでなかった。

知ってるでしょ、よくわからないの。

お父さんも呪いをかけられたの？

いいえ。

ママが呪いをかけたの？

いいえ。

ぼくのせい？

いいえ。

この家は呪われてるの？

いいえ！

そんな気がするんだ。

なぜ？

ここにはママとぼくしかいない。誰も訪ねてこない。やっと人魚が来て、そしたら魚が追いかけてきて……楽しかったのに。

レジーの言いたいことをミス・レインは理解した。母親と友達を結びつける何かが起こったのではないか、というのだ。母親と同じように、何かの運命が友達に害を及ぼし、友達の幸せにも害を与えたのではないか、と。レジーの父親のライフはミス・レインを捨て、ミス・レインとレジーを置いて出ていった。そのあとレジーは耳の聞こえない子として生まれた。すべてがつながっているようにも思えるけれども、しかし実際はそうではない。ライフは彼の理由があって出ていったのだし、レジーの耳が不自由なのは偶然で、この家はただ古いだけだ。

また楽しくなるわ。これまで楽しかったんだから。

レジーは納得せずに口を尖らせた。いつものレジーははつらつとして寛大だ。神の計らいだとミス・レインは思っていた。豊かな想像力を持っていて、それが普段はいい方向に働いている。人魚はレジーの初恋であり、魚の雨ははじめての打撃だった。

アイカイアはずっとここにいる？

さあ、わからない。

ママの子どものころの話をして。

もう話したでしょ。何回も。

もう一回聞きたい。

ミス・レインはため息をついた。わたしはこの家の二階の、いまわたしが使っているベッドで生まれたの。あなたもあのベッドで生まれた。

小さな笑みがひらめいた。

そして九歳のときに、バルバドスにある寄宿学校に送られた。聖ウルスラ修道会の。

レジーの目が輝きはじめた。この話が好きなのだ。両親がどうやって出会ったかの物語が。

そのころにはもう、あなたのお父さんと出会ってた。幼なじみだったから。いつもあなたのお父さんがそばにいた。いまのあなたの年になる前から知り合いだった。

ずっと友達だったの?

そうよ。

ぼくの年から?

そう、もっと小さいときから。

十歳のときのお父さんはどんなだった?

やんちゃだった。あなたよりもっと。ううん、いい勝負かも。

レジーは顔をほころばせた。

あなたはお父さんそっくり。わたしたちは友達だった。白人の女の子と黒人の男の子。世のなかのことなんてどうでもよかった。

どうやって出会ったの？

学校で出会ったのよ。

ここの？

そう、寄宿学校に入る前に。

その話をして。

もう知ってるでしょ。

もう一回。

お父さんは、授業中にわたしの三つ編みを片方切り落としたの。

レジーは笑った。この話はほんとうだ。教師が教室を離れているあいだに、ライフは三つ編みの片方を後ろからはさみで切り落とした。ミス・レインはライフの頬を叩き、ライフは笑って、ミス・レインは泣いた。八歳のときだった。家に帰ってから、母親がもう片方の三つ編みもそろえて切り落とした。次の日、ショートカットで学校へ行った。男の子みたいな頭をした金髪の女の子。やんちゃな顔の黒人の男の子。隣の村にある田舎の小学校には子どもが四十人しかいなくて、ミス・レインはただひとりの白人だった。それぞれが八歳と九歳のときに、ふたりの人生は交わった。親友になった。やがてティーンエイジャーになると、森で何時間も過ごすようになった。裸で、話をし、ライフは髪をなでながら三つ編みを切り落としたことを笑った。

ぼくは愛の結晶なんだ。レジーが手話で言った。

そうね。

きっとお父さんは戻ってくるよ。

そうなの？　どうして？

ぼくがママたちが出会ったころのママの年になったのを絶対覚えてるから。

ミス・レインは、そういうふうに考えたことはなかった。

どうかしらね。

実のところ、ミス・レインはそのあと九歳のときに寄宿学校へ送られた。けれども、離れ離れになっても互いへの思いはさらに強まるばかりだった。寄宿学校では七年過ごした。熱く焼けた白い舗道、ゴム跳び、年老いた修道女たち――腰をかがめて菜園に水を撒くとき、ドロワーズが見えていた――、教室の窓のはるか遠くできらめいていた青くかすむバルバドスの海。ライフと駆け落ちして結婚するのだと思えばどんなことも我慢できた。それは単なる空想ではなかった。実際にそうなるはずだった。

けれども、ライフはいなくなった。

別れの言葉も、島を出るという知らせもなかった。

魂の連れ合い。

もうすぐお父さんに会える気がするんだ、とレジーは予言した。

ミス・レインはうなずいた。ライフがいなくなって十年が過ぎた。十年。

さあ、そろそろ勉強の時間よ。
ピタゴラス？
いいえ。
何をするの？
美術。

7 バラクーダ

アルカディア・レインは枕の下に銃を入れて眠る。兄のオーガストが一年か二年前にバラクーダをプレゼントしてくれた。木製ハンドルがついた六発装塡の小ぶりなリボルバーで、以前は警察で使われていた。軽くて装塡しやすく、撃ちやすい。兄は妹に射撃練習用の的も用意し、古いミロの缶を庭のフェンスの柱に釘留めした。ミス・レインは練習を重ね、やがて名手になった。ライセンスもとったが、実際に使ったことはなかった。万一の備えとして持っておくのが賢明だ。独身の女としては、警備員を置くより銃を持っているほうが安心だった。銃は銃でしかなく、面倒がない。雑種犬たちは夜中によく吠えるが、たいていは丘をのぼって通りすぎる車に吠えているだけだった。実際に侵入者が現れたことはなかったが、バラクーダを枕の下に忍ばせておくと落ち着いて眠れた。

魚の雨から数日、ミス・レインはよく眠れないでいた。夢のなかで、魚が雲から降ってきた。銃が海を泳ぐ夢も見た。そして、さびしさで目が覚めた。そのさびしさは、ベーラムの髪用香水と年老いた修道女のにおいがする聖ウルスラ修道会の夜の寄宿学校や、両親が何度も喧嘩をしたこの古いプランテーションハウスや、一九六一年にハリケーンが来て島を破壊したあとに兄たちが出ていったことに関係していた。そして何より、ライフがいなくなったことに関係していた。一度も口に出したことのない、この地獄を生き延びるために固く封印してきた感情だ。デイヴィッドから聞いたとおりに桟橋で逆さまに吊りさげられているアイカイアの夢も見た。人魚をつかまえたアメリカ人たちのことを思い出した――いくらか良心を持ち合わせるようになった初心《うぶ》な息子と、人魚を殺したがっていた父親。アイカイアが現れたことの何かが、昔のさまざまな苦悩を刺激していた。

その夜遅く、真夜中をゆうに過ぎたころ……物音が聞こえた。

一階で何かがぶつかった音だ。

ゆっくりとした、まぎれもない足音が木の床板をきしませながら進んでいく。犬たちは落ち着かなげにくんくん鳴いているが、吠えてはいない。

ミス・レインは体を起こし、耳を澄ました。誰だかわからないが、侵入者は立ち止まっていた。ミス・レインはバラクーダを探って右手できつく握った。

重い物音がした。

ミス・レインはすばやくベッドからおりて、寝間着のまま廊下を忍び足で進んだ。レジーの様子を確かめると、いつものようにうつぶせで眠っていた。

また一階から音がした。何者かが静かに歩きまわっている。ミス・レインは喉を手で押さえた。どこ？　キッチンだろうか。銃を握る手が震えた。銃を使うのは、自分を守るためだ。太腿を狙って、一発だけ撃つ。侵入者を動けなくし、それからシシーに電話をして、隣村から警察に来てもらう。警察は車さえ持っていないけれども。

そっとそっと、裸足で進んだ。また重い物音がした。侵入者が何かにつまずいたらしい。悪態が聞こえた気がする。銃は装塡ずみだった。弾薬は六発。引き金を軽く引いて薬室を回転させた。カチリと音がして弾薬がセットされた。

階段は狭く、壁に沿ってカーブしている。下までおりると、壁に体を押しつけて待った。冷蔵庫の扉が開く音がした。そして、椅子が引かれる音。心臓が喉までせりあがった。なんとか勇気を掻き集めた。ほかに道はない。撃たなくては。

次の瞬間、ミス・レインはキッチンに飛びこんで叫んだ。「動くな！」

テーブルの椅子に座っている黒い人影にまっすぐに銃を向けた。震えてはいなかった。少しもだ。わずかでも相手が動いたら撃つ。暗がりでも狙いははずさない。肩に一発、それで倒せる。

人影は凍りついた。月明かりの影になっていたが、侵入者は男だった。厚かましくも、冷蔵庫の食料を食べている。

「手を挙げなさい！」ミス・レインは叫んだ。電話機のほうへ近づいていく。電話帳の上に置いてあったが、シシーの番号は暗記していた。

「早く」ミス・レインは命じた。「手を挙げて」

ゆっくりと男は両手を挙げた。男のほうも落ち着き払っていて、おびえた様子はない。ミス・レインは壁を手探りしてスイッチを見つけ、キッチンの明かりをつけた。

「嘘」ミス・レインはつぶやいた。

デイヴィッド・バプティストの日記　二〇一五年八月

ついに、彼女がおれのところにやってきて、すばらしい時間を過ごした。すばらしい時間になるとわかっていた。彼女はおれが寝ているときにやってきた。最初は、ほんとうに彼女がいるのか、夢を見ているのかわからなかった。

誰かに見られている気がして、深い深い眠りから目が覚めた。目を開けると、アイカイアがそこに、ベッドのそばにひざまずいていた。おれのために祈っているかのようだった。それはおれが求めていた瞬間、生まれてからずっと待ち望んでいた瞬間だった。男は花嫁を待たなくてはならない。花嫁が自分を選んでくれるのを静かに静かに待たなくてはならない。じっとして、ふさわしい相手とふさわしいときを待たなくてはならない。おれはこちらを見つめる彼女を見つめた。はじめて彼女が波間に顔を突き出したときから、何カ月もそうしてきたように。

おれは言った。「おいで、いい子だ、こっちにおいで、愛する人」アイカイアはおれを驚かせた。立ちあがって、服を脱いだのだ。ゆっくりゆっくり、一枚ずつ。そして、目の前に立って、風よけつきランプのほの暗い光が揺れるなか、その姿をさらした。一糸まとわず立つ彼女を見て、目に涙がにじんだ。彼女はこちらに近づいてきた。別の人格が入りこんで、無垢な娘を追い出したかのようだった。一歩距離が縮まるごとに、おれはますます圧倒された。彼女といっしょに、百人の女性がおれのベッドに、おれの腕のなかに迫ってくるように思えた。おれは待った。ついにそばに来た彼女は、自然の力そのものだった。〝望むものに気をつけろ〟。誰が言ったにせよ、これ以上なく正しい言葉に思えた。百人の女性たちがおれの腰にまたがり、おれの上にのって、おれの体に髪を垂らした。男なら誰もが知る、女性がすべての力を握る瞬間だった。アイカイアは力強いすべらかなイルカのように近づいてきた。流体を思わせるしなやかな動きでおれに覆いかぶさり、おれの目を深く深く、魂までのぞきこんで、唇にすばらしいキスをした。おれは言った。「おいで」

▽

二階の狭い寝室は驚きの空間になった。タイノ族のアイカイア、元人魚でその前は若い乙女だった娘はいま、姉たちが教えようとしなかった秘密を見つけつつあった。最初の秘密は、男のキスとはどんなものか、だ。デイヴィッドのキス、口と口を合わせて舌を絡め合わせるキスは、ぬくもりのさざ波を寄せては返し、波といっしょに震えを運んで、体の奥に、子宮に、心に花を開かせた。ぬくもりの波はアイカイアの目も見開かせ、目は銀色の光を放ちながら、恋人を、古いギターを持つ漁師のデイヴィッドをひたすらに見つめた。

アイカイアは彼のキスを受け、精一杯の真似をしながら、そして自分を見失わないようにしながら、キスを返した。このキスがはじまりにすぎないことも、キスにはいろいろなやり方があることもわかっていた。何時間も、口と口を合わせてキスをした。ほかの場所にもキスをした。手、足、へそ、腹、鎖骨。脛や、足の親指、小指。デイヴィッドは指のあいだのオパールピンク色の水かきにもキスをして、子宮に喜びのさざ波を送りこみ、乳首を熱く突き出させたあと、片方の乳首にキスをしてそっと恭しく吸った。喜びのあまり、アイカイアは気を失いそうになった。こんな幸せがあるとは想像したこともなかった。乳房は大きくも小さくもなかったが、愛撫やキスはおろか、触れられたこともこれまでなかったので、深い喜びに体をそらして乳房を差し出し、デイヴィッドの関心を引こうとした。乳房は深い黒で描かれた宇宙の螺旋に覆われていた。デイヴィッドはその文様をやさしくなでながら、手の下で彼女の肌が高ぶるのに気づいて喜んだ。ずっと待ち望んでいたひとときだった。

　その夜、はじめてアイカイアがデイヴィッドのもとへ行ったあと、ふたりは二階のデイヴィッドのベッドへ移動した。アイカイアはこれまで知らなかったやさしさをデイヴィッドから引き出した。デイヴィッドは彼女にひと目で恋をし、いま信頼を手に入れたのだ。夢中になって、彼女の体というすばらしい世界を、丘や斜面や曲線をゆっくりゆっくり探索した。追放されて永遠の呪いをかけられ、かつては魚の尾のなかに封じこめられていた彼女の脚を、そっとそっと開いた。ゆっくりと頭をさげていって、彼女の性器の襞のあいだに舌を入れ、得意とする技を駆使した。デイヴィッドは何時間も愛撫を続け、信じられないような喜びに彼女の体はまた痙攣した。これがふたつ目の秘密だった。キスをする男性がそこでできること。姉たちが教えようとしなかったもうひとつの秘技、もうひとつの秘密だった。それを知るためには〝結婚〟しなくてはならず、だからアイカイアはその喜びを知らずにきた。かつて追い払った男たち、結婚を申しこんできた男たち、彼らもデイヴィッドと同じだったのだろうか。こういう喜びをくれたのだろうか。誰かひとりを選んでいたら、呪われることなく幸せになっていたのだろうか。結局のところ、満足できていたのだろうか。アイカイアを村から追放しても効果がなく、男たちがアイカイアを探し出しては踊る姿を見たがったときに、村の女たちがジャグアの女神――彼女たちが知るなかでいちばん強力な女神――に頼ったことを思い出した。女神は嵐を起こし、アイカイアとグアナイオアは嵐にのまれ、海にさらわれた。追放されているあいだずっと、なぜそんなことになったのかわからずにいた。

魔法のベッドで、自分の体が彼の舌にどう反応するかを学びながら、アイカイアは追放された理由をようやく理解した。この強烈な感覚のせいだ。これが、自分がほかの男たちに呼び起こしていたものだったのだ――ほかの女たちの夫である男たちに。これまでは呪いの理由も目的もわかっていなかった。けれども、これが関係していたのだ。これは、これまでに経験したどんなこととももちがっていた。

そして、三つ目の秘密が明らかになった。アイカイアの性器がすっかり濡れてやわらかくなったとき、彼の長いものが、表面の皮膚はやわらかいのに、塔のように硬く硬くなった。ゆっくりゆっくりデイヴィッドはそれを押しつけ、アイカイアのなかに押し入った。そして、入れたり出したりのリズムを繰り返し……アイカイアの腰はその動きに合わせて揺れ動き、アイカイアは溶けはじめた。溶けていく感覚が極まったときには、今度こそ意識を失いかけた。自分が追放された理由がいっそうよく理解できた。ささやくようなうめき声が漏れた。アイカイアの体はデイヴィッドの動きが作り出す波にのった。ああ！　アイカイアは叫び、かつての部族の言葉を流れるように話しはじめた。ふたりのあいだのこの大いなる力が過去の秘密を解き放ったかのようだった。

デイヴィッドの耳には、この別の時代の言葉は古めかしく、けれどもなつかしく響いた。彼女の歌声と同じように甘く、やさしかった。

アイカイアがデイヴィッドの上にまたがって、ロープのような髪をデイヴィッドの上に広げ、顔をまばゆく輝かせたとき、デイヴィッドは魂の連れ合いに、人生の伴侶に出会ったことを知った。ひと突きして彼女のなかに彼自身を放つと、アイカイアは彼の痙攣する体とうずきを受け止めながら、彼もずっと孤独だったことを知った。ふたりは脚を絡め、やわらかくなった長いものをなかに入れたまま、眠りに落ちた。同じ枕に頭をのせて、同じ夢を見た。はるか昔の、この島々が森だったころの夢、人がいなくてすべてが平和だったころの夢を。

▽

ずっとずっとあとになって
いま考えているのは
想いはわたしよりもずっと強いということ
人間よりもずっと強い
わたしは人間に追放されて

そのあと機会をもらった
なぜ自分が呪われたかを知る機会を
ブラックコンチの村のこの人と
彼のベッドで腕と脚を絡めて入れたり出したりのセックスをしながら
海がわたしを呼んでいる
グアナイオアが海で待っている
でもわたしは残っていたかった
想いは永遠に続く
これを書いているのはデイヴィッドに出会ったずっとあとだけれども
デイヴィッドの小さな家でわたしたちはたくさんいっしょに過ごした
でも女たちの声が聞こえる
ときどき小さく小さく笑う声が聞こえる
想いには魔法の力もある
女たちよりも強い
いまでもわたしは想いを感じている

▽

そのあと、デイヴィッドの小さなキッチン――クーラーボックスとふた口のガスコンロ、ナイフやフォークや道具が詰まった抽斗がひとつある――でアイカイアは役に立とうと努力した。結局のところ、首を吊らなくてもすむかもしれない。ブラックコンチでデイヴィッドと暮らせるかもしれない。そのうちに村に溶けこめるかもしれない。なんといっても、自分はカリブの女で、別の時代の別の島に来てしまっただけなのだから。セックスをしているあいだは、昔の自分が使っていた昔の言葉を話すことができた。あの魔法のベッドでは、あのころに戻ることができる。セックスが、記憶を封じこめていた長い長い時間を吹き飛ばした。

アイカイアは戸口の外にある樽の水で小さなたらいを満たした。

ヒゲラ。

トア。

そのうちに昔の言葉をもっと思い出せるようになるだろう。戸口とたらいを行き来して、前の晩から洗わないままになっていた皿や鍋をひとつずつ運んだ。緑色の液体が入ったボトルを持ちあげて、中身を水に押し出し、泡が立つのを見つめた。

昔は、土器を川で洗い、女たちは小さなたき火で料理をしていた。男たちは槍や罠で魚やほかの生き物をつかまえた。獲物を村の全員で分け合った。陸や海の恵みで暮らしていた。必要なものは摘んでくるか、育てるかしていた。緑色の液体はなかったし、皿も、トラックも、舗装した道路も、コンクリートでできた家も、風よけつきのランプも、プラスチックも、金属のフォークやナイフも、レゲエ音楽も、ハイファイも、イヤホンも、アディダスのスニーカーも、服——昔身につけていたのとは似ても似つかない——もなかった。何百年ものあいだ、舟が変わっていくのを見てきたが、緑色の液体が泡立つところは見たことがなかった。アイカイアは皿やデイヴィッドの重い金属の石炭用鍋を緊張しながら慎重に洗った。

手が滑ってデイヴィッドの鋭いナイフで指を突いてしまい、小さな傷から血が出た。指先から染み出た真っ赤な液体を見つめた。ベッドにも血がついていた。脚のあいだからほんの少しだけ滴った血だ。指からも同じ赤いものが流れ出ている。それをなめて、女であることについてあらためて考えた。これまでなかった気持ちがどこからともなく湧きあがり、この気持ちには何か名前があるはずだということをアイカイアは知っていた。

けれども、自分が呪われた女だということもアイカイアは知っていた——レジーが森に連れていってくれたときから、父なる木を見たときから、雲からサバが降ってきたときから知っていた。陸地にずっとはいられない、とそのときにわかった。自殺しようか、首を吊ろうかと考えた。けれどもいま、指からにじみ出る血をなめ、体が流す血を味わいながら、自分にはもうひとつ問題があることに気づいた。足の指へのキスや、入れては出して入れては出してのセックスで感じた気持ち、やさしくて温かい、けれども重くて悲しい気持ち。アイカイアは幸せだったけれども、デイヴィッドの小さな家に閉じこめられて、ひとりきりでもあった。皿や泡立つ緑色の液体——この新しい生活には魔法があり、胸にははじめて感じる強い強い気持ち、よくわからない気持ちがある。これはなんなのだろう？　それは苦しくて、でも甘かった。

デイヴィッド・バプティストの日記　二〇一五年九月

あのころのおれは若くて、すでにセックスの経験を積んでいた。見た目がとてもいいと思ったことはないが、女性には好かれた。そろそろ心を決めて、ひとりの相手と落ち着くときだと思ったし、その相手は彼女、完全に人間の女になったアイカイアだとわかっていた。彼女とおれはいっしょになるために生まれた。そう確信していた。ゆっくりゆっくり、彼女がおれを選ぶのを見守ってきた。これほど誇らしい気持ちになったのははじめてだった。そして、自分も彼女を選ばなくてはという強い気持ちが生まれた。彼女を人生をかけて守りたい。彼女には守り手が必要だ。恋人が。夫が。

彼女に呪いをかけた女たちの真意について考えた。夜になるとときどき、彼女は理由もなく目を覚ました。「あれが聞こえる?」と彼女はよく言った。おれには何も聞こえなかった。「声がする」彼女は言った。いまでも自分を笑う女たちの声が聞こえるという。おれは彼女を守りたいと思っていたけれども、彼女が話してくれた昔の生活に出てきた男たちと同じように、彼女を求めてもいた。彼女自身だけでなく、彼女が感じさせてくれる気持ちも気に入っていた。

ある朝、アイカイアは裸でおれの上にのり、セックスのすばらしさに顔を輝かせながら、目でおれの魂を照らしていた。髪はねじって、庭で摘んできたムサエンダの花で留めてあった。そうしながら、アイカイアはおれのために歌を歌った。悲しい旋律に聞こえた。おれは横たわりながら、幸せや悲しみやあらゆる感情が混じり合うのを感じていた。あとになって、彼女の歌には永遠の真実がこめられていたのだと思った。ずっと昔、島々が森だった時代がどんなふうだったかという真実が。歌が終わったとき、おれはやさしい素直な気持ちで彼女に言った。「おれと結婚してくれないか」何も考えずに、心に浮かんだままを口にした。けれども、そう言ったとき、彼女の顔が曇った。

まちがったことを言ったとは思えなかったけれども、振り返ってみると、あれは大きなまちがいだったのがわかる。おれは彼女に多くを求めすぎていた。自由を手放して、また縛りつけられることを彼女に求めていたのだ。不安になって、彼女が自分から離れていかないように、海へまた消えてしまわないようにしようとした。理解するのが難しいこの女性に心を掻き乱されて、焦ってしまった。彼女を守りたいと思っていた、というか、そう自分に言い聞かせていたが、自分をごまかしてもいたのかもしれない。〝守る〟というのが問題だったのだ。おれは学ぶのが下手だし、学ぶのに時間がかかる。そう、大事なのは深い愛と思いやりを〝与える〟ことで、そうした気持ちを〝守る〟ことではないのだ。

▽

そうして、ミス・レインのキッチンテーブルの椅子に座っているのはライフだということが明らかになった。茶色の紙に包んで紐をかけた大きな荷物がテーブルに置いてあった。最後に会ったときと、まったくまったく同じだった。長い顎、訳知り顔の微笑み、輝く目。それどころか、三十歳のころ、まだ両親が生きていて彼がこの家に通ってきていたころと状況までほとんど変わっていない。あのころいつもやっていたように、ライフは勝手に家に忍びこんできたのだ。この場で彼を撃ってしまうところだった。撃ち殺してしまうところだった。突然出ていった、子どものころから大好きだった男性を。恋人として、友達として、息子の父親として、ずっとそばにいてほしかった男性を。

「やあ、ハニー」ライフは言った。

ライフはまだ手を挙げたままだった。隙のない表情で、まっすぐにこちらを見ている。悪びれる様子はなく、ふたりのあいだの親密さがまなざしにこめられているかのようだった。おれを覚えているだろう？　もちろんよ。そのとき、ライフの顔をじっと見ていたミス・レインは、髭そり跡に白いものが混じっていることに気づいた。

ハニー？　正気なのだろうか。それだけでも撃ち殺されて当然だ。

「動かないで」ミス・レインは言った。けれども、胸が熱くなり、目がうるんでいるのを感じた。

ライフはうなずいたが、手をおろしはじめた。しばらくして、ミス・レインは装塡されたままの銃を電話帳の山の上に置いた。そして椅子を引き、寝間着のままライフの正面に座った。手はじめとして、いまできるのはライフを見つめることだけだった。

こんなのはずるい。

なじりたくてたまらなかった。大きな安堵が胸に押しよせ、やさしいやさしい幸せな気持ちが全身に渦巻いて目からあふれはじめたが、それでも腹が立っていた。涙が頬を流れ落ち、ライフもそれに気づいたが、手を伸ばして触れようとはしなかった。そのときはまだ。

「それは何?」ミス・レインはテーブルの上の包みについて尋ねた。

「きみにと思って」

ミス・レインはライフを見つめた。なぜ前もって電話してくれなかったのだろう。イングリッシュ・タウンの港まで迎えにいったのに。

ライフは四角い包みをミス・レインのほうへ押しやった。正方形の箱で、自分で包装したらしい。

ミス・レインは結び目をゆるめ、紐をほどいた。指でセロハンテープをこそげとる。子どもに戻って、包みを開けた。クリスマスだけでなく、誕生日もたいていバルバドスの寄宿学校にいたので、これまでプレゼントはもらったことがなかった。茶色い包み紙を引き剝がす。こんなことをされたら、恨み節をぶつけてなじるわけにはいかない。ライフは目を輝かせて、包装紙が破り開けられるのを見ている。ミス・レインはライフに目を向けたあと、剝き出しの厚紙の箱に視線を戻した。

「わたしが気に入るといいわね」

箱には細かく切った新聞紙が詰めてあり、手を入れると何か硬くて冷たいものが触れた。両手で取り出してみると、それは胸像だった。重くて赤い。雨が降ったときに丘を流れくだる土のような赤褐色をしている。じっと見ているうちに、自分の肩から上をかたどった塑像だとわかった。

「下はブロンズだ」ライフは言った。「粘土をのせてある」

ミス・レインは冷たくて赤い像を手で支えた。重みも造作も実物そっくりだが、色合いがちがっている。像をテーブルのふたりのあいだに置いた。なぜライフはただ〝ごめん〟と言えないのだろう。なぜ普通に玄関をノックしないのだろう。撃たれていたらどうするつもりだったのか。こういう男に対して女はどうするものなのだろう。長いあいだ黙って耐えていたのに、そのあいだライフは粘土でわたしの像を作っていた？

「何年か前に作ったんだ。ここに置いておくのがいいと思って。持って帰ってきた。ずっとそうするつもりだった」ライフの表情は読みがたかった。

「帰ってきたのね」ミス・レインは言った。

ライフは目を閉じ、ミス・レインは彼が自分を抑えているのを見てとった。

「ああ、帰ってきた。ここに」

ライフはミス・レインに歩みより、彼女の腕に頭を預けて体を引きよせ、互いにしっかりとやさしく抱きしめ合った。ライフはほっとしていた。長い旅で疲れ、ずっとさびしさを感じていた。それは自由を手にした代償であり、さびしさを感じることになるとは想像もしていなかった。ほかの女性たちと付き合ってわれを忘れようとしたが、ひとりまたひとりとみな去っていった。長いあいだ、十年も、この女性に感じたような愛を手に入れられずに生きてきた。正直に言って、大人になってからは、白人の女性を心から信頼したことはなかったし、自分自身を信頼したこともなかった。大人になると立場が変わり、彼女はこの屋敷と一帯の土地を受け継いだ。ライフはブラックコンチから、この女性とその意味するものすべてから離れるしかなかった。成功して、外の世界で可能性を見つける必要があった。もっと大きな島には画廊や劇場があり、俳優や作家や芸術家がいる。そういう人たちと知り合いたかった。そしてその一員になりたかった。けれども、長いあいだそうした気持ちにせっつかれ、苛まれていたにもかかわらず、どうしても実行には移せずにいた。そして子どもがもうすぐ生まれると知ったとき、ある夜、フェリーで島から逃げ出した。新しい生活に踏み出す最後のチャンスだった。子どもが生まれれば、ブラックコンチに、そのなかの自分の居場所に縛りつけられてしまうのは必至だった。そうしたら、見くだされ、ばかにされることになる。彼女はいい家柄の白人で、自分はこれまで彼女の両親や兄たちを避けて夜中に屋敷に忍びこんだことしかない。島を出る頃合いだった。彼女への思いで自分をすり減らすことになるとは考えてもみなかった。ライフは彼女の胸に頭をもたせかけ、心臓の音を聞いて、昔の自分を、森やこの家でしたセックスを思い出した。それはすべて、この場所、ブラックコンチに感じている気持ちとも複雑に絡み合っていた。

アイカイアはデイヴィッドに言われた言葉にとまどっていた。いま学んでいる新しい言葉はまだじゅうぶんには理解できなかったので、そもそも質問を正しく解釈できているのか自信がなかった。結婚？　この時代ではそれは何を意味するのだろう。昔と変わっていない？　六人の姉がここにいて、助けてくれたらいいのにと思った。最近は村のまわりを歩きまわっていて、たいていは夕方に、隣の村へ続く狭い道路を少しのぼったりしていた。舗装の割れたさびれた道だったので、人に会うことはめったになかった。デイヴィッドの言葉に、アイカイアはひどく混乱していた。デイヴィッドから離れてよく考えたかった。

アイカイアはベッドから出て、デイヴィッドの服をいくつか借り、太陽から目を守るためにサングラスをかけて、アディダスのスニーカーを履いた。ロールパンとマンゴーを持った。朝早かったので、ほとんどの人はまだ寝ていた。薄い青色の空が海のすぐ上に浮かんでいた。海は暗く冷たそうで、白い小さな波頭が立っていた。アイカイアは村を出て、海岸に面した道を崖に沿ってのぼっていった。自分の気持ちを理解したかった。こんなことは想像もしていなかった。服、新しい脚、ブラックコンチの言葉を話せるようになること、レジーと手話で話すこと――そして、いっしょに過ごす男性と出会うこと。自分はまた人生といえるものを歩き出している。

それでも、海が恋しかった。海にはあった隠れ家が恋しかった。尾が恋しかった。以前は力強い人魚だったのに。昔持っていた力の一部はいまはもうなく、尾といっしょに脱げ落ちてしまった。海ではクジラと並んで泳いでいたが、陸地ではちっぽけな人間だ。人間の女としては見た目が少し変わっていて、手や足がちがうのはわかっているけれども、それでもなんとかやっていて、人間としてまた〝通る〟ようになってきた。レジーとミス・レインという友達ができた。優雅な魚だったのが、ぎこちない人間に変わった。ただ、人間の女になっても、一部はまだ魚だった。小さな歯、潮くさいにおい。肉は消化できない。魚も食べられない。仲間を食べているように感じるからだ。海では、海藻やプランクトン、貝、イカ、小さなカニを食べていた。イカにしても、頭がいい生き物なので、めったに手を出さなかった。タコとは昔仲よくなったことがあった。カーペットなみに大きなメスのタコで、脚はたくましく、口は珊瑚を嚙み砕けるほど強靱だった。そのタコもずっと昔から海深くの岩の下で暮らしていた。そういうわけで、陸地で食べられるのは、果物と野菜といくつかの芋だけだった。それでじゅうぶんだった。自分はもう昔のタイノ族の娘ではない。長い時間がたったにもかかわらず年齢は変わらないけれども、いまは体のなかに海がある。それが大きなちがいだった。

丘の中腹の、道がカーブしたところで、立ち止まって海を眺めた。海に引きよせられる感覚が体じゅうの細胞に広がった。深くて、心地よくて、抗いがたい感覚だった。これまで、ひとりで舟を操って海を進む男たちをたくさん見てきた。たいていは正気とはいえない、自分がどこに向かっているのかも何もしているのかもよくわかっていない男たちだった。海はアイカイアが知るよりも、泳いでいける範囲よりも、ずっと深い。アイカイアの肺は海底まで行けるほど強くはなかった。海の上のほうの、浅くて暖かい部分で過ごすことが多かった。以前の暮らし、投げ入れられてそのあと引きあげられた、追放時代の暮らしのことを考えた。ふたつだけ、真実がある。自分は以前の暮らしを抜け出した。けれども、まだその一部だ。

海はふるさとだが、追放された先でもある。愛着があるけれども、憎しみに近い気持ちもある。いまの自分は、この島々全体の一部、海と陸地の両方の一部だ。いままた海に飛びこんだら、きっと水に圧倒されて溺れてしまう。釣り針にかかったときに湧きあがった闘志のことはよく覚えているけれども。

そして、いまのこの新しい生活にはデイヴィッドという男性に対する強い気持ちがあり、〝結婚〟という大きな謎がある。それがアイカイアを悩ませていた。

アイカイアは道がカーブしたところにある見晴らし台のベンチに座り、マンゴーの皮をかじった。皮を引っ張って細長く剝きとって、実を丸ごと口に入れ、けばのついた種になるまでしゃぶった。次にロールパンをほおばった。デイヴィッドが〝オーブン〟というものを使って自分で焼いたものだ。母親から作り方を教わった、と前に話していた。昔食べていたキャッサバの平たいパンに似ていた。同じ、同じだ。キャッサバ。果物。ほとんどの物事は昔と変わらない。大地はまだここにあり、人々はいまもパンを焼く。海はまだここにあり、人々はいまも魚を釣る。

求婚を受け入れたら、新しい方法で、オーブンで、料理を作ることができる。火で何ができるかはもう学びなおした。ジャガイモやヤムイモ、カボチャ、それにサヤエンドウも、焼くとどうなるかを知っている。結婚したら、泡立つ緑色の液体で皿を洗うことができる。二階のベッドで、情熱的な入れたり出したりのセックスができる。けれども、昔の生活では、男は何人も妻を持てた。それが普通だった。アイカイアの父親には妻が五人いて、アイカイアはたくさんいる子どものひとりだった。いつかデイヴィッドを誰かと分け合う日が来るのだろうか。自分たちは幸せになれるだろうけれども、ふたりきりでいられるのは短いあいだだけかもしれない。デイヴィッドがほかの女性に求婚したらどうなるのだろう。これまで結婚したいと思ったことはなかったのだから、いまさら結婚する必要はないのでは？　デイヴィッドと結婚しなかったら、また罰を受けるのだろうか。男は女の自由を奪って、自分たちだけのものにしておこうとする。だめだ、デイヴィッドと結婚はできない。結婚という言葉の響きが気に入らなかった。

そのあと、ひとりで静かに歌を歌った。ベンチに座って、海が盛りあがっては引くのを見つめた。入っては出て、入っては出て。海が好きだった。海は安全な場所でもあり、牢獄でもある。海が盛りあがる。入っては出る。セックスのように。持ちあがっては沈み、押しては引く。自分のなかの、押しては引く感覚で頭がいっぱいになった。イエス。ノー。この力強い新しい感覚へのイエスと、結婚という部分へのノー。陸地にあるものはすべて、押しては引くのだろうか。自分を海から引きあげたとき、〈恐れ知らず〉号の男たちは、心細さだけでなく、安全からも自分を引きあげた。

デイヴィッド・バプティストの日記　二〇一五年九月

　結婚の申しこみをした朝、アイカイアが姿を消してから、何もかもがおかしくなった。妻になってほしいと誰かに頼んだのはその一度きりだ。それ以前もそれ以降も一度もない。振り返ってみると、おれは先走りすぎていた。アイカイアはマンゴー一個とロールパン一個、そしておれのサングラスを持って、よく考えたいと言って家を出た。自分の口を撃ちたい気分だった。おれはアイカイアのことが好きすぎた。どこか優雅で、どこかぎこちなくもある、変わった歩き方が好きだった。自然のなかでくつろぐ様子や、おれの知らないことを知っているような、大地と心が通じ合っているような様子が好きだった。アイカイアはよくポーチのハンモックに寝そべっていて、以前にも彼女はハンモックに揺られたことがあるのだろうと感じた。

　自分の軽々しい口を恨みながらしばらくベッドに横たわり、彼女がおびえていなくなってしまうのではと不安になって、気が気ではなくなった。実際、彼女はひどくおびえていた。その日の午前中はポーチで漁の網を修理して過ごし、そのあいだずっと、もう魚はとらなくてもいいのではと考えていた。人魚だった女性と結婚しようと思うなら、生計を立てる方法を考えなおすときかもしれない。

　そうやって物思いに沈んでいたとき、ショートレッグがやってきて、おれの前に立った。家の裏にまわりこんで、庭に入ってきたのだ。ショートレッグはまだ若く、せいぜい十八歳で、やせていて片方の足がねじれていた。おれはうなずいて、おはようと言った。普段のショートレッグは内気であまりしゃべらない。その日の彼は、何か言いたいことがあるような顔をしていた。アイカイアがつかまったときに、ショートレッグが〈恐れ知らず〉号に乗っていたことは知っていた。何も言わないうちから、アイカイアの話がしたいのだろうと察しがついた。話してみろ、とおれは言った。おれは手に長い針を持っていて、膝の上やまわりの床に網の山ができていた。意識してさりげない声を出した。

彼女が誰か知っている、とショートレッグは言い、おれは胸に大きな塊がつかえるのを感じた。続けろ、とおれは目で合図した。

ときどき彼女が歩いているのを見かける、とショートレッグは言った。けさも家の横を通っていった。彼女のことは前に……

おれはうなずいたが、網から目をあげなかった。

おかしな目をした女性とデイヴィッドがいっしょに住んでいると母親が言っていた、とショートレッグは続けた。おれはプリシラのことは怖くなかったが、プリシラはその気になるとひどい厄介事を引き起こす。母親にどう答えたのかと尋ねると、ショートレッグはよくないほうの足に体重をかけ替えた。まだ何も話していない、とショートレッグは答え、そのあと率直に尋ねた。じゃあ、ほんとうなのか？　彼女はおれたちがつかまえたあの人魚なのか？

ショートレッグを追い払いたかったが、話はまだ終わっていないようだった。彼女の顔に見覚えがある、とショートレッグは言った。同じ顔を見たことがある。きれいなインディアンふうの顔を。ヒンズー教徒じゃなく、ネイティブアメリカンのだ。彼女は話ができるようになったのか、とショートレッグは尋ねた。

おれは答えた。女性の友達を家に泊めているが、人魚ではない。ジャマイカから来た昔からの知り合いで、しばらくうちで暮らしている。しかし、ショートレッグはおれが嘘をついているのを知っていた。おれたちはしばらく黙りこんだ。口止め料を要求されるのかもしれない。そのとき、ひどい朝をさらにひどくすることに、プリシラが姿を見せた。もうひとりの息子、ニコラスを連れていた。

おれは歯のあいだから息を漏らした。

三人が集合していた。もちろん、ニコラスも人魚を見ている。プリシラは早くも、目に勝ち誇った光を浮かべていた。髪にピンクのカーラーを巻いて、ベストの下に同じピンクのブラをつけていたのを覚えている。プリシラらしい悪い悪い顔つきをしていた。

ニコラス、とプリシラは怒鳴って息子の背中を叩き、ニコラスをひるませた。けさ話したことをもう一度言いな。ほら。言うんだよ。

ニコラスは困った顔をした。ニコラスはショートレッグよりも年上で、二十歳くらいだが、それ以上ではない。ニコラスはおれを見てから弟に目を向けた。兄も弟もすまなそうな顔をしていた。

「あたしに話したことを彼にも言ってやりな」プリシラはどやした。しかし、息子たちはどちらも話したがらなかった。

「まったくもう」プリシラは言い、おれの手から網を奪いとって、あの陰険な目でおれを見据えた。

あんたといつもいっしょにいる女はアメリカ人が来たときにつかまえた人魚だ。プリシラはそう言った。

「それが正体。この子たちがけさ教えてくれた。あれは魚なんだ。それなのにあんたといつもいっしょにいる。くさいし。変な見た目だといつも思ってたけど、においまで変。魚みたい。あれはいなくなった人魚なんだ。あんたが人魚を盗んだ。人魚を見つけたと知らせたら、あのアメリカ人たちはすごい賞金を払ってくれるだろうね」

▽

キッチンで、ライフとミス・レインは夜どおし朝まで話をした。朝食におりてきたレジーは、いつもとちがって母親がまだ寝間着姿で、電話帳の上には銃が置いてあり、知らない男がテーブルにいるのを見つけた。男は短いドレッドヘアに白髪の交じった髭を生やしていて、偉大なボブに少し似ていた。レジーはまばたきをして、母親のところへ行き、温かい腰に抱きついた。一瞬で、誰かわかった。レジーと男はしっかりと視線を合わせ、互いを見つめた。どちらも泣こうとはしなかった。そんなそぶりはなかった。

ライフは立ちあがって言った。「やあ、息子」

レジーは唇を読んでうなずいた。けれども、〝息子〟と呼ばれてはしゃぎはしなかった。母親とちがって、レジーはこの瞬間が来ることをずっと確信していて、予行演習までしていた。

それは許すかどうかという問題ではなかった。もっと別のものだ。父親がいないまま十年が過ぎたあと、とうとう父親が現れた。ライフという人物に会ってみたかった。いろいろ話を聞かされていたし、母親にとって大事な人だとも知っていたが、自分の目で見てみたかった。自分――レジー・ホレイショ・バプティスト・レイン――がどれだけすばらしいか、父親がいなくてもいかにきちんとやってきたかを知ってもらいたかった。

レジーは父親に向かってうなずき、わかっているという笑みを浮かべた。

ここに留まるつもりなら、父親は留守にしていたあいだの出来事をたっぷり聞けるだろう。この突然の訪問がひと晩だけのものだとしたら？　自分の心臓が早駆けしていることを教えるつもりはなかった。気《け》どらせるつもりはない。レジーは父親をじっと見つめ、その姿を記憶に刻もうとした。自分が年をとったらこんなふうになるのだろうか。あんなふうに顎が長くなるのだろうか。ライフが微笑み返し、レジーは目をそらさずにはいられなくなった。うれしくて叫び出したかったけれども、すべてをのみこんだ――父親を知らずに育ったことも、父親がいないさびしさも、父親はどこでどんなふうに暮らしているのかという謎も。父親はとてもハンサムだった。どこかの大物が部屋に入ってきたかのようだった。少なくとも、見てがっかりする人ではなかった。

しばらくして、ミス・レインは言った。「さあ、ここにずっと座ってるわけにはいかないから……ふたりとも、朝食は何にする？」

パンケーキ、という答えが返ってきた。

それには買い物に行かなくてはならず、ミス・レインは銃を持って二階へあがり、着替え、顔を洗って髪を梳《と》かした。そのあいだ、理屈なしで愛するふたりを下に残して、男同士で話をさせた。瓜ふたつの同じ顔、同じひょろりとした体、同じ不器用で物静かな性格、同じ魅力。ひとりは自分のはしかのせいで耳が不自由になって一生の呪いを背負い、もうひとりはふらふらと世間をさまよいつづけている。どちらもある種の芸術家だ。

バスルームの鏡に映った自分を見て、ミス・レインはうめいた。ショックを受けたような顔をしていた。目が輝いている。両手の人差し指を頰に食いこませて頰骨を押したあと、指の関節を強く嚙んで拳のなかに痛みの声をあげた。ライフが帰ってきた。心が愛ではちきれそうだった――なんて扱いやすい心なのか。苛立ちはすでに消えていた。いずれ体の奥から泳いで戻ってくるのはわかっていたけれども。

ひと晩じゅう、ひたすら話をした。お互いを気に入っているのはそこで、昔もいまも、話したいことが山ほどあった。だから、ライフが恋しかった。ライフは魂の片割れで、彼とのおしゃべりが恋しかった。顔を洗いながら、浮かれてはだめだと自分に言い聞かせた。先走ってはいけない。早合点をしてはいけない。ライフは突然帰ってきた。自分に会いたかったと言った。でも、だから？　男性はなんでも恋しがる。レジーが舞いあがっているのは見ればわかった。レジーはライフをめろめろにするだろう。レジーもまた奇跡だ。耳が不自由だろうとそんなことは関係ない。レジーが生まれるまで、何度も流産をした。医者から子どもは望めないと宣告されたこともあった。骨盤が小さすぎて子宮の収まりがよくないらしい。それでも、レジーは生まれたがった。

きれいな下着とジーンズを穿いた。窓から海を眺め、桟橋でカジキの吻をかぶっていたアーノルドのことを思い出した。人魚が厄介事を運んでくるとアーノルドは予言していた。きのうのことのように思えるが、あれから何カ月もたっている。実のところ、人魚はこれまで幸運しか運んできていないように思えた。魚の雨という不吉な予兆が心の奥をざわめかせてはいたけれども。最初はアメリカ人たちの言葉をまったく信じていなかったことを考えた。これまではずっと孤独で、生きてくるのがやっとだった。ミス・レインは息子のために、そしてアイカイアのために、祈りを捧げた。ふたりには祈りが必要に思えた。自分には、幸運を、とつぶやいた。

デイヴィッド・バプティストの日記　二〇一五年九月

そこに立つ三人を前にして、おれにできることは何もなかった。三人のうちふたりは簡単にアイカイアを人魚だと確認できる。これだけの年月がたつと、こうしてあのときのことを書くのがばかばかしく思える。実際ばかばかしい出来事だった。おれは元人魚を匿っていた。それだけのことだったが、それだけではなく、おれは彼女を愛していた。あの年におれは子どもから大人に変わったが、アイカイアが村に溶けこめるはずがなかった。あらゆる意味で、アイカイアは人間としては通らない。そして、アメリカ人の船に乗っていたこのふたりの少年は、自分たちが見たものを知っている。三人が問いただしにきたとき、警察に通報すると脅す気なのだろうとおれは思った。

何が望みだ、とおれはプリシラにはっきり尋ねた。

あんたは牢獄に入っているべきなんだ、とプリシラは言った。アメリカ人から人魚を奪ったんだから。盗んで、かすめとったんだから。

「おれは彼女を助けたんだ」おれは言った。プリシラは何もわかっていない。

「盗んだんだよ」プリシラは言った。

おれはプリシラの良心に訴えようとした。おれが助け出した女性は人間だ、と。けれども、プリシラに良心はなかった。あんたが愛しているのは魚だ、半分魚で半分昔の姿の怪物だ、と言い立てた。あのぞっとする、百万ドルの価値がある人魚をあんたは盗み出した。あんたこそ金が目当てなんだろう。おれが否定すると、厚かましい大嘘つき、とプリシラは罵った。

おれは説明しようとした。あれよあれよという間に彼女の尾がとれてしまったのだ……海へ帰す前に。

プリシラは燃える目でおれを見て、「あんたはあの尾っぽまで盗んだんだ」と言った。

「尾っぽだって大金になる。どこに隠したのさ？」

信じられない思いでおれはプリシラを見つめた。邪悪な人間というのは確かにいる。人の幸せを壊したがる人間が。おれは立ちあがり、網を床に置いた。腹が立っていた。「プリシラ、いったい何をしたいんだ？　え？　人魚を見つけたと、あのアメリカ人たちを呼び戻したいのか？　小金を手に入れたいのか？　彼女をそういうふうに見てるのか？　物として。売り物として。商品として。それともほかに考えがあるのか？」

プリシラにはそれ以外にも、こうやって詰めよってくる理由があるのをおれは知っていた。

プリシラの顔が険しくなった。

おれたちをほうっておいてくれ、とおれはプリシラに言った。彼女はアイカイアという名前で、もともと別の時代に生きていたが、あんたのような陰険な女性たちに呪われたのだ、と。

だが、息の無駄遣いだった。

プリシラの目が燃えあがった。

「アイカイ――何それ？」

しかし、おれを傷つけようとするのはおれがプリシラでない女性と幸せになるのが許せないからだろうと切りこむと、プリシラの目が揺れたのがわかった。プリシラはおれをにらみつけた。ふたりの息子の前で図星を突かれたのが決まり悪かったのだろう。そして、カーラーをいじった。カーラーはピンクの後光のように見えた。プリシラは聖人でもなんでもなかったけれども。

「彼女は別のカリブの島から来た、この島の客人だ」おれは言った。「おれやほかのみなと何も何も変わらない。ただちょっと特別で、見た目が少しちがっているだけで。魚なんかじゃない。いまはもうちがう。それに、おれは彼女と結婚するつもりだから、困らせようとするやつにはおれもお返しをする」

三人は息をのんだ。

プリシラは一歩あとずさった。「何言ってんの」おれの考えに驚愕し、怖気《おぞけ》をふるったようだった。「魚と結婚？」

もともと仲のいい隣人ではなかったものの、まずいことになったのをそのとき確信した。アイカイアはまだ散歩に出て戻っていなかった。最悪の場合、帰り道にアイカイアとプリシラが鉢合わせするかもしれない。

▽

食料品店からの帰り道、ミス・レインは道端をひとりで歩いている人影を見つけた。奇妙なロープを思わせる長いドレッドヘアの女性が村のほうへ戻ろうとしている。昼が近づきつつあって、空では太陽が強烈に照り輝いていた。ミス・レインはジープを停めてアイカイアに声をかけた。「ねえ、乗って」

心地よい沈黙のなか、ふたりは車を走らせた。けれども、アイカイアが何か考えこんでいることにミス・レインは気づいた。ブラックコンチでの生活に飽きて、帰りたくなっているのだろうか。海にではなく、ほかの時代のほかの島に。

「散歩してたの？」

アイカイアはうなずいた。

「ねえ……ふるさとが恋しい？」

「恋しい？」

「ふるさとのことを思い出してる？」

「海のこと、考えてる」

「それと、昔のこと？」

「そう。ふるさと……はずっと昔」

「わたしは、あなたがここにいてくれてうれしい」

アイカイアは用心深い顔をして、サングラスをはずした。

「ああ、やだ」ミス・レインはジープを停めた。セント・コンスタンスのはずれに来ていた。

「泣かないで、いい子だから。きっと、慣れるにはもう少し時間が……」

アイカイアはうなずき、尋ねた。「あなたは……結婚、する？」

ミス・レインは首を横に振った。「いいえ」

「どうして？」

「長い話だから」

「デイヴィッドが……わたしと……」

ミス・レインはうなずいた。驚きはなかった。結婚すれば、アイカイアを守るのにいくらか役に立つ。「あなたのほうは？　どう思ってるの？」

アイカイアは両手で顔を覆った。感じているけれども言葉にできないことがいろいろあるのだろう。ミス・レインはしばらくアイカイアを見つめた。

「うちにいらっしゃい」ミス・レインは言った。「パンケーキを食べましょ」

「パン、ケーキ？」

「あとで見せてあげる。レジーもあなたに会えたら喜ぶし……ぜひ来て。いっしょに朝食にしましょ。お客もひとり来てるの。昔からの友達で……」

アイカイアの顔が明るくなった。「友達？」

「そう、昔からの」

ライフはきっとアイカイアを気に入る。ミス・レインにはわかった。それどころか、人生いちばんの衝撃を受けるにちがいない。

午前中のにわか雨が降りはじめ、ミス・レインとアイカイアはジープからおりると屋敷へ走り、ポーチの階段を駆けのぼった。クジャクが二羽、手すりに留まって身を寄せ合い、震えていた。丘の上は冷える。霧が広がりはじめて、屋敷を包みこんでいた。レジーが音楽をかけていて、アスワドの曲が居間から鳴り響いていた。ふたりが入っていくと、男と少年の踊る姿が目に飛びこんできた。ひとりはヘッドホンを耳に当てている。ミス・レインは心臓が喉につかえるのを感じた。雨やレゲエや踊る男性たちを前にして、ミス・レインは言葉を失い、パンケーキミックスの入った茶色の紙袋を抱えたまま、その場に立ちつくした。

アイカイアはレジーを見て顔を輝かせた。ふたりに交じって、三人で体を揺らしはじめた。まだデイヴィッドのサングラスをかけていたので、銀色の目は隠れていた。犬たちがミス・レインの足もとに駆けよって、喜んで尻尾を振った。全部アイカイアのおかげだ、とミス・レインは確信していた。アイカイアが一連の出来事を運んできた。アイカイアが直面している苦境に感謝と同情の両方を感じた。アイカイアとライフを改まって紹介することはしなかった。自然に打ち解けるだろう。

ミス・レインは食料を持ってキッチンへ行き、朝食の支度をはじめた。パンケーキの生地を混ぜ、コーヒーを淹れ、トマト・チョカを作った。ライフはひと晩といわず、もっとここにいてくれるかもしれない。しばらくいてくれるかもしれない。彼がやってきたらいつでも受け入れよう。この十年、自分を抑えてきた。愛は知恵を授けてくれる。愛は自分を導いてくれる。自分だけでなく、彼も。

私道に車が停まる音が聞こえた。ミス・レインが見にいくと、デイヴィッドがいて、ひどく険しい顔をしていた。

「入って」ミス・レインが声をかけると、デイヴィッドはトラックから走ってきて、雨水を滴らせながらキッチンに立った。

デイヴィッドはミス・レインに、プリシラと脅しのことを話した。アイカイアの正体をプリシラの息子たちに知られてしまったので、アイカイアが四月にアメリカ人たちが海から釣りあげた人魚であることや、大金の価値があること、桟橋から彼女を盗み出したのはデイヴィッドであることが村のみなに知られるのは時間の問題だ。

「好きに言わせておけばいい」ミス・レインは言った。「シシーやほかのみんなは気にしない。騒ぐのはプリシラだけだし、プリシラのことはわたしに任せて。長いあいだプリシラは村のみんなを困らせてきた。わたしにはプリシラをブラックコンチから追い出すことだってできる。そもそも、プリシラはわたしに家賃の借りがあるのよ。向こうはそう思ってないけど、でも、早々に荷物をまとめてここから出ていくことになるかもしれない。ね?」

デイヴィッドはうなずいたが、いやな予感はぬぐえなかった。

「あのずうずうしい女のことは心配しないで。その気になれば、わたしはプリシラよりもっと陰険になれるんだから」

デイヴィッドは居間に移動して息をのんだ。ライフおじがいるなんて、いったいどこから現れたんだ? 安堵の涙がこみあげた。ライフが戻ってきた! ライフがいれば、すべてが変わる。いったい何が起こっているのだろう。この村にいったい何が起こっているのだろう。

雨があまりに激しくて、朝食のあいだは互いの声も聞きとるのが難しかった。犬たちはテーブルの下で体を丸めていた。ミス・レインはチョカを加熱しすぎてドライトマトのペーストにしてしまったが、それに気づいたり文句を言ったりする者はいなかった。アイカイアがサングラスをはずしたとき、ライフの顔が穏やかなものから驚きに満ちた表情に変わった。アイカイアがパンケーキシロップに手を伸ばしたときには、水かきのついた手に気づいた。レジーが手話で説明した。彼女は人魚だったんだ。アメリカ人につかまったんだよ。四月に。デイヴィッドおじさんが助け出したの。ミス・レインが通訳をした。ライフはうなずいたが、畏怖を隠しきれない目でアイカイアを見つめつづけた。全体として、その朝には儀式めいた雰囲気があった――みなが勢揃いしていた。アイカイアは、いつもの静かで無邪気な目でライフを見つめた。力のある人に見えた。

パンケーキを二枚食べて、アイカイアは言った。「あなた、誰？」

全員がライフを見た。

「ブラックコンチの人間だ」

「この村で生まれた？」

「ああ」

「ふるさと？」

「そうだ」

アイカイアはミス・レインを見て、うなずいた。レジーの顔はライフにそっくりだ。気づかないほうが難しい。

「名前は？」

「ライフだ」

「いい名前」

「ありがとう」

「デスよりずっといい」

「きみの名前は？」ライフは尋ねた。

「〝甘い声〟」

「いい名前だ」

ライフはミス・レインに目を向けた。女としてさらに成熟したことを見てとってから、詩人の息子に視線を移した。息子の耳が不自由なことを誰も教えてくれなかった。息子が自分にそっくりだということも。そのあと、元人魚だという女性を見つめて、その事実をのみこもうとした。ブラックコンチではほんとうにさまざまなことが起こっている。

「あなたの子と、仲よくしにきた？」アイカイアは尋ねた。

「ああ」

「わたしたち、友達」

ライフはうなずいた。「うれしいよ」

「レジーは手で話す方法を教えてくれる」

「おれも教えてもらいたいな」

「いい考え」アイカイアは微笑んだ。「何カ月かここにいないと」

ミス・レインはアイカイアに〝そこまでよ〟という目を向けた。

テーブルはにぎやかだった。雨のせいでみなが顔を寄せ合い、輪を作った。レジーははじめての感覚にくらくらしていた。ミス・レインは急にやってきた不安になるくらいの幸せに圧倒されていた。雨が何かを洗い流しているかのようだった。いまは八月の終わりだ。だが、もうじき大きな嵐の季節がやってくる。ミス・レインにはそれがずっと気がかりだった。

デイヴィッドは落ち着かない気分だった。プリシラと息子たちが敵意を燃やしているいま、アイカイアは妻になるどころか、無事でいられるかもわからない。それに、ウイルスに感染したらどうなるのか。ただの風邪でも命取りになるのでは？　ブッシュティーは効くのだろうか。テーブルの下でアイカイアの手を握りたかった。アイカイアと目が合ったが、何を考えているのか読みとるのは難しかった。

とにかく、ライフに再会できたのはうれしかった。ライフがいれば、ミス・レインには家族ができる。けれども、ライフにその気はあるのだろうか。レジーのほんとうの意味での父親になる気はあるのだろうか。このあたりでは、男は父親らしいことをあまりしない。ライフはこの古い大きな屋敷で暮らしていけるのだろうか。

頭上で雷鳴が轟いて、犬たちがテーブルの下で身を縮めた。

アイカイアは上を見あげた。

全員がそれを感じた。

ライフまでもが上を見た。「ここでいったい何が起こってるんだ？」

アイカイアは銀色の白目のなかの黒い目をライフに向けた。「女たちがわたしに呪いをかけた」

ライフはうなずいた。

「わたしは長くはここにいられない」

ライフはデイヴィッドに目を向けた。デイヴィッドは昔とちがっていた。年をとり、大人になっていた。何か気がかりがある様子で、人魚の女性に夢中になっていることを隠せていなかった。

キッチンに横殴りの雨が吹きこみはじめた。みな濡れて、震えはじめた。小犬たちはテーブルの下から逃げ出して、吠えながら雨を避けて走っていった。ミス・レインは立ちあがって窓を閉めにいった。

アイカイアはあたりを見まわしていた。ほかのみなが知らない何かを知っているのは明らかだった。強い風がキッチンを吹き抜けた。ミス・レインが閉めようとした窓が、大きな音を立ててまた開いた。

アイカイアは立ちあがって天井に向かって叫んだ。「やめて」

しかし雨は降りつづき、風がうなりをあげて屋敷のなかを吹き抜けた。アイカイアはキッチンテーブルに飛び乗って両腕を掲げ、空に向かって祖先の言葉で叫んだ。

うなる風がぴたりとやんだ。

最後の雨粒が長い矢のように落ちてきた。空が動きを止め、乾いた。アイカイアは上を見あげつづけている。

レジー以外の全員が、次に響いた音を聞いた。低い低い女の声。

笑っている。

犬たちが吠えた。

ライフは上を見つめ、そのあと、人魚だった女性を見つめた。ようやくすべてが実感できてきた。この大雨――ライフがここに着いたときからずっと降りつづいていた――、水かきのついた指を持つ、聞いたことのない言葉で雨をあがらせることができる不思議な女性、耳が不自由だが会った瞬間から自分の心をつかんだ息子。そして、胸や腹や腕や足に、瞬時に壊滅的なまでに強く湧きあがったこの白人の女性への思い。乳房がまだふたつのピンクの突き出た蕾だったとき、歯に矯正用のベルトをつけていたとき、自分が彼女の三つ編みを切り落としたときから彼女を知っている。ライフは彼女をいつも知っていた。彼女が幼いときも、あの巨大なハリケーンが来る前も、彼女が自分を残して年に二回バルバドスを行き来するようになった、あの来ては去ってしまう日々にも、彼女を知っていた――彼女は金持ちの白人の少女で、自分は貧乏な黒人の少年だった。彼女が帰省するたびにすぐさま会って、彼女はバルバドスの海の話をし、そのあとふたりでなりふりかまわず愛し合った。大人になって子どもができたあと、外へ出て自分を見つけるために、身勝手にも彼女のもとを去った。そうしたすべての愛、すべての時間が、ライフの上に積み重なっていた。それは予想していた以上のもので、アイカイアやすばらしい息子に驚かされたあとでは、なおさら重かった。すべてがお膳立てされ、なるようになったように思えた。離れて、引き合う。心臓が喉までせりあがった。どう言えばいいのだろう？　愛にはそれぞれの育ち方とタイミングがあるのかもしれない。ライフにわかるのは、とにかく自分は戻ってきたということだった。

8　楽園

　プリシラは隣村のスモール・ロックの警察に〝友達〟がいた。正確には友達というより、何度も寝に通っている相手で、彼の妻からは次やったら殺すと脅されているものの、それをなんとも思っていなかった。巡査部長のポルトス・ジョンは、島の北部に三人、島全体に七人しかいない警官のひとりで、それには大きな意味があった。ポルトスは毎日午後になるとスモール・ロックの詰め所の裏でカードゲームのオールフォーをして過ごした。ゲームの邪魔をしてはいけないことをみなが知っていた。この賭け事は、ポルトス・ジョンが乏しい給料を補う方法のひとつでしかなかった。ゆすりもやっていた。ありとあらゆる出来事に一枚かんでいて、それをなんとも思っていなかった。

　詰め所に着いたとき、プリシラはカーラーを巻いていた髪を梳かし、カールした髪をひと筋、額におろしていた。〈ジーン・ネイト〉のアフターバス・コロンをつけ、艶出しに〈ヴァセリン〉のリップクリームを塗っていた。午後の遅い時間だったので、カードゲームはそろそろ終わる頃合いだった。ポルトスは勝ちも負けもせず、儲けは差し引きゼロで、機嫌も差し引きゼロだった。ポルトスに惹かれてしまう気持ちだけが唯一の問題だった。ポルトスは大男で、もっと大きな島で士官学校に行っていたことがあり、バリトンの声でプリシラの乳房を弾ませる。その声と制服にプリシラはやられていた。長いあいだ、ふたりはときおり寝ていた。デイヴィッドとはちがう。デイヴィッドはもっと若い、ただの独身の田舎漁師だ。でも、ポルトスは？　ポルトスはプリシラの愛人だった。彼の妻との一件があってからしばらく会っていなかったが、ポルトスはプリシラの底意地の悪さをかわいげに変え、プリシラの顔を情熱で赤らめさせることのできる数少ない男のひとりだった。ブラックコンチの優男たちとはわけがちがう。男のなかの男であり、法執行機関の男であり、警官のご多分に漏れず不正に手を染めていて、別の女の夫であり、三人の子の父親だった。このあたりの基準からしても規格外で、プリシラにとっては焼きたてのクラッカーにのせた厚切りチーズとペッパージャムに劣らずセクシーだった。

「おや、おや」着飾ってめかしこんだプリシラを見て、ポルトスは言った。

テーブルを囲むほかの三人がにやにやと笑った。ひとりはプリシラの妙技を想像して喉を鳴らし、別のひとりは歯の隙間から煙草の煙をプリシラに吹きかけた。全員が地元の男で、いつでもプリシラを裏へ連れこんで腰を擦り合わせる気満々なのを隠そうとしていなかった。

「よし、みんな、きょうはここでお開きだ」ポルトスは言った。プリシラは仕事の要件で来たかのように、男たちを見おろした。さっさとどかないと、人にいちばん知られたくない秘密をばらして大恥をかかせてやると言わんばかりだった。

ひとり、またひとりと男たちはほかに用事があるふりをして立ちあがった。それぞれ、無言の苛立ちと好奇心を同じ分量で感じていた。プリシラはさかった野生のマングースのようだった。少なくとも、ポルトスの妻の耳にはこの話が入ることになるだろう。

「座れよ」ポルトスはプラスチックの椅子のひとつを引いた。「久しぶりだな、なんの用だ？」

プリシラはまつげ越しにポルトスをじっと見つめ、ポルトスはわずかに体をこわばらせた。プリシラの影響力がいかに強いかをあらためて意識した。しばらく会わないという宣言どおり、プリシラはもう二年ほど距離を置いていた。視界にも思考にも入ってこなかった。しかし、それほど遠くにいたわけではないらしい。プリシラは一瞬で自分に取り入る方法を知っているのではないかとポルトスは怖くなった。

プリシラは椅子を引いて座った。「知らせたいことがあって。すごい話。それで来たの」

ポルトスはライターをとって煙草に火をつけ、プリシラの胸を見つめた。

「話してみろ」

プリシラは釣り大会のことや、まぬけな白いアメリカ人がつかまえた人魚の騒ぎのことを話した。アメリカ人たちは人魚が桟橋から盗まれたと言い張って、しばらくして帰っていったした。

――くだらない騒ぎだった。自分はまったく興味がなかったが、デイヴィッド・バプティストという漁師の家でおかしな目をした女が暮らしているのを見つけた。歩けないようで床を這いまわっていたが、そのうちにサングラスをかけてバプティストのジャージを着た女が村のまわりを歩いているのを見かけるようになった。爪先立ちで高いところにある何かを見あげているような妙な歩き方で、どう見ても普通ではないし、このあたりの人間でもジャマイカ人でもない。それに、自分の息子ふたりが例のアメリカ人の船に乗り合わせていて、噂の人魚を実際に見ていた。ふたりともついこのあいだまでずっと黙っていたのだが、その人魚が村を歩いているのを見たという。

「まさか」

ポルトスは咳きこんだ。「ブラックコンチじゃ最近、強いクスリでも流行ってるのか？」

ポルトスはプリシラをじっと見た。ありとあらゆる作り話をする女だが、これはひどすぎる。

「バプティストは人魚と結婚までしようとしてる」

「は？」

「嘘じゃない。結婚するつもりだって言ってた。バプティストは人魚の尾も盗んだんだ。もう売り払ったのかもしれない。人魚は何百万ドルもの価値があるんだ。あの男は金がほしくて人魚を盗んだんだよ。結婚するとか言ってるけど、盗んだ人魚を自分のものにして、いつか売る気でいる。いまにわかるよ」

「プリシラ、とんでもない話なのはわかってるんだろうな」

「この島のこのあたりじゃ、昔からとんでもないことがいろいろ起こってる。知ってるでしょ」

「その女が人魚だと言うが、いまはもう明らかにちがうんだろう。人間の女に戻ったみたいに。

魚の部分はなくなった」

「まだあるよ。手を見てみればいい」プリシラは手の指を広げた。「ひれみたいになってる」

ポルトスは眉をあげた。

「ほんとにぞっとする目をしてるんだ。それに、古くさい見た目をしてる。長いあいだ人魚だったみたいに。というか、大昔の古のイカレ女って感じ」

「なんだって？」

「ほんとなんだってば」

「それで？　ほうっておけよ。尾がないならなんの価値もない。もうただの女だ」

「ちがうってば。あれは魚。というか、魚だった。くそったれのミス・レインが言葉を教えてるみたい」

「おれにどうしろって言うんだ？　何か罪を犯したわけじゃない。どんな姿でいようと本人の自由だ」

プリシラは苛立った目を向けた。「まだわかってないんだね」

「何がだ」

「あの人魚をつかまえてよ。バプティストも、不法所有か窃盗の罪で」

「は？」

「バプティストはアメリカ人から人魚を盗んだんだ。アメリカ人が乗ってきた〈恐れ知らず〉号は、イングリッシュ・タウンの港に登録されてるはず。ここらの海では、アメリカの船は必で簡単に連絡がとれる。あんたたちの人魚を見つけたって知らせてよ」

「それで?」

「人魚をこのスモール・ロックの留置場に入れておく。釈放するには罰金をたっぷり払ってもらわないといけないとアメリカ人に言えばいい、五十万ドルとかさ。不法滞在でも不法難民でも、適当に理由をつければいいよ。バプティストはばかみたいに人魚に惚れてる。あたしはこのまま人魚を〝ご近所さん〟にして暮らして、何も知らないふりをするなんてごめんだから」

ポルトスはじっとプリシラを見つめ、プリシラがやってきた理由をようやく理解した。賢い女だ。意地の悪い、陰険な女。そこにいつもそそられる。警官と強盗。プリシラは略奪者、奪いとる女で、そこが魅力だ。

プリシラはポルトスを見つめ、血が騒ぐのを感じた。ポルトスは下の息子、ショートレッグの父親だ。ショートレッグはねじれた足と父親譲りの鋭い目を持って生まれた。ポルトスには話していない。知る必要のないことだからだ。ポルトスが父親として息子に接することはない。彼には子どもが三人いて、ほかにもまだいるかもしれない。ポルトスは男友達であり、息子の父親であり、愛人であって、それ以上ではなかった。ポルトスの妻はもっと大きな島出身のアメリカ人とのミックスで、耐える女、家を守る女だ。その横で、プリシラとポルトスは長いあいだ関係を持ってきた。妻に見つかるずっと前から。

「人魚の居場所を教える。だから人魚をつかまえて。そして、フロリダにいるアメリカ人たちに連絡して。釈放のための罰金を手に入れたら山分けにしよう」

デイヴィッドがアイカイアを連れて帰り、レジーが二階へ引きあげると、ミス・レインはポーチに出て、ブラックコンチの丘陵とそこに立つ家々を眺めた。四十歳になっても、それがミス・レインの知るすべてだった。それと、バルバドスの寄宿学校が。島を出る理由はなかったし、行きたいところもなかった。シシーと彼女の家族が自分の家族のようなものだった。めったに会うことも連絡が来ることもない兄たちよりも、ずっと家族に思えた。大きな島から兄たちが戻ってくるのは、売って金にするために土地をせびるときだけだった。自分の家はこの古い屋敷であり、家族はブラックコンチの人々だ。いつかレジーはここを離れて、どこか別の場所で耳の聞こえない人々のコミュニティに入る。もう決まったことだ。レジーは世界へ出ていく。けれども、自分にとっては、ブラックコンチがきのうであり、きょうであり、あしただった。害はないとわかっているホエザルが住む森のそばにある、丘の上の屋敷の本だらけの部屋で、死ぬまで暮らすことになるだろう。

ライフがそばにやってきて、同じ丘や湾を眺めた。ライフは指を二本、ミス・レインの肩甲骨のあいだに置いてそっとなで、ミス・レインは息を詰めたあと、体の力を抜いた。海を望める木枠のソファに座り、ライフは隣の席のクッションを軽く叩いた。ミス・レインは〝気が向いたらね〟という視線を送り、ライフは彼らしい、あらゆるものに見える目を向けてきた。若いころからライフはそういう目――自分はいたずらっ子であり、恋人であり、賢者であり、善人であり、愚か者だという目――をしていた。ミス・レインはライフの隣に腰をおろして、ついに彼の肩に頭をもたせかけた。そよ風が吹きこんでバンブーチャイムを鳴らした。雑種犬の一匹、スパニエルのミックスがやってきて、ふたりの前に座った。尻尾を小さく振っている。ソファは寝転べるほど大きかったので、ミス・レインは横になってライフの膝に頭をのせた。ライフは短い金色の巻き毛をなでた。三つ編みを切り落として以来、何度もなでてきた髪だった。耳に触れ、鼻に触れ、そばかすをなでた。犬がうなった。ライフが片足で犬を押しやると、犬は床に転がった。

しばらくして、おばのものだった大きな真鍮のベッド、ミス・レインが生まれ、レジーを産んだベッドに、ふたりは並んで横たわった。ライフはミス・レインの丸みを帯びた腹部に、へそのへこみにキスをした。欲求に、魂の片割れに、世界でただひとりの親友に屈するのを感じていた。彼女の指、肘、肋骨が、彼女の顔、目、まなざし、話し方が、何もかもがなつかしかった。ずっとずっとあらゆる場所を、しかしここ以外の場所を見てきて、うんざりしていた。彼女の電流を、熱を感じるのに時間はかからず、難なく波長がぴたりと合った。

「来て、ここに来て」ミス・レインがささやき、ライフは唇にそっとキスをした。そしてふたりは互いのもとへ戻り、手足を絡めた。失われた年月という悲しみをまとった、生涯の愛、切望がそこにあった。

「わたし、年をとったでしょ」ミス・レインは腰まわりに三角に広がる銀白色の妊娠線を意識してつぶやいた。足は扁平になり、肌はもうサテンのようななめらかさを失っていた。日に焼けた胸もとや手にはそばかすが散っている。十年の孤独にいつしか慣れてしまっていたけれども、いまこうしてライフが戻ってきた。あらゆる贈り物を持って。

また激しい雨が降り出した。部屋は暗く、ベッドの脇の黄色いナイトランプがついているだけだった。灰色の蚊遣りの下で、ミス・レインの脚が開き、ライフの唇が押し当てられた。ミス・レインは手をおろしてライフの頭をなでた。腰を持ちあげ、シーリングファンを見あげながら、身構えてさらに彼を受け入れた。それでも、まだ喪失感があった。ライフのような人はセント・コンスタンスには大きすぎる。きっとここに留まることはない。もっと近づこうとミス・レインは身をよじり、彼を取りこんだ。ずっと昔、ライフとはじめて会ったときのことを思い出した。丘を駆けおりながら、細っこい少年はミス・レインを振り返り、にやりと微笑んだ。そして、声を出さずに唇を動かした。〝おれをつかまえてみな〟

ある朝、目覚めるとアイカイアは血だまりのなかにいた。血は暗い濃い赤で、子宮から流れ出ていた。生理がまたはじまったのだ。

「見て」アイカイアはデイヴィッドに叫び、指についた血を見せた。においを嗅いで、顔に塗りつける。デイヴィッドは驚き、喜びに笑った。これで変化は完了だ。祝うべきことだった。アイカイアも笑って、喜びの歌を歌いながらデイヴィッドの胸に血を塗りつけた。血は金《かな》くさく、デイヴィッドには嗅ぎ慣れたにおいだった。女性を愛する者として、そのにおいはよく知っていた。デイヴィッドはアイカイアに大きな笑みを向けた。

「これで完全な女性に戻った」デイヴィッドは言った。アイカイアはうなずき、立ちあがって、血まみれのままデイヴィッドのために踊り、幸せと悲しみと驚き、すべてが混じり合った涙をこぼした。アイカイアが妊娠できるようになったことをデイヴィッドは理解していた。これからは避妊する必要があるだろうか。アイカイアは若くて健康だ。妊娠したらどうなるだろう。ふたりで子どもを作ったらどうなるだろう。そういうふうにアイカイアを愛するのが待ちきれなかった。自分たちの子をこの世に生み出す？　そうしたくてたまらなかった。それが自分の運命だ。漁師として、ブラックコンチの海、故郷の海から来たこの人魚と子をなすことが。

デイヴィッド・バプティストの日記　二〇一六年一月

アイカイアが雨に向かってあがれと言ったらほんとうに雨があがったときのことはよく覚えている。おれも雲のなかで女たちが笑う声を聞いて、みなといっしょに震えあがった。アイカイアを家に連れて帰り、自分たちの状況をじっくり考えた。アイカイアがおれの家で暮らすようになって、だいたい四カ月がたっていた。歩けるようになり、片言で話せるようになったが、まだ普通とはいえなかった。彼女は彼女だった。生理が戻ったのもそのころだ。そのとき思ったのは、彼女が身ごもるかもしれないということだった。そうなったらどうなる？　おれも父親になれる。その考えに舞いあがり、同じくらい怖くなった。妻にするとか結婚するとかいう話題は立ち消えになっていた。毎晩ベッドで何時間も愛し合い、そのベッドでおれはいまも眠っている。アイカイアはどう言ったらいいかわからないくらいにおれにぴったりだった。体も、魂も。おれはアイカイアに、ずっときみを守る、大切にする、プリシラやプリシラの悪意から逃れるためにブラックコンチを出てもいい、島の別の場所に引っ越してもいいし、いっそ別の島に移ってもいい、と話した。

次の朝から、終わりがはじまった。

アイカイアの叫び声でおれは目覚めた。

アイカイアはベッドの上掛けをめくった。今回そこにあったのは血ではなかった。祝うべきものではなかった。

突然アレルギーを発症したかのようだった。アイカイアの脚は、細かい銀色の鱗に覆われていた。とっさに思ったのは、海の水をかけて鱗を洗い流すことだった。これは発疹のようなものので、アイカイアは雲から聞こえた笑い声に動揺して反応を起こしたのだと思った。けれども、アイカイアは暗い、何もかも悟った顔でおれを見ていた。

「女たちが追ってきた」アイカイアは言った。

「ちがう。みんなもう死んでるんだ」おれは答えた。けれども、呪いはまだ生きているのだとアイカイアはおびえていた。また体が変わっていくのだと。アイカイアはベッドから飛びおりて服を身につけ、止める間もなくドアから走り出て、丘の上へ、熱帯雨林へと駆け出した。

「だめだ！」おれは後ろ姿に叫んだ。下着一枚で庭へ駆け出て、道路に目をやり、声を張りあげた。「行くな！　どこへ行くんだ？」懇願したけれども、アイカイアは角を曲がって姿を消した。

いつかのように、アイカイアは戻ってくる、とおれは自分に言い聞かせた。すぐに追っていくべきだったのかもしれないが、おれはそのまま彼女を行かせた。ひとりになる時間が必要なのだろうと思った。おびえているのだろうと。おれもおびえていた。コーヒーを淹れようとコンロに火をつけ、考えた。アイカイアの脚はちらちらと光っていた。あれは魚の鱗だ。彼女が人魚に戻りはじめているとしたら？　そのあとはどうなる？　おれたちはどうすればいいのだろう。おれはどうすればいいのだろう。最悪のシナリオを想像すると、脚の力が抜けた。おれはポーチに座りこみ、彼女とはじめて会った海を見つめた。アメリカ人たちが彼女を釣りあげ、殴って気絶させて、死にかけの状態で連れ帰ってきた海を。

しかし、その朝アイカイアは戻ってこなかった。昼になるころには心配でたまらなくなっていた。短剣を持って古いブーツを履き、丘の上の熱帯雨林へ向かった。アイカイアが以前にレジーと森へ行って、あの大木、父なる木を見たことを知っていた。アイカイアはあの木のところへ行ったのだと直感して、熱帯雨林を目指した。オリノコ川をくだってカヌーに乗った人々がやってくる前からそこにあった古《いにしえ》の森を。

▽

いまはひとりで海を泳いでいる
レジーが父なる木を見せてくれた
わたしは木と話ができる
あの木ならきっとわたしを助けてくれる
木から垂れさがるたくさんのロープで
呪いは永遠に消えない
呪いをかけることは悪意を生むこと
人を呪ってはいけない

この手紙を見つけたらわたしのことを思い出して
わたしの物語を読んだなら
トカゲの形をした島から来た
人魚のアイカイアのことを

嫉妬のせいでわたしは呪われた
想いを持たないひとりきりの人魚
大人の女になる前に追放された
血が戻ってきて
そのあと鱗が戻ってきた
完全な女になって
そのあと魚に戻った
仲間のグアナイオア
彼女はいまもいっしょにいる
あの日わたしは自分を永遠に殺そうとした

海から水がなくなるまでわたしは生きつづける
いまもこの先もずっと生きつづける

永遠にここにいる
わたしはアイカイア、〝甘い声〟
陸地で暮らしてわたしは想いを知った
ブラックコンチの島で
わたしは昔あそこで暮らした人魚
わたしはブラックコンチの人魚

▽

一九七六年の八月の終わりのある昼どき、巡査部長のポルトス・ジョンとプリシラがデイヴィッド・バプティストの家を訪ねたとき、ふたりのノックに返事はなかった。ふたりは裏庭にまわり、ポーチにあがって、家のなかをのぞきこんだ。

「留守みたいだな」ポルトスは言った。

プリシラは歯のあいだから息を漏らした。

「ほかに、居場所の心当たりは？」

「ある」

「どこだ」

「ほかには一箇所しかない。ミス・レインのところ。あの女は毎日午後になるとあそこへ行くから。きっとふたりともあそこにいる。ミス・レインの男がついこのあいだブラックコンチに戻ってきたんだ」

「誰だ?」

「顔の長いやつ。芸術家だとか。ずっと島を離れてたんだ。ミス・レインをはらませて、そのあと白いあばずれを置いて出てったわけ。耳の聞こえない息子はそいつの子だって言われてる」

プリシラはポルトスの表情をうかがったが、なんの反応もなかった。

「ライフ? ライフのことを言ってるのか、このあたりの異端児の」

「そうそう、そいつ。たいそうな夢を持った顔の長い男。ずっと島にはいなかったんだ」

「戻ってきたと、なぜ知ってるんだ」

「ここはブラックコンチだよ。このあいだ急に戻ってきたんだ。ああいう男が現れて気づかないほうが難しいってば。シシーの店で何杯か飲んで、何日かだけ島にいるって話してた。ミス・レインのところにも行ったはずだよ、あたしがライフをいくらかでも知ってるとしたら」

「ライフなら知ってる」

「へえ? このあたりの全員と知り合いなんだね」

「丘の上にみんないると思うんだな?」

「確かめる価値はある」

「あの屋敷には行ったことがない」

「あたしもない。あのあばずれはいつもあのお屋敷でお高くとまってらっしゃるんだ。臣下たちを見おろしてるんだよ」

「それほど悪い人物じゃないと聞いてるが」

プリシラは獰猛な顔を向けて憎しみをほとばしらせた。

「落ち着けって」ポルトスはおもしろがって言った。

「落ち着け？」

プリシラはあからさまにかっとしていた。そういう激しい気性をポルトスはいちばん気に入っていた。プリシラは暑い日の二日酔いよりも陰険に、タマゴノキの青い実よりも不愉快になれる。ポルトスの知るどの悪人よりも残酷になれる。そして、白人に対するプリシラの憎しみは、彼女のなかでもいちばん始末に負えない部分だった。

「行こう」ポルトスは言った。「ミス・高慢に謁見しようじゃないか」そして、〝あとでおまえにも謁見する〟という目をした。

プリシラは顔からはみ出しそうな笑みを浮かべた。ふたりは小型のダットサン・サニーに乗りこんだ。警察が非公式に長期ローンを組んで買った、島で唯一のパトロールカーだ。フロントガラスの上部には緑色の〈パースペクス〉の風防パネルがついていて、そこには〝粋《ナッティ》なドレッド〟と書かれていた。

アイカイアはイチジクの大木のもとへ来ると、壁のように盛りあがった根のそばに腰かけ、昔を思い返した。族長だった父親、三番目の妻だった母親、短い人生のあいだずっと住んでいた村、家族が住んでいた四角い大きな家、部族の神々の像、球戯場、盛大な祭り、姉たちや異母きょうだいたち、村の女たちとその夫たち。大昔のことだったが、みなの顔が記憶からよみがえってきた。アイカイアの部族は、この群島に最初にやってきた部族ではない。南北アメリカからカヌーでやってきた人々のずっとあとに生まれた末裔だ。人々は島の暮らしに適応していたが、スペインの提督が銃と黄金への欲望を持ってやってくる前から何度も大きな殺戮があり、島々の住民は一度ならず入れ替わっていた。アイカイアの部族はまわりの世界とまずまず平和に付き合う方法を心得ていた。

けれども、アイカイアは罰を受けた。ベッドでの入れたり出したりの魔法や、デイヴィッドに出会って知った気持ち、そういう想いのせいで呪いをかけられた。はるか昔の人々も、人を呪いをかけた。アイカイアを海に閉じこめ、男たちから遠く引き離した。アイカイアの胸から憎んだ。嫉妬した。女たちはアイカイアを封印し、海へ放りこんで、永遠に乙女でいるよう想いを奪った。もうすぐ海へ、さびしさのなかへ戻ることになるのをアイカイアは知っていた。体の原子が逆向きの変化をはじめ、人魚に戻りつつあるのを感じていた。海が自分のなかから消えなくなることはなかった。海に引きよせられる気持ちは、陸地で過ごした数カ月のあいだも消えなかった。呪いはあまりに強力だった。女たちは呪いに期限を設けなかったのだ。追放は永遠に続く。それが女たちの望みだった。永遠に戻ってくるな。この星がほかの星のように燃えて塵になるまで、海が干《ひ》あがるまでずっと。デイヴィッドは世界じゅうにたくさんの人魚の伝説があると言っていたが、いまの人々にとってそれは伝説でしかない。伝説が現実に基づいているとは考えもしない。とはいえ、人間の寿命は短い。七十年かそれくらいだ。だから、人間全体の記憶もたかが知れている。死がどんなふうにいつやってくるかは誰にもわからない。この星での暮らしは常に短期滞在だ。人は呪いをかけ、彼らも呪いもやがて死ぬ。けれども、この呪いには終わりがない。

あの女たちの笑い声を聞いたあと、ひと晩で太腿に光る鱗が現れた。血が流れて、そのあと鱗が戻ってきた。なんてよくできた冗談なのか。あの女たちは悪意に満ちている。もうすぐ脚はまた封印される。人間の肌は消える。あとどれくらい？　数日か、数週間か。運命に抗うにはどうするのがいちばんいい？　イチジクの大木から、太い蔓がたくさん垂れさがっていた。手を伸ばせばすぐに届く。アイカイアは垂れさがっていた蔓を一本、強く引っ張った。これがきっといちばんいい方法だ。ところがその蔓は、頭の高さより下まで長さがあった。アイカイアはもっと短い蔓を探した。

ポルトスとプリシラは屋敷の前で車を停めた。ポルトスが言った。「とりあえずここで待ってろ、いいな？」

プリシラは歯のあいだから息を漏らし、殺したそうな目をポルトスに向けた。

「わかった」プリシラは言い、横を向いた。

屋敷は真昼の暑さに揺らめいていた。ポーチから庭までマゼンタ色のブーゲンビリアの花があふれ返っている。外壁は剝げてあちこちに白カビのようなペンキの薄片がついていた。白いクジャクが芝生を気どって歩いていて、古くからあるこの場所の白さに巡査部長のポルトス・ジョンは気を引き締めた。朽ちてはいても、屋敷は支配者のために建てられた威厳をいまも漂わせていた。シシーとそのきょうだいや、まわりのみなからは、ミス・レインはまともな人間だと聞いていた。道路ですれちがったことは何度もあり、ミス・レインはいつも耳の不自由な息子をジープの助手席に乗せていた。同僚たちも、ときどき仕事でミス・レインとかかわっていた。ポルトスが知っているのはミス・レインが登録された銃を所有していることくらいだが、この屋敷で問題が起こったことは一度もない。ミス・レインはこの一帯の家や土地や生計の糧をほぼすべて所有していて、そんな相手の家に押し入ろうとする者はいなかった。とんでもない、ミス・レインは……慈悲深い御仁だ。祖先と同じ、ありとあらゆるものを所有するお偉い白人だ。奴隷制の時代が終わってもこの屋敷は丘の上にひっそりと立っていて、ポルトスのような人間を寄せつけない。この屋敷を造ったのは黒人の、元奴隷たちだというのに。黒人に手入れをされていながら、その屋根の下で眠った黒人はいないし、少なくとも滞在した黒人はいない。〈節制屋敷〉と名前がついているが、そう呼ぶのは大まちがいで、昔のどこぞの白人のおごりにすぎない。

ポルトスはクラクションを鳴らし、返事を待たずにゲートを開けた。雑種犬たちが呑気な羊の群れのようにポルトスのまわりに群がった。ポルトスは犬たちを蹴散らし、制帽をかぶりなおして白人の屋敷へ向かった。ポーチに立つと、屋敷が静まり返っているのに気づいた。近くにジープが駐まっているが、家には誰もいないか、全員が眠っているかのようだ。窓枠を叩いて、なかをのぞいた。広間はポルトスの家全体よりも広く、本でいっぱいだった。

「どなた？」

ポルトスが振り返ると、ミス・レインが立っていた。家着にエプロンをかけていて、裸足だった。

ミス・レインは男をじっと見た。警官が屋敷を訪ねてくるのははじめてだった。男はいつも勝手に家に入ってくる。最初はあのまぬけなアメリカ人、次にライフが夜中に忍びこんできて、今度は警官だ。

ポルトスはミス・レインを観察した。背が低く、小柄で、危険はなさそうだ。「その……込み入った用件があってうかがいました」

「そう」男は大柄で、巨大だった。でも、それがなんだというのだろう。ミス・レインは男の車に目を向けて、なかにもうひとりいるのに気づいたが、誰かは見分けられなかった。

「くだらない人魚の話じゃないといいんだけど」ミス・レインは自分にできるいちばん険しい目を向けた。

ポルトスは背筋に冷たいものが走るのを感じた。相手が嘘をついているとわかると、いつもこうなる。賭け事好きのポルトスは、ミス・レインが平然とはったりをかけているのを見てとった。

「実はそうなんです、ミス・レイン」

「どうかアルカディアと呼んで」

「四月に〈恐れ知らず〉号という船がブラックコンチに来たんです。正確には四月の二十二日ですが。毎年恒例の釣り大会に参加するためでした。船の持ち主はアメリカ人の銀行家で、トマス・クレイソンという人物です」

「聞いたことがないけど」

「ない？」

「ないわね」

「白人がふたり乗っていました。島の若者を乗組員として雇っています。あなたがご存じの若者たちを」

「それで？」

ポルトス・ジョンはミス・レインを見つめ、値踏みした。ミス・レインは子ども時代をバルバドスで過ごしたと聞いている。大酒飲みだった両親は、カリブに住む白人の例に漏れずふたりともそばかすだらけで、顔にできた皮膚がんでかなり前に死んでいた。

ミス・レインは賄賂が役に立たないことを知っていた。このあたりではみなが警察に賄賂を渡すが、自分は別だ。

「そのアメリカ人たちは、普通ではないあるものをつかまえました。それが騒ぎを起こした」

「ええ、聞いてます」

「目撃者がいるんです」

ミス・レインは男をじっと見た。車に乗っているのは誰だろう？

「船に乗っていた若者ふたりが、彼女を見たと言っているんです」

「かの有名なブラックコンチの人魚を？　ほんとうに？　それは幸運だったわね。でもかなり前の話でしょ。四月のころの。ほんとうにつかまえたのだとしても、人魚は逃げた。あるいは、誰かがロープからおろした。犯人が食べてしまったのか、逃がしたのかは誰にもわからないし、わたしとしては、どうでもいいと思ってる」

「目撃者によると、人魚が生きているのを見たそうでして。きのうのことです。生きて、このブラックコンチで暮らしている」

ミス・レインの喉に空気の塊がつかえた。そのとき、ロケットめいた勢いでプリシラが芝生を横切ってくるのが見えた。プリシラは階段を駆けのぼってポルトスの隣に立った。

「デイヴィッド・バプティストが人魚を盗み出して隠してる」プリシラは嚙みつくように言った。正義に燃える目をミス・レインに向けている。

「バプティストはいまもブラックコンチに人魚を隠してるんだ。うちの息子たちはアメリカ人の船で人魚を見てて、このあいだ村を歩いてる人魚を見た。わかりやすい結論だよ。バプティストがアメリカ人たちの持ち物を盗んだってこと。いま、バプティストは姿をくらましてる。人魚もだよ。バプティストは人魚をどこに連れてったの？　ねえ」

「わたしの領地から出ていって」ミス・レインは言った。冷たい、冷たい声で。

プリシラは笑って異国から来た女王の口真似をした。「わたしの領地?」

ミス・レインは背筋を伸ばした。ふたりをにらみつける。だから、ひとりで生きてきたのだ。憎しみから遠ざかっているために。歴史から、過去の悲劇から遠ざかっているために。ミス・レインの祖先は奴隷を所有してはいなかったが、好むと好まざるとにかかわらず、その恩恵を受けていた。自分たちは制度の一部で、ぼろになっていてもこの屋敷がそれを物語っている。

「地面のこと? え? 森のこと? 森に住んでるオウムのこと? 森のなかのカエルも? みんなあんたのもの?」

「出ていって」ミス・レインは低い声で言った。

「やだね」

「は?」

「出ていかせてみれば」

ポルトス・ジョンは姿勢を正し、プリシラとふたりで、何百年も前からすべてを所有する小柄な白人の女性をじっと見た。

「出ていくならあんたのほうだよ。あんたとくそ家族のほうだ。あんたたちが乗ってきた船にまた乗って、イギリスに戻ったら? あたしたちの国から出てってよ」

ミス・レインは真っ赤になり、羞恥に顔がほてるのを感じた。

「あたしたちがどこへ行くかもどこにいるかも、人魚をどうするかも、指図しないで。人魚の首にはすごい賞金がかかってる。探すなっての? あんたが? ここの土地と金を全部持ってるくせに、あたしたちも金持ちになろうとするのを邪魔すんの？」

「わたしは人魚については何も知らない」ミス・レインは銃をとりにいこうと腹を決めた。

ポルトスが割りこんだ。「もし、人魚がつかまっていて」周囲を見まわす。「このあたりにいるのだとしたら、少なくともおれには捜索する義務があります。アメリカ人たちは正当に人魚をつかまえた。それを奪った者は、誰であれ窃盗犯だ。必要なら捜索令状をとります」ポルトスはミス・レインの表情を探った。「この屋敷を捜索するための令状を。それから、不法移民というか盗難物品を匿っていた者の逮捕令状も」

「彼女はもう人魚じゃない」ミス・レインは静かに言った。

ポルトス・ジョンは目を見開いた。

「人間に戻ったの、かつての姿に」

「どこにいる？」プリシラが言った。

「知らない」

「あんたが匿ってるの？」

「いいえ」

「言葉を教えてるんでしょ？」

「ええ」

「ここで？」

ミス・レインはうなずいた。

プリシラはポルトスにうなずいてみせた。「ね？　この女をつかまえてよ」

しかし、ポルトスは茫然としていた。「え？」

「あのアメリカ人たちが不運な生き物を海から引きあげたのは事実よ。デイヴィッド・バプティストは彼女を助けて海へ帰そうとした。でも、彼女はここにとどまるしかなくなった。このブラックコンチに。家族も、知り合いもいないし、もとの暮らしに戻ることもできない。彼女がもう一度成長して、できる範囲でもとの自分を取り戻すまで、時間をあげたいとわたしたちは思った。でも、もとの自分を取り戻すのはそんな簡単なことじゃない。それに、実のところ、彼女がブラックコンチで暮らすのは安全とは言いがたい。村に溶けこめればいいと願っていたけど、みんながみんな……慈悲深いとはいえないから」

「どうしてこういうことになったんです？」ポルトスは言った。それまで、ポルトスは人魚の話を本気で信じてはいなかった。

「呪いをかけられたの。何世紀も前に、女たちに。彼女が若くて美人だったから。わたしはそう考えてる。実際に彼女を見るまではわたしも信じられなかった。彼女の名前はアイカイア。キューバかそちらのほうの生まれで、この島に住んで数カ月になるけど、この先どれだけいられるかは誰にもわからない」

ポルトスは額をこすった。

「呪いはここまで彼女を追いかけてきた」

プリシラにとっては知ったことではなかった。人魚にも、人魚を匿うこの白人女にも、同情などいっさい感じなかった。「呪い？」プリシラは言った。「呪いだって？」

　ミス・レインはうなずいた。

「呪いといえば」プリシラは目を険しくした。「あたしはこの屋敷を呪ってる。丘の上に立ってる、黒人が白人のために建てたこのいやなプランテーションハウスを。この家に使われた木を、屋根を支えてる垂木を、この屋敷を安全なものにして、あんたや家族が君臨するのに役立ってる木や石のひとつひとつを呪ってる。あんたの家を呪ってる。とことんまで呪ってるんだ。こんな屋敷、中身もいっしょに崩れ落ちればいい。あんたも、あんたの家族も、あんたの家もくそくらえだっての、ミス・白高慢」

　ミス・レインは身を震わせた。「出ていって」

　プリシラはにやりと笑って地面に唾を吐いた。

「行こう」ポルトスは言い、プリシラを促した。ポルトスはおじけづき、この予想外の出来事をどう扱えばいいのか迷っていた。人生ではじめて、自分がよくわからなくなっていた。

9　海人作戦

デイヴィッド・バプティストの日記　二〇一六年一月

いまでも、あの熱帯雨林の大木で蔦にぶらさがって揺れているアイカイアの裸の体が目に浮かぶ。胸のなかで心臓が凍りつき、だめだ、と叫んでおれは彼女に駆けよった。

短剣をひと振りして蔦を切ると、彼女の体が地面に落ちた。目を開けてくれ、愛しい人、起きてくれ、とおれは叫んだ。彼女は腕のなかに目を閉じて裸で横たわり、生と死の境をさまよっていた。助けてくれ、と神に祈った。彼女の顔は夜明けの海のように穏やかだった。

「目を開けてくれ、起きてくれ」おれは何度も何度も繰り返した。木も泣いているように、おれたちのために涙を流しているように見えた。人生ではときに後悔に囚われることがあるが、これはそういう瞬間のひとつだった。彼女を追いかけるべきだった。もっとしっかり見守っているべきだった。

「だめだ。愛しい人、いい子だから、行かないでくれ」おれは彼女をきつく抱きしめた。すると、まだ心臓が脈打っているのを感じた。

彼女は目を開けた。そして言った。「だめ、死なせて。わたしの呪いを打ち破らせて。海にはもう戻らない。このまま死なせて」

くそ。

心をねじ切られるようだった。彼女のことを思って。自分たちのことを思って。あの女たちが、呪いとともに彼女を追いかけてきたのだ。

肌のさらに多くの部分が鱗に変わりはじめていて、木の下で輝いていた。「だめ」彼女は言いつづけた。自分はまちがっていたのだろうかとおれは考えた。あと一分か二分来るのが遅かったら、彼女は死んでいた。そして、自由になっていた？　おれにはわからない。

長いあいだ、大木の下で、おれはアイカイアを抱きしめていた。甘い声、甘い愛を腕に抱いて、じっとじっと動かず、森も自分たちを抱きしめてくれるようにと祈った。父なる木なら自分たちを助けられるのではないかと思った。はじめて会ったときに歌ったのと同じ、古い歌を口ずさんだ。男はほかの男を憎むことがある。女はほかの女を憎むことがある。けれども、おれの胸のなかにあったやさしい気持ちは一種のエネルギーのようで、森でのあの恐ろしい日からこれだけの年月が過ぎたいまでも、その力はまったく衰えていない。この島々にまだ人がいなくて、木々と自然だけがあったころのことをおれは思った。大事な大事な愛する人に、歌を歌った。自然と響き合う彼女の歌を歌い、彼女の息が戻るのを、彼女の体がぬくもりを取り戻すのを待った。

▽

次の日、夜が明けるずっと前、みながまだ寝静まっているあいだに、巡査部長のポルトス・ジョンは部下たち六人を引き連れてデイヴィッドの家の前に降り立った。マシンガン四丁と逮捕令状二枚で装備を固めていた。全員SWATの制服を着こんでいる。これは〈海人作戦〉であり、その任務は、彼の許可なく、ビザもなく、なんら役に立つこともなくブラックコンチにずっと匿われ、海から持ちこんだ病原菌やら何やらで村を危険にさらしている邪悪な半魚の生物をつかまえることだ。高額の罰金が支払われたら、はじめに人魚を捕獲した外国の銀行家に人魚を引き渡す。そうすれば、人魚は島を出ていき、自分の管理下からはずれる。人魚をこの島から排除するのだ。住人を売り払うのとはちがう。彼女はブラックコンチの住人ではなく、人間ですらない。あの漁師は窃盗と不法滞在者を匿った罪に、ミス・レインは犯罪幇助と教唆、偽証の罪に問われる。巡査部長ポルトス・ジョンが、必ず近いうちに全員を法廷に引きずり出す。

だが、ひとつずつ着実に事を進めていかなくてはならない。

まずは、つるつると逃げるいまいましい魚をスモール・ロックの留置場に入れる。午前五時、未明の作戦だ。島のほかの地区から応援を四人頼まなくてはならなかった。SWATの制服は、以前にコカインの囮捜査で使ったものを借りた。マシンガンは年代物で、二丁は弾薬が入っていない。車は軍の払い下げ品でタイヤがすり減っていた。

玄関のドアが激しく叩かれたとき、デイヴィッドとアイカイアは抱き合ってベッドに横たわっていた。ポーチからも声が聞こえて、ドンという音のあと、両方のドアから男たちが突入する物音がした。あっという間の出来事だった。二階へ駆けあがってきた男たちのうち四人がベッドを取り囲み、懐中電灯で標的を照らした。みな目出し帽をかぶっていた。ひとりが上掛けを剝いだ。デイヴィッドとアイカイアは裸だった。アイカイアの脚と胴体で光る鱗を見て、男たちは息をのんだ。残りの三人はあとずさった。悪魔の女か、そういう何かに見えた。

三人はアイカイアにマシンガンを向けた。

「手を挙げろ」ひとりがようやく叫んだ。

ポルトス・ジョンは階段をあがり、裸の人魚を見て目を見張った。胃がよじれるのを感じた。

「ふたりとも逮捕する」ポルトスは言った。

そして、十字を切った。警官になってから、こんなものを見たのははじめてだった。つまり、今回のことはプリシラのいつもの悪ふざけではなかったのだ。これは自然が作り出した怪物だ。世界の奇妙な物事について紹介する『リプリーズ・ビリーブ・イット・オア・ノット!』でこういうものについて読んだことがある。そういう異形の生き物がいま目の前にいた。

デイヴィッドとアイカイアはベッドを出て、警官たちが見つめるなか、服を着た。ポルトスは目をそらした。

「トラックへ連れていけ」

デイヴィッドはポルトスを知っていて、まっすぐにポルトスの目を見据えた。裏切りを糾弾する目だった。

アイカイアがすすり泣きはじめた。

男たち全員が良心のうずきを感じた。

「静かにしろ」ポルトスは言った。


〈海人作戦〉はこれまでのところ順調だった。トラックの一台に乗せられた容疑者ふたりは背中で手錠をかけられた。まだ空は暗く、逮捕の物音を聞いた者はいなかった。トラック二台は静かにその場をあとにした。ポルトス・ジョンは容疑者を乗せたトラックの運転席に座っていたが、網にかかったサバのように心臓が暴れていた。心臓を落ち着かせようと、胸に手を置いた。こういう気持ちになることは予想もしていなかった。自分のほうが逮捕されたかのようだった。それでも、狭い荒れた道をスモール・ロックへ向かうあいだ、何も言わなかった。到着したら電話を何本かかけ、書類を書かなくてはならない。悪魔の人魚は、想像していたのとはちがっていた。とても小柄で、とても……若い。いちばん上の娘と同じくらいの年で、内気そうな顔も同じだった。ミス・レインが証言したように、いまの彼女は人間の女、若い娘だった。しかし、彼女に何かが起こっているのは明らかだった。もとに戻りはじめているとか、そういうことらしい。すぐにアメリカ人たちに連絡して、できるだけ早くブラックコンチに呼ぶつもりだった。夜中に部下たちが集まって出発し、この女とバプティストをつかまえて詰め所の裏にある地下の独房に入れたのを見た者は誰もいない。四十八時間以内に、彼女を島から追い出し、自分の管理下からも追い出す。この件で大金を手に入れたら、仕事を辞められるかもしれない。南のイングリッシュ・タウンへ引っ越して、店を買い、商売でもはじめよう。長いあいだ、何も起こらない村で警官の真似事をしてきた。ブラックコンチでは目を光らせていなくてはならない犯罪など起こらない。オールフォーで手に入れた金、わずかな給料、片手間にあちこちで稼いだ臨時収入――どれもすずめの涙だ。もう四十五歳になるのだから、引退してもいい頃合いだ。アメリカ人たちがやってきて彼女を引きとり、口止め料に分厚い小切手の束を切るまで、とにかくしっかりやらなくてはいけない。

▽

わたしは命を終わらせて呪いを終わらせようとした
デイヴィッドがわたしの死を止めた
父なる木は結局わたしを助けてくれなかった
そしてわたしたちはつかまった
警察はわたしを売ろうとしている

〈恐れ知らず〉号のアメリカ人たちに
わたしもデイヴィッドも牢に入れられた
魚のわたしが戻ってくる
要するにそういうことだ
ブラックコンチでのわたしの短い時間はもうすぐ終わる
デイヴィッドとわたしは牢に座って互いを見つめた
黒い夜だった
いまもあなたのことを覚えている
いまもあなたの家の前を泳いでいる
いまもブラックコンチに戻ってくる
もうギターを弾く恋人はいないけれど
もう入れたり出したりの秘密はないけれど
もうミス・レインやレジーやライフはいないけれど

雲のなかの声が笑っていた
わたしたちが牢にいたあいだずっと
呪いは終わらない
ブラックコンチの人魚は呪われた生き物

夜が明けはじめるなか、ポルトス・ジョンはつかまえたふたりをしばらく見つめた。人魚に戻りつつある小柄な女と、地元の漁師のデイヴィッド・バプティスト。心の奥底では、自分が不当なことをしているのをポルトスは理解していた。この若い女はある種のミックスで、本来ならほうっておき、自由にさせるべき存在なのだ。そう考えたあと、金のことを自分に思い出させた。金があれば新しい人生を送れる。妻と離婚もできるかもしれない。妻をスモール・ロックに残して、別の若くていい女とやりなおせるかもしれない。

▽

プリシラは上階のオフィスにいる。満足げだ。マイアミは時刻が一時間早い。あと一時間待てば電話をかけられるだろう。ポルトスは上階へ行って、プリシラを見つめた。自分たちは大物を釣りあげた。警官と強奪者、一目置かれるべき組み合わせだ。そのときだった。空高く、雲の上から、笑い声のような音が聞こえた。神経に電流が走り、ぞっとして鳥肌が立った。いますぐアメリカ人たちに彼女をここから連れ去ってほしかった。

「あれが何者にせよ、災いのもとなのは確かだ」ポルトスは重々しく言った。「女だか魚だか知らないが、とにかく早く追い払いたい。できるだけ早く、おれに不運を運んでくる前に」

プリシラはオフィスの椅子に座り、デスクに片脚をのせていた。片手を股のあいだに置いている。ポルトスが昔からずっと抗えない、あの目つきを向けていた。

「来て」プリシラは言った。

次の瞬間、ふたりはデスクに身をかがめてつながっていた。ＳＷＡＴのズボンが床に落ちて、足首で枷と化していた。

プリシラは温かくて深く、キスでポルトスの理性を盗みとった。プリシラはポルトスを愛しているわけではなく、そこが悪辣な部分であり、抗いがたい魅力だった。温かくて深く、愛がないところが。

「悪い女だ」ポルトスはささやいた。


ライフはミス・レインのベッドに横たわり、ミス・レインの腹に頭をのせていた。久しぶりに愛し合って、ふたりは疲れきっていた。ミス・レインはついに降伏して、すべてを感情に委ねていた。子宮はやわらかくなり、心は素直になって、そのすべてに夢中になっていた。ライフのやさしい力を前にすると、どんな〝ノー〟も守りつづけるのは難しかった。愛の言葉がふたりのあいだを自然に行き交い、その言葉が真実であることにふたりは気づいた。丘の上で、この家やあらゆる場所で、ずっと愛し合い、理解し合ってきた。いまはふたりとも成熟した大人になり、情熱の証である息子もいる。それまで、ライフの帰還がどういうものなのかについては、触れてはいけない話題になっていた。どういうふうに暮らすのか。どこで暮らすのか。それには計画が必要であり、ブラックコンチの男は計画に重きを置かない。ブラックコンチの男はさまよい、女はとどまる。それが決まりで、ミス・レインのような女にとってもそれは変わらなかった。ずっとここにいてほしいと言うことはできなかった。自分はふさわしくない立場にある。農園主の子孫。ライフは敵と寝ているのだ。それはふたりの情熱に存在する暗黙の秘密であり、ライフが去った理由でもあった。

ライフは起きあがり、タオルを腰に巻いた。ブラインドの隙間から夜明けの光が差しこんでいた。ミス・レインは横向きに寝そべってライフを見つめた。

「ずるい」ミス・レインは言った。

下着を探していたライフは振り返った。

「ずるい？」

ベッドに腰かけ、上掛けに覆われたミス・レインの腰に手を置いた。

「どういう意味だ」

「なんでもない」

ライフは顎の長い顔でミス・レインを見つめた。その顔には、自分自身でいたい、自由でいたいという意志があふれていた。

「なんだ？　言ってみろ」

「何を言うの？」

「言うべきことを」

ミス・レインはむっとし、転がってライフに背を向けた。

ライフはそれを見つめて、歯のあいだから息を漏らした。喉をなでながら、この女をベッドから突き落としてやろうかと考えた。ここに来てまだ二日だというのに、早くも口論がはじまろうとしていた。

ライフは立ちあがり、下着を穿いた。服はほとんど持ってきていなかった。予定よりも長くここにとどまっている。決めていたのはここに来ることだけで、とどまることは計画になかった。ここの暮らしに戻ることも。ライフはベッドに戻って腰をおろした。この女性は自分をどうしようもなく混乱させる。

「混乱してるのか？」ライフは言った。

ミス・レインは振り返らなかった。

「なあ」ライフは尻を叩いた。「訊いてるんだ。きみは混乱してるのか？」

ミス・レインの体が震えるのがわかった。笑っている。

「いいえ」

「手持ちにもうきれいなジャージがない」ライフは言った。

「そんなのはわたしの知ったことじゃない」ミス・レインは背中を向けたまま答えた。

「そうだな、ご主人さま。下着も洗わないといけないんだ。使用人に頼んでもいいかな？」

ミス・レインは振り返ってしかめ面をした。

「冗談だ」

ミス・レインは頭の下で手を組み、天井を見あげた。これほど身動きがとれないと感じるのははじめてだった。

「きみが何を考えてるのかはわかってる」

「そう？」

「ああ」

「わたしは何を考えてるの？」

「おれはここにとどまるんだろうか？」

ミス・レインは目を険しくした。

ライフはにやりと笑った。

「ここには使用人なんていない」ミス・レインは言った。「庭師のジェフリーと、週に一回だけ床掃除に来るフィリッパがいるだけ。キッチンに洗濯機がある。服はそこに入れればいい」

「きみはおれに残ってほしいのか？」

「いいえ」

ライフはかぶりを振った。

「あなたがいなくてもかまわない。わたしたちはふたりとも、あなたがいなくてもやっていける。好きなときに出ていっていいから」

ライフはそれを聞いて悲しい気持ちになった。女は男を傷つける。ひどく、ひどく。ブラックコンチの女はみなそうだ。手厳しい。

ライフは立ちあがり、言うべきことを何か言おうとしたが、何を言えばいいのかわからなかった。セックスのせいで頭が大いに混乱していた。彼女に対するこの感情は不意打ちだった。

息子のレジーももうひとつの不意打ちだった。そして、あの人魚だ。何もかもがいっせいに押しよせてきて、いま自分は二日ものの下着を穿き、清潔なジャージを切らしている。

「おれはきみを愛してるし、きみもそれを知っている」標的に狙いを定めるように、ライフは人差し指をまっすぐにミス・レインに向けた。「でも、おれはここには残れない」親指を起こし、天井に向ける。「この家には。ここには。わかるだろう?」

ミス・レインはわかっていた。昔から理解していた。自分はここから離れられないし、ライフはここに残れない。この敷地を、屋敷を、土地を、遺産を手放すことはできなかった。以前、ライフに訊かれたことがある。ライフは森に住むか、ポート・イサベラへ行ってやりなおすことを望んでいた。ミス・レインは断った。ライフが出ていったのはそのせいだ。何度もライフの提案を拒んできた。ライフは何を差し出せばよかったのか? 別に何もいらなかった。ミス・レインが大いに過小評価していた力をのぞいては。結局、ライフは去った。書き置きもなく。そんなものを残す必要はなかった。

「おれは黒人の使用人じゃない」

ふたりは互いを見つめた。その言葉は鉄球のようだった。その鉄球は常に、ミス・レインに恥じ入る気持ちをもたらした。それはライフの怒りだった。

「この家でわたしと暮らしてくれなんて頼んだことはない」

ライフはうなずいた。ライフは自分がいつでも彼女を傷つけられることを知っていたが、実際に傷つけると自分の心も痛んだ。白人の女性を愛することは、生涯続く苦しみだ。

「じゃあ、〝自由にどこへでも行って〟なんて言うのもやめてくれ」ライフは言った。「この村のどこにもほかに行ける場所はない。ほかの家も全部きみの持ち物だから。島のこの一帯は全部きみのものだ」

ミス・レインはひるんだ。小さいころはこういうことが問題になるとは思いもしなかった。

「あなたの息子のために残ることはできないの？」

「残るとしたら、おれがそうしたいと思ったときだけだ。残りたいと思えば残る。きみの持ち物であっても、ここはおれの故郷だ。おれはここで育った……だが、おれみたいな男には最高の環境とはいえない。望んでこうなっているわけじゃない」

「あなたがいなくなってから、かなりの土地を売ったの。ただ同然で手放した。ほとんどはもうわたしのものじゃない。たくさんの人が自分の家に住んで畑を耕してる。そうなるようにしてきたの。賃料もほとんどもらってない。あなたのおかげで、みなからひどく搾取している気分にさせられてるから」

ライフは胸に手を当てた。古来の男のプライドが暴れていた。〝ミス・レイン〟や彼女のような女性に傷つけられてはいけない。彼女を愛することは、一種の呪いだ。彼女を愛さなければよかったと何度も思った。子どものころ、ペンナイフで胸から心臓を取り出してしまいたいと思ったことさえある。

「好きな場所で暮らして」ミス・レインは目に涙を浮かべた。「こんな状況になってるのはわたしのせいじゃない。あなたを愛する必要だってない。さあ、行って」

ミス・レインはベッドから出て、裸で下着と靴を探した。尻にはえくぼができ、頬には涙が流れていた。この雰囲気では、拳が飛んできてもおかしくなかった。

ライフはまたベッドに座り、天井を、その上の空を、そして宇宙を見あげた。

「わかった」ライフは言った。

ミス・レインはドレッサーから清潔なコットンのショーツを出して穿き、揺り椅子の下にあった靴――コルクソールのTバーサンダル――を履いた。そしてショーツにサンダルという恰好でライフを見つめ、言った。「わたしたちはこの状態よりうまくやれるはず」

ライフはミス・レインを見つめ返した。「この状態？」

「過去か、愛か。どちらかが勝つ。わたしは過去とは闘えない。どうしたって無理。だからあなたが勝って、わたしが悪者になる。これからもずっとね。だけど、過去をわたしたちの愛に勝たせつづけるより、もっとうまくやれる方法があるはず」

ミス・レインはワンピースを着た。前の日に着ていたのと同じ、モーヴ色のしゃれたワンピースだ。襟ぐりから頭を出したとき、ミス・レインは無意識に険しい表情を浮かべていた。この服はまだ入るけれどもぎりぎりだという顔、自分は心を落ち着けようとしているのだという顔。〝この主人と奴隷の問題のことはあなたもわかってるでしょう、わたしはもう覚悟を決めている、これはわたしたちにとって大きな難しい問題で、この先永遠に話し合いを続けることになる〟という顔。

「さあ」ミス・レインは言った。「朝食にしましょ」

デイヴィッド・バプティストの日記　二〇一六年一月

一九七六年の八月の終わり、地下の冷たい留置場で彼女とおれはそれぞれ独房に座っていた。向かい合っていたが、互いを見てはいなかった。アイカイアはすすり泣いていた。彼女はおれの目の前で人魚に戻りつづけていた。二度目の拉致のショックで変化が加速したようだった。彼女のことが心配だった。彼らの魂胆は読めていた。アメリカ人たちに連絡して、彼女をどこかに連れていかせるつもりだ。どこだかはわからないが、動物園かもしれない。ポルトスとプリシラはすべてを内密に進めていた。午前中ずっとおれは助けを求めて叫びつづけたけれども、留置場が地下にあるのにはそれなりの理由がある。窓がなく、日が差しこまず、こちらの声が誰にも聞こえない。昼に、ポルトスが水差しとコップとパンとピーナッツバターを持っておりてきた。おれと目を合わせようとはしなかった。ここから出してくれとおれは要求し、こんなことはまちがっていると訴えた。しかし、ポルトスはすでに腹を固めていた。アメリカ人に連絡をしたので、もうすぐ引きとりにやってくるという。アメリカ人たちは彼女をどこに連れていくつもりなのかと訊くと、それは自分にもあんたにも関係ないことだ、とポルトスは言った。

アイカイアは薄い寝台の上で体を丸め、こちらに背を向けていた。内にこもって、話すのをやめていた。

ここから出してくれとおれは懇願し、彼女と出会った海へ彼女を帰すつもりなのだと訴えたが、ポルトスは彼女をただ見つめるばかりだった。背骨に沿って、背びれができはじめているのが見えていた。

　彼女を逃がしてやってくれ、と頼んだが、ポルトスは彼自身が誰なのかも、何をするべきかもわかっていないような顔でおれを見つめていた。おびえて、心許なさそうに見えた。出会った？　ポルトスは言い、顎をこわばらせた。いまも、あのときのポルトスの言葉と自分の答えをはっきりと覚えている。

「これは一種の色恋沙汰なのか？　あんたは魚と寝てるのか？」ポルトスはあざけるように笑い出し、おれはかっとなって言い返した。「あんたはあの鉄面皮の陰険女と寝てるんだろう？」

　おれたちはしばらくにらみ合った。愕然として言葉が出てこなかった。ポルトスはパンの皿と水差しを房の前に置き、おれの手が届くようにして、ドアに錠をかけて出ていった。おれたちはまたふたりきりになった。アイカイアはボールのように体を丸めていた。彼女はもうもとには戻らない。おれが結婚して生涯をともにしようとした女性に戻ることはない。何もかも、ばかげた夢物語だった。おれは調子に乗っていたのだ。彼女がこの世界の住人ではないことが心に染みこみはじめた。彼女はまったく別の世界の住人だ。彼女には呪いがかけられている。永遠の呪いが。彼女のほんとうの牢獄は海だ。おれは彼女の上に男のあらゆる夢を見ていた。アメリカ人たちが到着したら、彼らが数カ月前に探していたもの、見つけられずにブラックコンチに残していったものを手に入れることになる。めずらしくも美しい生き物、人魚を。

▽

その午後、ライフとミス・レインはシシーから逮捕のことを知らされた。シシーは近所の人からそれを聞き、その近所の人は急襲の物音を聞いて、デイヴィッドの家が空っぽなのに気づいたという。ライフたちはジープでデイヴィッドの家へ向かい、表と裏のドアが両方とも壊され、椅子が転がり、床の上に割れた皿が散らばっているのを見つけた。いっしょにいたレジーは、友達がさらわれたことを悟って泣いた。三人は重苦しい空気のなか屋敷へ戻った。アイカイアを助け出さなくてはならない。

「ポルトスがこのあいだ会いにきたの」ミス・レインは言った。「あなたたちが留守にしていたときに。あのとき、彼らを止めるべきだった」

「彼ら？」

「ポルトスとプリシラ」

「そのふたりがここに来たのか」

「ええ」

「どっちもばかだ。いままでもいい勝負なんだな」

「ふたりを知ってるの？」

「もちろん。ポルトスは怠け者で低能だ。賭け事好きだしな。裏で金を盗んだり、手当たりしだい金品を売りさばいたりしてる――おれがここにいたころはそうだった。プリシラはいけ好かない性悪だ――誰彼かまわずしょっちゅう面倒を起こしてる」

「アイカイアが釣りあげられたとき、プリシラの息子たちが船に乗ってたの。というか、デイヴィッドからそう聞いた。その息子たちが、アイカイアが人魚だと気づいた。アイカイアは村のまわりを散歩するようになってたから。知られるのは時間の問題だった」

ミス・レインはプリシラの呪いの言葉を思い返した。よくないことを考えたり言ったりする人間はいる。そうすると、よくないことが現実になる。

レジーが手話で怖いと言った。

ミス・レインは通訳した。

「心配するな」ライフは息子に言った。「アイカイアは絶対に帰ってくる。この家へ、きょうが終わるころには。無事に」


夜更けに、満ちきった月のもと、ライフとミス・レインはスモール・ロックへと車を走らせた。バラクーダとボルトカッター、ロープ数本、懐中電灯を持っていた。詰め所は暗く、戸締まりされていて、見張りがひとり、地下の留置場につながるドアの前で、椅子に座って居眠りしていた。ライフは冷たい銃口を見張りのこめかみに押しつけ、目覚まし代わりに銃口の煤を塗りつけた。見張りははっと目を開けて自分の銃に手を伸ばしたが、その銃はすでにライフが取りあげていた。ライフは身をかがめて指を見張りの唇に当てた。「静かにしろ」

ミス・レインが言った。「両手を背中にまわして」見張りは素直に従った。これまで重要なものの見張りに立った経験などなかった。すべては一瞬で起こった。ミス・レインが二丁の銃を向けているあいだに、ライフが見張りの手をロープで縛り、猿ぐつわを噛ませて足を縛ってから、留置場の鍵を取りあげた。

留置場では、ポルトス・ジョンがやはり椅子の上で眠っていた。膝に銃を置いている。ふたりはポルトスに一瞬で襲いかかり、銃を奪って明かりをつけた。「手を挙げろ」ライフは叫び、銃をポルトスの股間に向けた。大昔に金を貸したままになっている相手、長年の因縁にけりをつけるべき相手だった。「挙げるんだ」ライフは言った。「妙な真似はするなよ」

10 ハリケーン

次の朝の午前六時、空はピンクに染まっていた。山同士が喧嘩をするかのように、ホエザルの鳴き声が響いていた。ターコイズと黄色のインコの群れが森の梢から飛び立ち、南へ向かった。庭のクジャクが一羽また一羽と家に入ってきて、止まり木にとまった。ミス・レインが一羽を追い払おうと手を叩くと、クジャクは女主人を避けて庭へ戻っていった。ミス・レインは寝間着姿でポーチに立ち、海を眺めた。はるか遠くに、気だるげな灰色のうねりが見えて、何が起こっているのかを察した。いくつもの潮目が海を区切っている。身を震わせ、ミス・レインは家のなかへ戻った。デイヴィッドが朝食のテーブルで、淹れたてのコーヒーのカップを手に、深く考えこんでいた。

「嵐になりそう」ミス・レインは言った。

「アイカイアは死ぬつもりのような気がするんです」

「やめて、デイヴィッド」

「乗り越えられるとは思えない。今度ばかりは。アイカイアは生きる気力をなくしてます。人魚に戻るのをいやがってる。海に帰したら、きっと自分から溺れ死ぬ」

ミス・レインはデイヴィッドの向かいに座った。「アイカイアはどこにいるの？」

「ゆうべ、バスタブに入れました。みんなが寝たあとに。尾がまたできはじめてます。もう歩くのは無理だ」

「そんな」

「さらわれたショックのせいです」

ミス・レインは泣きたくなった。

「おれは彼女を愛してます」

「知ってる。わたしもアイカイアが好きだし、レジーもよ。ライフもショックを受けてるみたい」ライフは以前に見たことのあった近くの廃屋へポルトスを連れていき、カニのように縛りあげた。アイカイアを海へ帰すまで、邪魔者は排除するつもりだった。レジーと同じく、ライフもまだ眠っている。レジーはアイカイアがここに匿われていることを知らない。

「アイカイアをアメリカ人たちに渡すわけにはいかない」デイヴィッドは言った。

「わたしにできるのは、せいぜい彼らがしばらくわたしの土地に入れないようにすることくらい」

デイヴィッドの目は生気がなかった。「アイカイアは死のうとしたんです」

「まさか」

「ほんとうです。首を吊っているのを見つけて……おととい、あの森のイチジクの大木にぶらさがってた。呪いを止めるにはそれしかないと考えたみたいに。アイカイアは海に戻るのがいやなんです、ひとりきりになるのが」

「ああ、デイヴィッド」

「木からおろさなければよかった」

「ねえ、嵐が近づいてるし、アイカイアの尾は戻りつつある。いまがチャンスかもしれない……逃げるなら。アメリカ人たちは嵐のさなかにアイカイアを追うことはしないはず。村のみなも舟を港に避難させるし、誰も外には出ようとしない。ただ、アメリカ人たちはいまごろマイアミから到着してる」

「ポルトスはどこに？」

「ポルトスのことはライフに任せておけばだいじょうぶ、いまのところはね。だから、いくらか時間はある」

「時間？」

「考える時間よ。たくさんはないけど、少しならある。計画を練る時間が」

「計画ってなんの計画です？　彼女を海に戻す計画ですか」

「もともと、そうするつもりだったんでしょ」

デイヴィッドは認めざるをえなかった。何カ月も前、最初のころは、すぐに海へ帰すつもりだったことを。

「そのときはそれがいいと思ったんです」

デイヴィッドは目の前の宙を見つめた。頬に涙がこぼれた。

「どうして女はほかの女をあんなに憎むんです？」

「デイヴィッド、それはわたしたちにはとうていわからない問題よ」

「おれたちがいけないいんだろうか。女たちがいがみあうのはおれたちのせいなんですか？　男が女を追い詰めてるんだろうか。男が家に寄りつかなくて、子どものことを気にかけないから。男が悪いから、女も悪くなる？」

「いいえ、デイヴィッド。人はときに憎しみを抱くことがある。誰のせいでもなく、本人がいけないの」

「おれはもう駆け引きにはうんざりです」

「そうね、わたしも」

「あの人魚に会ってはじめて、人間であるとはどういうことかがはっきりわかったんです。自分自身であるとはどういうことか、いいふるまいをするとはどういうことか。いい人間でいる方法を彼女が教えてくれたみたいに思える。彼女とは駆け引きなんてできない。彼女はとても無垢だから」

ミス・レインはうなずいた。「ときどき、わたしたち女は不当に扱われてると感じる。自分で自分たちのことを考えてみてもね。男は女から生まれるけど、男は力を握る。男に力を与えたのはわたしたち女なのに。ライフのことを考えてみて。ライフはわたしを待たせてる。わたしに我慢をさせてる」

「知ってます」

「〝愛〟という言葉だけではライフに対するわたしの気持ちは表しきれない」

「ライフはここに残るんですか」

ミス・レインは肩をすくめた。

「あなたには幸せになる権利がある」

ミス・レインは笑った。「ライフはわたしを〝幸せ〟にはしない。いっしょにいる時間の半分はいらいらさせてる。これまでレジーとわたしで楽しくやってきた。いまみたいな状況は、わたしとライフにとって新しい一ページなの。毎日が驚き。レジーのほうがライフを必要としてる、わたしよりもずっと」

デイヴィッドは、それが嘘だと知っていた。

「またいなくなるなら、ライフはばかだ」

ふたりは互いを見つめた。どちらも心を痛め、不安に苛まれていた。

「アイカイアは話をしてる？」

「ここ何日か、ほとんど口を利きません」

「ちゃんと食べてるの？」

デイヴィッドは首を横に振った。

「わかった。わたしが上に行ってみる」

二階にある、ピンクのタイルを貼ったバスルームの古いピンクのバスタブで、アイカイアは眠っていた。夢を見ながら、小さな胸を上下させている。上体を起こして、壁に寄りかかっていた。バスルームには鏡がなく、ミス・レインはそれをありがたく思った。下半身がひとつの塊になっていて、アイカイアがまた封印されつつあることが見てとれた。甘い声の乙女は男たちを引きよせ、夢中にさせる。デイヴィッドのように。レジーのように。太陽や月、魚、鳥のタトゥーは薄くなっていたけれども消えてはおらず、彼女の部族が人間と動物をあまり区別していなかったこと、若いアイカイアが呪われてそのかすかな境界を越えさせられ、ひとりきりにされて、オサガメに変えられた老女だけを仲間に生きてきたことを物語っていた。老いた女と美しい女、両方ともが拒絶された。女として生きるのは、その意味を正しく理解しないかぎり、危険なことなのだ。

ミス・レインはそばへ行き、バスタブの横で身をかがめた。

「起きて」ミス・レインはささやいた。

アイカイアははっと目を覚ました。顔つきは暗かった。涙がこぼれ落ち、目は銀色の星のように強く輝いていた。アイカイアは手を伸ばし、ミス・レインの首に腕をまわした。

「よしよし、いい子ね、落ち着いて」

アイカイアはすすり泣きながら、「ふるさと」と何度も何度もつぶやいた。ミス・レインはアイカイアを精一杯しっかり抱きしめたが、実のところ、アイカイアがまた追放されるという考えにやはり動揺していた。

しばらくして、ミス・レインはアイカイアの頬をタオルで拭き、やさしく言った。「何か食べる？」

「わたしたちとここにいれば安全よ」

アイカイアは首を横に振った。

「安全なんて、ない」

「いいえ、ここならだいじょうぶ」

アイカイアは首を横に振った。

「もうすぐ嵐が来る」

アイカイアはうなずいた。「わたしをさらいに来る」

脚だったものをアイカイアは見おろした。尾はこれから大きく大きく、少なくとも数メートルは伸びて、巨大なものになるだろう。人魚に戻ったら、力が戻ってくる。もうすぐそうなる。

「海に戻らないと」アイカイアは言った。

「そうね」

「連れていってくれる？」

「そうしてほしいなら」

「デイヴィッドが連れていってくれる？」

「ええ」

「いつ？」

「そのときが来たら。あなたが望むときに」

「みんなといたい」アイカイアの顔はゆがんでいた。「でも戻らないといけない。女たちの呪いが勝った。戻らないと。泳いで泳いで」

「でも、また会える」

アイカイアはミス・レインをじっと見て、うなずいた。「うん」そして、歌いはじめた。高く、低く、やさしく、力強く、レースの飾りのついた屋敷のバスタブで。甘い、憂いを帯びたアイカイアの声は、朝のあいだずっと屋敷に響き渡った。風が起こって東から吹きこみ、ホエザルの群れが不協和音の合唱をし、インコが飛び立って群れで南へ向かい、はるか沖で海が持ちあがって大きく波立った。

昼には風が秒速十五メートルを超えた。ラジオが嵐の到来を告げていた。カテゴリー4のハリケーンが沖合で発生し、まっすぐにこの島へ向かっているという。普通、ハリケーンはさらに北上していく。島々を縦断してバルバドスへ向かう――それか、カリブ海へ進んでジャマイカやハイチを襲い、通り道にあるすべてを破壊する。建物を吹き飛ばし、木をひっくり返し、車や家畜を巻きあげ、学校や病院や一帯すべてを壊し、農地や作物や町を水浸しにし、家や小屋を水没させる。ハリケーンは地獄だ。一年のこの時期にやってきて、ときには上陸せずに静まることもあるが、今回のこのロザムンドはそうではなく、まっすぐにブラックコンチへと向かっていた。

デイヴィッド・バプティストの日記　二〇一六年二月

一九七六年にロザムンドが来たときのことをどう言ったらいいのかよくわからない。ロザムンドはいまでもブラックコンチに上陸したいちばん強烈なハリケーンだ。少なくとも十五年は、あれほどのハリケーンを見ていなかった。ロザムンドが来たのは人魚がいたからだ。おれはそう確信している。彼女を取り返しにきた。風が吹き荒れるあいだ、ずっとあの女たちの笑い声が聞こえていた。いまでもときどき、遠い昔に頭のなかに入りこんでしまったかのように、あの声が聞こえて振り払えなくなる。セント・コンスタンスの浜は後ろを丘に守られているが、丘そのものは直撃を受けた。森や大木や村そのもの、そのほとんどが吹き飛ばされた。二日間、風が吹き荒れて雨が叩きつけた。おれたちにはなすすべがなかった。島をハリケーンの進路からどけるわけにはいかない。ある者は家を離れて車で南へ向かい、ある者はできるだけしっかりと窓に板を打ちつけた。嵐は、魂の連れ合いを失ったおれの心のなかでも吹き荒れていた。彼女はおれと四カ月いっしょに暮らした。彼女が人間の若い女に戻っていたあいだは魔法の時間で、彼女のことをたくさん知り、自分自身のこともたくさん知った。あの海のギザギザの岩場でどんなふうに出会ったかや、桟橋で助け出したときの彼女がどんな姿だったかは、ほとんど忘れていた。あの四カ月のあいだに、おれは彼女が魚だったころを忘れた。

留置場にいた夜、彼女が魚に戻っていき、背骨が盛りあがって背びれになり、体の上で鱗が輝くのを見ていたときに、彼女がどんなふうだったかをようやく思い出した。よくないことを口にするとよくないことが起こる。いまならそれがわかる。

おれとライフは浜へおりた。高波が打ちよせ、雨が降っていた。戦争が近づいているかのようだった。停めてある舟が上下に揺れ動き、錨の鎖がいまにもちぎれそうだった。波が荒すぎて、丸木舟まで泳いでいくのは無理だった。村の知り合いが、エンジンつきゴムボートを使った古いタクシーボートを走らせてくれていた。おれたちはボートに乗りこみ、〈純真〉号へ急いだ。丸木舟はすでに水をいっぱいにかぶっていた。技を駆使して荒波を進み、陸へ引きあげて、モモタマナの林の奥まで運んだ。できるだけ岸から遠いところまで引きこんだけれども、そのあいだずっと、もう一度舟を出して彼女を海へ帰さなくてはならないかもしれないと考えていた。

みなが舟を陸にあげていた。黒い大波が見える以外、湾は空っぽだった。シシーはまだラムを出していて、たくさんの男が店に集まっていた。そのとき、あのアメリカ人たちをまた見つけた。ハリケーンを前に昼からラムを飲んでいる。ふたりを見て、おれの血は凍りついた。父親と息子は静かに静かにテーブルに向かっていた。この時期に観光客は来ないので、店は普段とはちがっていた。八月は雨期で、ハリケーンの季節がはじまる。

ライフが、あれが例の男たちかと尋ねた。

おれはうなずいた。

ひとりの女性を心から愛する男は、正しい行いをする。ライフがどれだけミス・レインを愛しているかを、おれはそのとき知った。ライフはすでに、おれと人魚を留置場から助け出してくれていた。そして今度は、アメリカ人たちのほうへ近づいていった。ライフは白人が恐れるタイプの、マンディンゴ人の戦士を思わせる黒人だ。獰猛な顔つきを作るだけで、白人を追い払うことができる。自分なりの流儀があって、自分の考えに自信を持っている。今回、ライフは表情を作るまでもなかった。アメリカ人を怖がらせるのは造作もないことだった。

「いっしょに飲んでも？」ライフは言い、断られる前に席に座った。

息子の白い顔がいっそう白くなった。

「デイヴィッド」ライフはおれを手招きした。「おまえも座れ」

おれも椅子に座り、ふたりでアメリカ人たちを取り囲んだ。彼らの後ろには雨しかなく、前にはおれたちしかいなかった。

ブラックコンチで何をしているのか、とライフは単刀直入に尋ねた。マッチ棒を噛みながら、ふたりを興味津々の顔で見つめた。

父親のほうが、あんたの知ったことじゃない、と答えた。ほうっておいてくれ、と。

ライフは眉をあげた。ほうっておけ？　ライフは言った。

くそ、失せろ。父親は繰り返した。

くそ？　ライフは言った。

おれたちにかまわないでくれ。ここには用事があって来たんだ。

どんなくそ用事だ？　ライフは尋ねた。

父親は帽子をまっすぐに直してライフをにらんだ。これほど雨がひどくなければライフを表に引きずり出しそうな表情だった。年配者はときに凶暴になりうる。まったくもって、年寄りを挑発してはいけない。

ライフは笑った。マッチ棒で歯を掃除しながら父親とぼんくら息子を見て、ずばり言った。まだあの人魚を探してるのか。いや、またと言うべきかな？

父親は顔をゆがめ、何やら罵りの言葉を吐いたが、ライフは変わらず落ち着き払っていた。デイヴィッド、とライフはおれに言った。話してやれ。おまえがあの気の毒な人魚をどうやって助けたか。どうやってロープからおろして救出したか。

誓って言うが、白人ふたりは失神しそうになっていた。

ライフは大きな笑みを浮かべてゆっくりと言った。「ほら、話してやれよ」

「おまえが？」父親はようやく言った。「おまえがおれたちの人魚を盗んだのか？」

いまでも、あのふたりのことを考えるだけで血が煮え立つ。おれは誇りを持って言った。

「そうだ、おれが助けた」

「このくそが！」父親は叫んだ。「おれたちのものを盗んだとは。もう一度警察に逮捕させてやる。二度と外を歩けないようにさせてやる」

ライフが止めなければ、おれは男を殴り倒していた。

シシーがカウンターの奥にいた。シシーは息子のひとりに、あたしが手をあげる前にやつらを追い払いな、という目配せをした。アメリカ人の息子のほうは、まちがいなく、大便を漏らしそうになっていた。

ライフが片手を挙げて、誰も動くな、やつらを追い出すな、殺すな、という顔をした。ライフは長期戦の構えでいる。ライフがどれだけミス・レインを愛しているかを実感したのはこの瞬間だ。ライフはアイカイアとのつながりがそれほど深くないので、より冷静に、チェスをするようにアメリカ人たちと渡り合える。ライフはそれを愛情のためにやっていた。愛する女性と息子のために。

「デイヴィッド」ライフは言った。「この紳士がたにおまえの話をしてやれ」

そこで、おれはできるだけ詳しく話をした。彼女が変化していったこと、海へ帰す前に尾がとれたこと、彼女が歩きはじめて、ミス・レインにブラックコンチの言葉を習い、村になじみはじめたこと、彼女は空を読めて、木々と話すことができ、キャッサバブレッドの作り方を知っていること。キューバから来たこと、ずっと昔に女たちの呪いを受けたこと。

ただし、結婚の部分や、彼女がイチジクの大木で首を吊ろうとしたことは話さなかった。魚の雨のことも。

父親は話を聞いていたが、何も耳に入れるつもりはないようだった。話が終わるのをただ待っているふうだった。

「人魚が故郷だかどこだかで呪いをかけられたなんて話はどうでもいい。キューバから来ようがベネズエラから来ようが地の果てから来ようが知ったことじゃない。歩けようが話せようがバイオリンを弾けようがフラダンスを踊れようががかまいやしないんだ。いいか？」

おれたちは目を見開いて男を見つめた。

「全部関係ない。いい話だったが、残念だったな」父親はおれたちを小馬鹿にした。そして、人魚は自分たちのものだと繰り返した。自分たちが人魚を釣りあげたのであって、あの海域で漁をして釣果を所有するためのライセンスもこの店で買ってあった。自分たちはきょう人魚をマイアミへ連れて帰る。

「でも、彼女は人間だ」おれがなんとか口を開くと、父親はテーブルを叩いた。「ちがう、人間なんかじゃない。最後に聞いた話ではちがった。最後に聞いたところでは、もとの姿に戻りはじめてるそうじゃないか」

人は人を殺しうる。おれはこの手であの父親を殺していたかもしれない。あの場ですぐに。しかし、ライフがおれを止めた。ライフは引きつづき、アメリカ人たちをうまく操ろうと全力をつくしていた。

彼女はまたつかまえたり、連れ去って飼ったり売ったりするべき生き物ではないのだ、とライフは説明した。父親は怒り出し、おまえら全員、未来永劫地獄に堕ちろと罵った。全員嵐にさらわれろ。正当な権利のもとで手に入れたのだから、自分のものは自分のものだ。自分のやりたいようにする、と。

▽

みなの前で、それは起こった。プリシラがポルトスを連れて現れ、ポルトスはこのとき、廃屋に閉じこめられたことにいきり立っていた。ポルトスを探しにいったプリシラが、叫び声を聞きつけて助け出したのだ。ポルトスは言い争う男たちにまっすぐに近づき、銃を取り出して天井に発砲した。弾丸は屋根を突き破り、いまも天井には穴が開いたままで、シシーは気が向くとその日の話をはじめる。いい大人の男たちが人魚のことで言い争った日、ハリケーン・ロザムンドが近づいていた日の話を。

「きさま」ポルトスはライフに言った。「おまえを逮捕する」

ライフは眉ひとつ動かさず、まったくひるまなかった。ひと言言ってやりたかったのに言い忘れていたことがまだあった。

「おれをか?」

「なんの罪で?」

「そうだ。いますぐに」

「なんの罪って? 頭がどうかしてんじゃないの」プリシラが割りこんだ。「警官を拉致した罪。警察の建物に押し入った罪。人魚を盗んだ男に手を貸した罪、それから……」プリシラは言いさし、絞め殺したそうな目でライフを見た。

「ほうほう」ライフは椅子から立ちあがった。そして、自分がどれだけ陰険になれるかを見せつけた。

「おれが泥棒だっていうのか? 何を盗んだんだ? 人魚か? 本物の泥棒はこいつだ」ライフはポルトスを指さした。「この男はおれに金を借りてる。少なくとも五百ドルだ。スモール・ロックのほぼ全員に金を借りてるし、警察に勤め出した初日から、ブラインドやら何やら盗める備品をすべて盗んでる。現金、道具類、服、古い制服、そういったものを闇業者か何かに売ってるんだ。古い車はポート・イサベラの連中に売ってる。あれこれ横流しして、本業以外でいろいろ荒稼ぎしてる。そういう行いには名前がついてるんだよ。不当利得行為ってな。実の祖母だって買い手さえいれば売るだろう。おまえこそ泥棒だ」ライフは言い、くわえていたマッチ棒を床に吐き捨てた。まわりに目を向けると、シシーの店にいた全員が静まり返っていた。シシーがうなずき、舌を鳴らした。

　全員がポルトスを見た。

「ひどい中傷だよ」プリシラは言った。

「掛け値なしの真実だ。警察からブラインドやほかの備品を手当たりしだいに盗んでる。そして今度は、この白人のろくでなしどもと彼らが〝つかまえて〟売ろうとしてる人魚から、大金をせしめようとしてる」

「おれはろくでなしじゃない」父親のほうが言った。「取り消せ」

「うるさい」ポルトスは言った。銃をライフに向け、引き金の安全装置を引いた。「あとひと言でもしゃべったら、その黒い尻を撃ってやる」

「やめろ」デイヴィッドは叫んだ。「誰も撃つな。これを思いついたのはプリシラなんだろう？　プリシラが諸悪の根源なんだ」

「あたしが？」

「そうだ、あんたとあんたの悪意が。あんたの行くところ、面倒が起こる。面倒を起こすのがお得意なんだ。他人事に首を突っこんで、みなを傷つけることしかしない。最悪のでしゃばり女だ。ほんとうにショートレッグはやつの息子なのか？」

　プリシラは目を見開いた。

「なんだと？」ポルトスは言い、銃をおろした。

「あんたの目は節穴か？」デイヴィッドは言った。「誰が見たってショートレッグはあんたそっくりだ。あんたの小型版だ。片方の足がねじれて短い以外は。あんたとプリシラは長年寝てるのに、プリシラとの子がひとりもいないなんて言うつもりか？」

「バプティスト、そのばか口を閉じてなよ」プリシラは言った。

「どういうことだ、ショートレッグがおれの息子？」

　プリシラは腰に手を当て、デイヴィッドを地獄の目でにらんだ。

「それで、ふたりで何をしようとしてるんだ？　この気の毒なアメリカ人たちから身代金をたんまり巻きあげようっていうのか？　罰金として？　それを山分けする？　半々で？」

「あいつがおれの子？　どういうことだ」ポルトスは怒りで顔を真っ赤にした。

「黙っててよ」プリシラは苛立った。

「なぜおれに話さなかった？」

「くそったれ、バプティスト」プリシラの声は喉で立ち消えた。

「おい、嘘だと言ってくれ」

店にいる全員がその場で固まっていた。プリシラは周囲を見まわし、生まれたときから知っている顔ばかりなのを見てとった。実のところ、身代金はこの狭い島から逃げ出すのに使うつもりだった。息子たちを連れて、どこか別の場所で新しい生活をはじめようと思っていた。誰も自分を知らない場所で。

「嘘じゃない」

年配のほうのアメリカ人が立ちあがって叫んだ。「誰でもいいから、この男を逮捕しろ。ライフだかなんだか知らないが、どいつもこいつもふざけた名前を使いやがって」

「うるさい」ポルトスは言った。

次の瞬間に起こったことは、けっして冗談ではない。シシーの店にいた全員がそれを聞いた。

雨がやんだ。

風が静まった。

そして、そこらじゅうから、低い低い声が聞こえた。

笑い声。女たちの笑い声だ。

やがて、紙袋が破れたかのように、空が裂けた。

さまざまなものが舗道や屋根に落ちてきて、軽い音、重い音を立てた。全員が窓の外を見つめ、椅子から立ちあがって自分の目を疑った。

クラゲが、グンカンドリが、空から降っていた。ゼリーに閉じこめられているかのように宙にとどまって、そのあと地面に叩きつけられた。海がバケツからひっくり返されたようだった。

ヒトデ、クラゲ、タコ……ありとあらゆる海の生き物が空にできた穴から降っていた。

「ロザムンドだ」女のひとりが言った。「ハリケーンが魚を降らせてる」

「ハリケーンが」別のひとりが言った。「ずっと東の海で魚を吸いあげたんだ。それがいま降ってきてる」

「モーゼじゃあるまいし」トマス・クレイソンは言った。フロリダから来た銀行家であり、ゴルファーであり、ブリッジプレイヤーであり、夫であり、父親であり、これまで失敗ばかりしてきた男は、人を愛せず、人に愛してもらうこともできなかった。それがトマスの生涯にわたる問題だった。常に選択をまちがえ、不運ばかり手に入れてきた。息子のことも妻のことも、じゅうぶんには愛していなかった。ブラックコンチに戻るのは大博打だとわかっていた。けれどもこの数カ月、人魚を夢見てばかりいた。船の下で、体のまわりに広がっていた長い黒い髪、魚鈎で脇腹を突き刺したときの、金属が肉に埋まるひどく心地よい感触。いまもその感触が股間によみがえった。いまも憎しみに満ちた人魚の目が脳裏に浮かび、小便を振りかけたくなった衝動がぶりかえした。毎晩のようにあのいまいましい人魚の夢を見た。フロリダに帰っても人魚は夢のなかを泳ぎまわり、自分に取り憑いていた。妻でさえトマスの眠りが浅いのに気づき、別の部屋で寝るようになった。女々しい詩好きの息子も以前とは変わっていた。四月の不運な釣り旅行以来、男同士の〝絆を深める〟どころか、正反対の状況に陥っていた。ブラックコンチの村も、自堕落な漁師たちもその仲間もくそくらえだ。身内同士で結婚して関係を持ち合い、堕落して嘘つきで、浮気し合っている。そのうえ今度はこれだ。海の生き物の雨が降っている。このまま立ち去る気はなかった。ここに来た目的を果たすまでは、どこにも行くつもりはない。人魚が自分のものであることを証明する書類はそろっている。人魚なしでまたこの島を出ることはありえない。

11　ロザムンド

呪いが戻ってきた
ロザムンドという名前の
どうしてハリケーンには女の名前がついているのか
ロザムンドはわたしを海へ連れ戻しにきた
わたしの胸のなかの想いは
わたしといっしょに海へ来た
いまも想いを感じる
長い時間がたっても

バスタブのなかで
尾がまた生えてきた

体の一部が戻ってきた
魚の女の一部が

悲しまないで
わたしのことを聞いても
人魚のアイカイアのことを聞いても
悲しまないで
わたしは女たちを赦している
わたしを呪った女たちを
みんなもうずっと昔に死んでしまった

わたしも大人の女になって
ほかの女を呪っていたかもしれない
よくないことを考えていたかもしれない
わたしは悲しくない
いまはそれほどさびしくない
ブラックコンチの友達のことを考えている

ハリケーンが
わたしをさらう
遠く遠くずっと遠くに
デイヴィッド？　彼には何度もまた会っている
毎年、四十年近く

デイヴィッド・バプティストの日記　二〇一六年二月

その日、風はさらに強くなった。雲は鉄のように厚く黒く、雨は土砂降りだった。雨水が丘を流れくだって道にあふれた。湾では波が十メートルを超えた。ラジオによると、ハリケーンが上陸するまであと二十四時間だという。丘の木々がここまで揺れるのは前に一度しか見たことがなかった——子どものころの、一九六一年のハリケーン以来だ。ハリケーンにどれだけの力があるか、近づいてくるとどういう気持ちになるか、すっかり忘れていた。怒りが向かってくるかのようだった。そして、そう、これは彼女のためだけにやってくるのかもしれないとおれは考えていた。昔、若い娘がひとりいて、大嵐が彼女を海にさらった。いま、若い娘がひとりいて、大嵐がふたたび彼女を海へさらいに来た。彼女はそう話していた。自分の運命は決まっていて、昔の伝説から変わっていない、と。

おれとライフはミス・レインの屋敷に戻った。雨が強すぎて、フロントガラスのワイパーは水を掻き分けるだけだった。恐怖があたりを埋めつくし、おれの神経を埋めつくした。この天気のなか車を走らせているのはおれたちだけだった。丘の上の屋敷に戻って、しばらく立てこもるつもりだった。新しく見つかった息子について話し合うポルトスとプリシラも、年嵩の白人と前からいるその息子も、麓に置いてきた。彼らは全員酔っ払っていた。

屋敷に戻ったときほど怖い思いをしたことはほかにない。レジーとミス・レインは二階でアイカイアに付き添っていた。何もかもが戻っていた。アイカイアは何カ月も前に彼女を最初に助け出したときと同じ姿になっていた。おれの家で、庭から見つけてきた古いバスタブに入っていたときと同じ姿に。尾がまた生えていた。なんてことだろう。いまの彼女は半人半魚、巨大な獲物の魚に見え、あの白人の男が彼女を取り戻そうと躍起になる理由が理解できた。これが彼らの覚えているもの、巨大な恐ろしい人魚なのだ。長い尾、カマスやサメのような配色をした銀と黒の目、光る肌、ひれの戻った手。顔も以前の人魚の顔に戻っていた。歯はひどく鋭くなり、目は輝いて、こちらを見る目つきは荒々しさを増していた。おれは怖くなった。想像してみてほしい。たったひとりの運命の恋人に……アイカイアにおれはひるんだ。

彼女は歌っていた。ミス・レインは彼女のそばで椅子に腰かけていた。レジーは床に座っていた。三人は葬儀に出ているように見えた。人魚が彼女自身の死のために悲しい〈アヴェ・マリア〉を歌っているかのようだった。彼女はレジーに手話で話しかけていた。ライフはショックを受けていた。これが自分たちの匿ってきた生き物なのだ。ライフもやはりひるんでいた。

「信じられない」ライフは言った。

ミス・レインはうなずいた。レジーは涙を浮かべていた。人魚は彼女自身のために歌っていた。孤独な彼女自身のために。そして、おれたちのために。

三人でキッチンへおりて、これからの計画について話し合った。レジーは人魚と二階に残った。全員がショックを受けていた。ミス・レインは涙ぐんでいた。ライフは〈Vat19〉のボトルを開けてラムを一ショットついだ。おれもラムを飲んだ。嵐とともに、深い悲しみが迫ってくるのを感じた。

どうしたらいいのかとミス・レインが尋ね、彼女を海へ帰さないといけない、いますぐか、嵐が過ぎるのを待ってから、とライフが答えた。待つしかない、とミス・レインは言った。少なくともあしたにならないとアイカイアを丸木舟に乗せて沖まで連れていけない、と。

白人たちがまだブラックコンチにいて、彼女を探していることを、おれはふたりに思い出させた。アメリカ人たちに見えているのは札束だけで、彼女を手に入れて連れ帰るための書類はそろっていると彼らは思っている。アメリカ人たちがもっと大勢の警官を連れてきて彼女を見つけたら、おれたちはどうするのかとおれは尋ねた。ポルトス・ジョンはアメリカ人たちの側につくだろう。ポルトスも一枚噛んでいるから、嵐が去ったらここへ来て彼女を力づくで連れ去るにちがいない。彼女のことが心配だった。もう彼女がここでおれたちと暮らす時間は残っていない。ひと握りの友達だけでは彼女を守りきれない。そのとき、ある考えが浮かんだ。遠くまで連れていく必要はないのでは？　夜遅くなってから彼女を浜まで連れていけばいい、とおれは説明した。おれのトラックで栈橋の端まで行き、彼女を防水シートでくるんで全員で運ぶ。栈橋で彼女を海に落とせば、彼女は遠くまで逃げられる。

ライフはラムをもう一杯つぎ、ミス・レインは自分にもくれと頼んだ。

体の奥で不安が湧きあがっていた。こんなことになるとは思ってもいなかった。彼女が海に戻らなければならなくなるとは。もとの彼女に戻らなくてはならなくなるとは。

ライフはおれを見て、次にミス・レインを見た。全員がラムを一ショット飲んだ。

いい考えかもしれない、とライフは言った。

▽

そうして、深夜、ロザムンドの上陸まであと数時間というときに、浜へ向かった。レジーもいっしょだった。レジーは古い屋敷にひとりで残るのをいやがった。クジャクたちはみな家のなかへ入り、おびえてキッチンテーブルの下で身を寄せ合っていた。雑種犬たちはミス・レインのベッドの下に隠れていた。レジーにはうなる風音は聞こえなかったが、大きく傾ぐ木々や、あおられて勢いよく閉まる鎧戸、昼なのに真っ暗な空は見えていた。どうしてもいっしょに行って、最初で唯一の友達に別れの挨拶をすると言い張った。アイカイアはデイヴィッドのトラックの荷台で防水シートにくるまり、喪失の歌を歌っていた。この地で彼女は仲間を失い、純潔を失った。いまのアイカイアは女の秘密から締め出されてはいない。また昔に戻るけれども、もう同じではない。彼女はこうした喪失を歌った。それは一種の勝利、ずっと忘れられない勝利でもあった。ある意味で、アイカイアは女たちの呪いに打ち勝った。

ミス・レインの屋敷と村のあいだの丘は急で、道は曲がりくねっていた。ゆっくりと坂をくだり、デイヴィッドは風に向かって車を走らせた。みな黙りこんでいた。アイカイアの歌声だけが聞こえていて、その旋律はアフリカの歌のようにも、アンデスの歌のようにも、古いクレオールの賛美歌のようにも、シャーマンの癒やしの歌のようにも聞こえた。人々が素朴な薬草で傷を癒やしていたころ、人々が世界のあらゆる王国を理解していたころの癒やしの歌のようにも。

「なんて声」ミス・レインはつぶやいた。

ライフはミス・レインの手を握った。

「きれいな声だ」

丘の中腹で車を停め、暗い夜を見つめた。海に山のような大波が持ちあがり、荒々しく砕けて水しぶき同士がぶつかり合うさまが見えた。海の壁だった。

「まずいわね」ミス・レインは言った。

デイヴィッドは慎重にトラックを走らせた。道路がカーブしたところで、分岐を右に入って浜へ向かった。道路が波をかぶっていた。桟橋の照明がオレンジ色に光り、狭いコンクリートの張り出しが波に埋もれているのが見えた。これが最後のチャンスだった。いまやるしかない。

一行はゆっくりと桟橋へ向かった。


シシーの店から丘をのぼった場所にあるホテルでは、トマス・クレイソンと息子のハンクが酒を飲んでいた。ふたりはテーブルで向かい合い、パンチョン・ラムのボトルをあいだに置いていた。

「戻ってくるのが遅かった」トマス・クレイソンは言った。「遅すぎた」

ハンクはこの数カ月、海から釣りあげた女性のことばかり考えていた——彼女のためにソネットをいくつも書いた。目にするとは思ってもいなかったものを目の当たりにしたのだ。神話めいた半人半魚の存在、伝説にのみ存在する生き物。けれども、彼女は本物だ！　古代のジャグアの女神の力で生み出されたものだ。いろいろ調べて、あの地方の民話や神話についての研究書のなかに、古い伝説を見つけた。たった一段落だったけれども、アイカイアと呼ばれる人魚について書かれていた。彼女は人を惑わす美貌のせいで海に追放されたという。つまり、彼女は伝説だけの存在ではなかったと証明されたわけだ。もう一度彼女に会えるのではないかと父親と飛んできたが、父親が彼女をつかまえようとしたら、絶対に阻止すると決意していた。ロースクールの最終学期の最中に、ハリケーンの真っ只中にあるいまいましいブラックコンチまで来たのはそのためだ。父親は正気を失ってしまった。両親はとうとう離婚し、ハンクはそれを喜んでいた。あの人魚が最後のひと押しになった。離婚するとハンクに打ち明けたとき、母親は〝逃げる〟という言葉を使っていた。

ハンク・クレイソンは、どんな手を使えばあの不運な生き物をふたたびつかまえようとする父親を阻止できるかを真剣に考えていた。バーでの一件のあと、村の人々は彼女がどこにいるか知っているのだと感じていた。

「父さん」ハンクは言った。「彼女は父さんが手に入れていいものじゃないのかもしれない」

「手に入れる？　何を言ってるんだ、あれはもうおれのものだ。たぶんおまえは……」トマス・クレイソンはアルコール度数五十パーセントのラム――ライターの燃料や銀の手入れや火起こしにも使われる蒸留酒――で顔を赤くしながら、息子に獰猛な目を向けた。「たぶんおまえは、あれが気に入らないだけなんじゃないのか……」

「なんのことだよ、父さん。人魚のことか？」

「ちがう」

「それならなんだよ、父さん」

父親は空のグラスをテーブルに勢いよく置き、袖で口をぬぐった。

「女だ」

ハンクは二十一歳だった。かなりハンサムになりつつある。ハンクはたくさんのものを愛していた。母親、本、詩、友達、チェリーのアイスクリーム、新鮮なトマト、マイルス・デイビス、ラモーンズ、秋、人魚。そしてもちろん、女性たち。その脚も、微笑みも、内気さも、強さも好きだったし、それから……そう、ほかの男性たちも好きだった。

「たぶん、ぼくはぼくの好きなものが好きなんだ」ハンクは言った。

父親は白目を剝いた。「おまえもおまえの母親も地獄へ堕ちるだろうよ」トマスはまわらない舌で言い、テーブルに突っ伏した。


トラックはゆっくりとバックで桟橋へ入っていった。波が持ちあがって窓で砕けた。アイカイアは歌うのをやめていた。デイヴィッドはなんとか桟橋の先端までトラックを進めた。先端は激しく波をかぶり、水しぶきでほとんど見えなくなっていた。ライフとデイヴィッドはトラックから飛び降り、ミス・レインとレジーは荷台にあがった。雨が叩きつけていた。風に乗って女たちの笑う声が聞こえた。人魚はじっとして、みなを見つめていた。特に、レジーを。

人魚は手で話をした。尾と胴体は色が濃くなり、空や海と同化するように、インクを思わせる黒色に光っていた。顔には涙の筋ができていた。迫りくる追放への悲しみ、ふたたび失おうとしているものへの悲しみを体じゅうから発散させていた。人魚がのっている防水シートを引っ張ると、やがてトラックからシートがハンモックのようにぶらさがった。栈橋の端までシートを引いていった。荒れる波に囲まれたその場所、ロープに吊されている人魚を見て救い出したその場所で、デイヴィッドは別れの挨拶をした。人魚を抱きしめ、デイヴィッドは彼女の耳もとでささやいた。〝また会おう、愛しい人。おれたちが出会ったあの岩場で、来年の同じ日に、同じ場所でまた会おう。あそこで会おう。また会おう、おれの親友〟。しっかりと抱き合ったあと、人魚はシートから海へと身を躍らせ、砕ける波のあいだに一瞬で姿を消した。

デイヴィッド・バプティストの日記　二〇一六年二月

おれたちは急いで家へ帰った。雨が言葉も思考も水浸しにし、おれの胸にはそれまで感じたことのなかった怒りが脈打っていた。彼女への罰はおれへの罰でもあった。かわいそうな仲間、レジーへの罰でもあった。あれほど打ちひしがれたレジーは見たことがなかった。人を愛するには、どれほど純粋なものであってもルールが存在し、ルールを決める者がいる。人は他人をつぶそうとする。女はほかの女を妬む。男は女を手ひどく扱う。その夜、いやな気分を抱えながら、おれは車で丘をのぼった。彼女におれの言葉が聞こえたことを祈った。嵐が去ってから、そしてしばらく時間がたってからも、また会えることを祈った。

丘の上に戻ったとき、ハリケーンの上陸が迫っていることをおれたちは知っていた。おれは家へ帰ろうとはしなかった。ポルトスと部下たちがおれたちをさらいに来てから、家には帰っていなかった。この嵐で吹き飛ばされてしまうのは確実に思えた。ミス・レインの屋敷には広い地下室があった。帰り着くとすぐに、マットレスや寝具や風よけつきランプや食べ物を地下へ運んだ。犬たちや全部で六羽のクジャクも地下へ連れていった。屋敷で暮らすすべての命が、安全な地下へおりた。全員が地下で落ち着いたのは午前二時ごろだった。誰も人魚のことは口に出さなかったが、全員が彼女のことを考えていたと思う。地獄が近づいていた。地獄が彼女をさらおうとしていた。自分がもうこれまでと同じではいられないことをおれは知っていた。二十六歳だったが、人生の前半が終わったことを感じていた。あしたになったら、すべてが変わっている。そう確信していた。

▽

次の朝、一九七六年八月二十七日の午前六時ごろに、ロザムンドはブラックコンチ北部の海岸を直撃した。二十世紀後半に小アンティル諸島を直撃したなかで最大のハリケーンで、その記録はいまも破られていない。デイヴィッド、レジー、ライフ、ミス・レイン、雑種犬、そしてクジャクたちは、全員、屋敷の地下室にいた。ハリケーンはカテゴリー5となり、風は秒速八十七メートルにまで強まった。風は丘の木々をなぎ倒した。ほんの数時間のあいだに、森のマホガニーが倒れ、糸杉の大木も倒れ、カヌーの木もすべて倒れた。イチジクの大木さえも真っぷたつに裂けた。風音は、疾走する野生の馬の群れを思わせた。屋敷が土台から抜けそうになる音が聞こえた。古い屋敷が持ちこたえる希望はなかった。築百年を超える建物は引き裂かれ、壊れて風に吹き飛ばされた。鎧戸もすべて吹き飛んだ。屋根のタイルは舞いあがり、渦を巻いて地面に落ちて砕けた。タイルはすべて屋根の木材に釘留めしてあった。それが人魚のために来た嵐に引き剝がされて、きりもみしながら落下する残骸の巨大な渦と化した。風の女神《ファバンセックス》、風の長が腕を振りまわし、怒りをばらまいていた。

一時間以上ハリケーンは猛威を振るい、やがて目が上空に来た。その静けさは風よりも恐ろしかった。

「耳を澄ませ」ライフが言った。しかし、何も聞こえなかった。ミス・レインはレジーをきつく抱きしめた。人魚のアイカイアはすでに島を遠く離れ、北へ向かっていた。

「耳を澄ませ」

風の音はしなかった。笑い声も聞こえなかった。静まり返っていた。人間の魂の鼓動が止まったかのようだった。

ミス・レインの腕が粟立った。十字を切って、知っている唯一の祈りをつぶやいた。アヴェ、マリア、恵みに満ちたかた……

レジーがミス・レインの腕のなかで泣いていた。

静寂は、ぽっかりと開いた目が通り抜けるあいだ、二十分ほど続いた。

そのとき、静寂の二十分間に、ライフは気づいた。自分はここにいたい、家族と、愛する女性と息子といっしょにいたい、もう二度とそばを離れない。デイヴィッドは気づいた。自分は一生ひとりで暮らし、海を見つめながらアイカイアを探しつづけるだろう。ミス・レインは気づいた。屋敷が壊れて、自分がどこかほっとしていることに。屋敷を建てなおすことはないだろう。引っ越して、近くの別の場所に落ち着くだろう。ハリケーンは通り道にあるものすべてを吹き飛ばしていく。それこそがハリケーンの大いなる目的、自分たち全員にとっての意味なのだ。売れるだけの土地を売り払って、譲れるものは譲ろう。望むのは、無事に生き延びることだけだ。レジーは母親の胸にしがみついていた。これほどたくさんのことが次々に起こるのははじめてだった。友達ができて、父親ができて、そのあとこの嵐が来た。ハリケーンの目が通りすぎると、また風が吹き荒れ、屋敷がさらに吹き飛ばされた。さらに多くの木が倒れ、丘に立つ家々がさらに壊れるなか、四人は静かに座っていた。それぞれ黙りこみ、待っていた。ライフはミス・レインのそばへ行き、きつく抱きしめて、息子も抱きしめ、顎をこすりながら人魚のことを考えた。人魚の生き方はライフの生き方に影響を与え、勇気とはどういうものかを見せてくれた。ブラックコンチではあらゆるものが変化していて、それはライフが想像もしていなかったことだった。まったく変わることなく、いつまでも同じ同じ場所もある。でも、ここはちがう。祖先の亡霊だらけの、そう急くなといまも神々が笑う、海に突き出た島の先端は変わった。四人は嵐が過ぎるのを待ち、ついに嵐が通りすぎると、階段をあがって外へ出て、ロザムンドが去ったあとの日々に足を踏み出した。

著者あとがき

この本を書きあげられたのは、イングランド芸術評議会、王立文学基金、作家協会の助成金によって執筆のための時間を確保することができたおかげだ。『マーメイド・オブ・ブラックコンチ』には、下敷きになっているものがたくさんある。ネルーダの有名な詩「人魚と酔いどれたちの寓話」、二〇一三年にトリニダード・トバゴのシャーロットヴィルで行われた釣り大会での奇妙な実話、アイカイアの物語の発見、そして、海から引きあげられる人魚の夢や悪夢。人魚を釣りあげる場面は、ヘミングウェイの『海流の中の島々』へのオマージュでもある。アンソニー・ジョセフには、初期にアドバイスをくれたこと、ガブリエル・ガルシア＝マルケスの『この世でいちばん美しい水死人』について教えてくれたことに感謝する。世界じゅうに存在する人魚やセイレーンの伝説では、しばしば若い娘がほかの女たちに呪いをかけられる。この物語は、太古に追放された女性を現代のカリブの生活に再融合させる試みを描き出したものだ。〈ピーパル・ツリー〉のジェレミー・ポインティングには、この本をよりよいものにしてくれたことにお礼を言いたい。すばらしい表紙を描いてくれたハリエット・シリートとデザインを手がけてくれたジョナサン・ボーエンは夢のチームだ。ピエロ・ゲリーニとイヴェット・ロフェイには、今回も書く場所をくれたことに感謝している。長年わたしのエージェントを務めているイソベル・ディクソン、この人魚を信じてくれてありがとう。イソベルは海からこの伝説を引きあげるのに力を貸してくれた。わたしの知る尊敬する女性たち、わたしの情熱をここまで高めてくれた女性たちには、特別なお礼と謙虚な感謝の気持ちを捧げたい。カレン・マルティネス、ルーシー・ハンナ、アレイク・ピルグリム、ハダサー・ウィリアムズ、ギルベルト・オサリバン、アイラ・マトール、リサ・アレン・アゴスティーニ、ソーニャ・ドゥーマス、アンナ・レヴィ、シバニー・ラムロシャン、ジャニーン・ホースフォード、ジャクリーン・ビショップ、ロレッタ・コリンズ・クロバー、彼女たちはみな、〈ペン〉の女性同志たちだ。

訳者あとがき

人魚と聞いて日本人がまず思い浮かべるのは、おそらくアンデルセンの童話『人魚姫』だろう。海深くに住む人魚姫が人間の王子に恋をして、魔女から声と引き換えに脚をもらい、王子に会いに行く。しかし、本書『マーメイド・オブ・ブラックコンチ』で描かれる人魚は、そのイメージとは大きく異なっている。

カリブ海に浮かぶ島、ブラックコンチの漁師であるデイヴィッドはある日、島の沖にある岩場で釣り糸を垂れながら歌を口ずさんでいたとき、人魚に出会った。デイヴィッドの歌とギターに引きよせられて、人魚が波間から顔を出したのだ。黒く長いドレッドヘア、赤い肌、力強い巨大な尾を持つ人魚に心を惹かれ、デイヴィッドは岩場へ通うようになるが、釣り大会にやってきたアメリカ人たちに人魚が釣りあげられてしまう。人魚が桟橋に逆さ吊りにされているのを知ったデイヴィッドは、海へ帰そうと人魚をロープからおろし、助け出す。しかし、いったん家へ連れ戻った人魚の体に変化が現れた。塩水を張ったバスタブのなかで、鱗が剥がれ、水かきが落ちて、尾が腐り――人間の姿に戻りはじめたのだ。

こんな状態の彼女を海に帰すことはできない。一帯の地主であり唯一の白人であるミス・アルカディア・レインや、アルカディアの耳の不自由な息子レジーの助けを借りながら、デイヴィッドは人魚を匿って世話をし、人魚が島で暮らしていけるようにと言葉を教える。しかし、デイヴィッドの隣人が人魚の存在に勘づき、さらに、人魚を釣りあげたアメリカ人たちも、盗まれた人魚を取り戻すことをまだあきらめてはいなかった――

人魚の伝説は世界じゅうに存在する。美しい歌声で男たちを惑わせるローレライやセイレーンなどが有名だ。しかし、そうした不吉な存在として描かれる精霊ともまたちがい、本作の人魚アイカイアは、カリブ地域の先住民タイノ族に伝わる物語が下敷きになっている。

アイカイアは海に暮らす王族でも精霊でもなく、太古の昔に美貌と美声のせいで女たちに嫉妬され呪いをかけられた若い娘だ。性器を尾に封印された彼女は、巨大なハリケーンで波にさらわれ、海へ追放された。長い長いあいだ人魚として海を孤独に泳ぎまわっていたアイカイアは、デイヴィッドと出会ったことをきっかけに、人間の姿に戻り、一九七〇年代のカリブでの生活をはじめる。

舞台となるブラックコンチは架空の島だが、作者モニーク・ロフェイの出生地であるカリブの島国、トリニダード・トバゴの北部をモデルにしているらしい。島の住民はほぼ黒人で、白人の一族が一帯の地主として長の役割を果たすという、植民地時代の影響を色濃く残した土地だ。

カリブ海の島々にはもともと南米大陸からカヌーで渡ってきた人々が住んでいて、そのあとタイノ族やカリナゴ族（クワイブ族）が現れた。しかし、一四九二年にヨーロッパからコロンブスがやってきて、先住民たちは伝染病や強制労働により激減した。その後、砂糖プランテーションが盛んになると、労働力を確保するためにアフリカからたくさんの黒人が奴隷として運ばれ、十九世紀まで奴隷制度が続いた。

タイノ族であるアイカイアが時を超えて現代のカリブに現れたことで、なぜ〝白い人〟や〝黒い人〟がいるのか、なぜ〝赤い人〟がいなくなったのかという素朴な疑問が投げかけられ、まわりの人々は自らや過去を顧みざるをえなくなる。カリブという舞台に無垢な人魚の存在を掛け合わせた作者の妙により、虐殺、植民地支配、奴隷制度といったテーマが幻想的な物語の背景にやんわりと浮かびあがり、愛とは、結婚とは、支配とは、といった問題もあぶり出されてくる。

人魚とは〝異質なもの〟やアウトサイダーの普遍的象徴なのではないか、と作者のロフェイは言う。人間と魚の〝半分半分〟であるアイカイアが、白人の母と黒人の父を持つ〝半分半分〟であり耳が不自由なレジーとたちまち意気投合し、村で唯一の白人であり、奴隷制度時代の負の遺産を意識してまわりと距離を置くアルカディアと交流を深める姿からは、それぞれが抱える〝異質であることの孤独〟が透けて見えてくる。

モニーク・ロフェイは一九六五年生まれ。トリニダード・トバゴとイギリスの二重国籍者で、イギリスで主な教育を受けた。父親はイギリス人で、母親はヨーロッパやレバノンのルーツを持ち、ロフェイ自身は両国を行き来しながら、トリニダード・トバゴを舞台とする作品を多く発表している。本書は六作目の長篇小説で、二〇二〇年のコスタ賞を受賞したほか、数々の賞にノミネートされている。人魚の詩、神の視点、デイヴィッドの日記という三つのパートで構成されており、クレオール・イングリッシュを用いた語りが特徴的だ。

ロフェイは本作でロマンティックなラブストーリーを描きたかったと述べている。アイカイアを守ろうとするデイヴィッドの無償の愛と、立場のちがいを乗り越えられずに離れていった幼なじみの黒人の恋人を待ちつづけるアルカディアの〝すべてを受け入れる〟愛。これはおとぎ話であり、歴史の物語であり、呪いの物語であり、愛の物語でもある。

二〇二二年十一月

岩瀬徳子

© Marcus Bastel

プロフィール

著者
モニーク・ロフェイ
MONIQUE ROFFEY

1965年トリニダード出身。高校生でイギリスに移住し、イースト・アングリア大学で文学と映画を専攻、ランカスター大学でクリエイティブ・ライティングの博士号を取得した。2002年にマジックリアリズム小説 *Sun Dog* でデビュー。
2020年、第6作目の長編である本作を発表。コスタ賞をはじめ多くの賞を受賞し、数々のベストブックリストに取り上げられた。

訳者
岩瀬徳子
翻訳家。お茶の水女子大学文教育学部卒業。訳書に『アイリーンはもういない』『ピュリティ』『最悪の館』『もうやってらんない』（すべて早川書房）。

マーメイド・オブ・ブラックコンチ

2023年2月10日　第一刷発行

著　者　モニーク・ロフェイ
訳　者　岩瀬徳子
発行者　小柳学
発行所　株式会社左右社
〒151-0051
東京都渋谷区千駄ヶ谷3-55-12
ヴィラパルテノンB1
TEL 03-5786-6030
FAX 03-5786-6032
https://www.sayusha.com

装　幀　コバヤシタケシ
装　画　サカヨリトモヒコ
印刷・製本　創栄図書印刷株式会社

ISBN 978-4-86528-349-5